U0918467

小妇人

珍藏版

［美］露易莎·梅·奥尔科特 著
李佳 译

中国画报出版社·北京

图书在版编目（CIP）数据

小妇人 : 珍藏版 / (美) 露易莎·梅·奥尔科特著 ; 李佳译. -- 北京 : 中国画报出版社, 2025. 2. -- ISBN 978-7-5146-2149-5

Ⅰ. I712.44

中国国家版本馆CIP数据核字第2024RT0223号

小妇人：珍藏版

[美] 露易莎·梅·奥尔科特　著　　李佳　译

出 版 人：方允仲
策　　划：任程民
责任编辑：郭翠青
封面设计：海　凝
责任印制：焦　洋

出版发行：中国画报出版社
地　　址：中国北京市海淀区车公庄西路33号 邮编：100048
发 行 部：010-88417418　010-68414683（传真）
总编室兼传真：010-88417359　版权部：010-88417359

开　　本：32开（880mm×1230mm）
印　　张：8.25
字　　数：213千字
版　　次：2025年2月第1版　2025年2月第1次印刷
印　　刷：大厂回族自治县德诚印务有限公司
书　　号：ISBN 978-7-5146-2149-5
定　　价：49.80元

前言

那就去吧，我的小书，
让那些款待欢迎你的人，
看看你心中保有的秘密，
愿你的秘密赐福给他们，
愿他们做比你我好得多的香客。
告诉他们梅茜[①]的事，
梅茜早就踏上那条香路了。
哦，让年轻的姑娘珍重，
身后的世界，变得智慧；
因为，旅途中的少女，
可以沿着圣足走过的路追随上帝。

——节选自约翰·班扬的《天路历程》

① 梅茜，即英文中的 Mercy，译为神的恩惠、幸运等。

目录

第一部

第二部

Little Women

第一部

第一章

扮演香客

“圣诞节没有礼物，不叫圣诞节。”乔躺在地毯上嘟囔道。

“贫穷好可怕！”梅格低头看着身上穿着的旧衣裳叹道。

“有些女孩有很多漂亮的东西，有些女孩却一无所有，我觉得这不公平。”小艾美伤心地哼道。

“我们有父母，还有姐妹。”贝思隐在角落里满足地说道。

听了这话，炉火映衬下的四张年轻的脸上顿时迸发出神采，然而瞬间又黯淡了下去，因为乔伤心地说：“我们没有父亲，很久都不会有。”她没有说“也许永远”，可每个人想着在远方作战[①]的父亲都暗自给加上了。

一时谁都不说话，然后梅格换了口气说道：“母亲说今年圣诞节不要买礼物，因为这个严冬对每个人来说都不好过，男人们正打仗受苦，我们不能花钱享乐。我们能做的事不多，却可以做出小小的牺牲，而且要乐意这样做才对。不过，恐怕我自己做不到。”梅格说完摇了摇头，遗憾地想着自己想要的那些漂亮礼物。

“可我想就算我们花点儿小钱也没什么大的妨碍。就算我们每人拿出一元钱给部队，也帮不上多大忙。我没想着母亲和你们会送我礼物，可我真的想给自己买下那本《水中女神》。我都想好久了。”乔说道。乔是个书虫。

“我打算买本新乐谱。”贝思轻叹道，声音轻得除了壁炉刷子同水

① 指美国内战。

壶裹布[1]，谁也没听到。

“我想要一盒漂亮的费伯牌画笔。我真的很需要。”艾美坚决地说。

“母亲也没说我们挣的钱该怎么花，我们两手空空，什么都不买，她见了也不高兴。我们喜欢什么就买吧，找点儿小乐趣。我们做得这么辛苦，我觉得这钱我们该花。”乔一边像个男孩子那样检视着自己的鞋跟，一边大声说道。

“我做得苦，我是知道的——那些孩子真烦人，要教一整天，我真想舒舒服服地在家里待着。”梅格又开始抱怨了。

“你做得辛苦，你的苦还不到我的一半呢，”乔说，“你知道跟一个老女人一连待上好几个小时是什么滋味吗？她那么神经，横挑鼻子竖挑眼，赶得你脚不沾地，做什么都不满意，让你恨不得飞到窗户外头去，要么就大哭一场。”

“你也用不着发牢骚，这样不好，我觉得洗盘子刷碗、打扫房间是世界上最糟糕的事了。我烦得很，手都僵了，练琴都练不好。”贝思叹了口气，看着自己那双粗糙的手说道，这回屋里的每个人都听到她的叹息了。

“都说自己苦，可依我看，谁都没我苦，”艾美叫道，“你们又不用跟那些不懂礼貌的女孩子一起去上学，你学不好功课，就被她们捉弄，你穿破衣服，就被她们笑话，你父亲穷，就被她们贴标签[2]，你的鼻子长得不好看，就被她们侮辱。”

“你是说‘诽谤’吧，还‘贴标签’呢，就好像爸爸是个泡菜瓶子似的。”

“我知道我在说什么，你也用不着挖苦我。用好词说话是对的，

---

① 水壶中的水烧开后，为了防止烫手，会用布或毛巾类的东西裹在柄上，把水壶从火炉上拎下来。

②“贴标签”的英文（Label）与“诽谤”的英文（Libel）读音上相近，艾美搞混了。

能提高字（词）汇量。”艾美严肃地回嘴道。

“孩子们，快别吵嘴了。你就不想要爸爸在我们小的时候丢失的钱吗，乔？哦！如果没有烦恼，我们该有多高兴、多快活！”梅格说。她还能想起来过去的美好时光。

“那天你还说呢，你觉得我们比那些王公贵族幸福得多，那些人有钱是有钱，可整天钩心斗角的。”

“那天我是说过，贝思。我现在也是这样想的，我们是要每天干活儿，可我们过得快乐，而且，就像乔说的，我们是快活的一群人。”

“乔说话总那么粗俗！”艾美说着瞥了一眼四脚朝天躺在地毯上的那个身形。乔立即站起来，双手插入口袋，开始吹口哨。

“别那样，乔，真像个假小子！”

“我偏要这样。”

“我讨厌粗鲁、没有淑女风范的姑娘！”

“我也讨厌装模作样的小屁孩！”

“小巢里的鸟儿也都这么看。”调停人贝思开始唱道，脸上又扮出一副怪相，让两个尖刻的声音一下子软了下去，斗嘴到此结束。

“我说姑娘们，你俩都有错，”梅格开始摆出一副大姐姐的派头说教道，“约瑟芬[①]，你都这么大了，也该丢掉那些男孩子的把戏了，以后有点儿淑女样才对。年纪小倒没什么，可你都这么高了，头发也拢起来了，应该时刻记住自己是个年轻女士。”

“我才不是呢！拢了头发就是年轻女士？我宁愿留两条辫子，一直留到二十岁。”乔说着松开发网，抖落了栗色的长发，“我可不想长大，变成什么马奇小姐，还要穿那么长的裙子，简直就像翠菊那样古板！我喜欢男孩子的游戏，喜欢男孩子的工作，也喜欢男孩子的气

---

① 约瑟芬（Josephine）的昵称是乔（Jo）。

派，却偏偏做了女孩子，这就够糟糕的了！我这辈子做不了男孩子，真是失望透顶，现在更是失望透顶，因为我巴不得要出去，像爸爸那样去打仗，可现在倒好，整天待在家里，像个可怜的老女人那样缝东西！”乔说着抖了抖蓝色的军袜，上面的缝衣针撞在一起发出轻微的响声，线球也掉在地上一路跳着滚出了屋子。

“乔真可怜！你的命太苦了，可又有什么办法呢。你就让你的名字显得男孩子气些，装作我们的兄弟吧，这样你会满足的，除此以外也没别的办法。”梅格一边说，一边用一只就算把世上的衣物都洗完、把世上的尘土都清扫完也不会变得粗糙的手抚摸着躺在她膝头的那头粗糙的头发。

“还有你，艾美，”梅格继续说，“你为人太过苛刻，也太古板。你现在的模样好笑得很，再不注意的话，说不定哪天就会变成一个装模作样的小傻瓜。你不装正经的时候，我倒蛮喜欢你的优雅姿态与言语的。不过，你说的都是傻话，跟乔一样。”

“乔是假小子，艾美是傻瓜，那我是什么？”贝思也想跟大家说话，问道。

“你就是个小可爱。”梅格热情地答道，没人反驳她的话，因为这个“胆小的小老鼠”是全家的宠儿。

年轻的读者这时肯定想知道这几个人长什么模样，我们就利用这间隙简单说一下四姐妹的样子。此时，天已黑下来了，屋外十二月的雪安静地下着，屋内火炉里的木柴噼啪噼啪地烧得正旺，几个人在织东西。屋子虽然老了些，却舒适，地毯颜色褪了，家具很朴素，墙上挂着一两幅圣画，壁龛里堆着书，菊花同圣诞节的玫瑰在屋里开得正艳，处处弥漫着一种安静的温馨气氛。

玛格丽特[1]，四人中年纪最大，十六岁了，长得很漂亮，身材丰

① 玛格丽特的昵称就是梅格。

满，皮肤白皙，大眼睛，褐色的头发软软的，嘴唇也好看，还有一双颇可引以为傲的白嫩的手。十五岁的乔又高又瘦，瘦长的四肢似乎总在挡她的路，叫她不知道怎么处置它们才好，使人不由得想起小马驹。她的嘴上透出坚毅，鼻子长得却很可笑，灰色的眼睛中射出锐利的光，似乎能看清世间万物的本来面目，目光时而猛烈，时而深思，时而又滑稽可笑。她那头浓密的长发本是她的一个好处，却总被她胡乱地一捆，兜在发网里，以图方便。乔有着浑圆的肩膀，手也大，脚也大，穿起衣服来让人觉得轻浮，因为长得太快，很快就要变成女人，自己心里又不情愿，故此脸上露出一种不安的神态。伊丽莎白，也就是众人口中的贝思，今年十三岁，留着一头玫瑰色顺滑的长发，眼睛闪亮，模样羞怯，说起话来总是怯生生的，脸上那副安静的表情很少被扰乱过。父亲叫她“小安静”，这外号起得真棒，因为她似乎始终快乐地活在自己的世界里，只敢出门去见那少有的几个为她信任、爱戴的人。四姐妹中，虽说数艾美年纪最小，但她却是个很重要的人物——至少她是这样认为的。她身材匀称瘦弱，皮肤如雪般洁白，一双蓝色的眼睛，黄色的头发打着卷垂在肩膀上，总是摆出一种时刻注意自身仪容的年轻女士的气派。四姐妹的性格我们先不说，你们慢慢就会知晓。

钟敲了六下，贝思扫干净壁炉面，把一双拖鞋放到了上面。几位姑娘一见这双拖鞋心情就好了些，因为这说明母亲就要回来了，每个人的心都雀跃着准备迎接她进家门。梅格点上了灯，艾美没经人说就主动从扶手椅里站了起来，乔也忘了自己有多累了，起身拿起拖鞋凑到火焰上烤着。

“这双鞋都破得不成样子了，得给妈咪买双新的。”

“我花钱给她买一双。”贝思说。

“不用，还是我来吧！”艾美叫道。

“我最大。”梅格开口讲话了，但乔用坚定的口气插嘴道：“如今父亲不在，我就是家里的男成员，拖鞋我来买，因为他走的时候特意叮嘱我照顾好母亲。”

“我来说说我们该怎么做，”贝思说，“我们就不要给自己买东西了，每人给她买一份礼物吧。”

“还是你想得周到，我的小可爱！可我们又能为她买什么呢？”乔大声说道。

每个人都认真地想了一会儿，然后就听梅格宣布：“我要给她买一副漂亮的新手套。”她似乎看到了自己的那双美手才想到了这个主意。

“最好买双军鞋。”乔喊道。

“再买几条手帕，镶边的那种。”贝思说。

“我想给她买一小瓶古龙香水。她喜欢这种香水，价钱也不贵，余下的钱我还可以为自己买些铅笔。”艾美补充道。

“我们怎么把这些东西给她？”梅格问。

“放在桌子上就行了，让她进屋，我们看她拆礼物。你们难道都不记得我们小时候过生日时都是怎么做的了吗？”乔说。

“那时候，轮到我拆礼物了，我就头戴皇冠坐在那把大大的椅子里，看你们排成一队绕着我转圈，挨个吻我，送我礼物，我心里别提有多害怕了。我喜欢那些礼物，也喜欢你们吻我，却害怕你们坐在我旁边，眼巴巴地看我拆礼物。”贝思说道。此时，她正在一边烤自己的脸蛋儿，一边烤喝茶时吃的面包。

“就让妈咪觉得这些礼物都是我们为自己买的，然后给她个惊喜。明天下午我们就得出去置办了，梅格。我们还要为圣诞夜的节目紧着忙活呢。”乔说。此时她正背着手，把鼻子抬得老高，在屋里来回踱大步。

“过了今年我就不演了。我年纪大了，再演不合适。”对“化装游戏”一直童心未泯的梅格说。

“不演？你哪能受得了，没人比我更了解你了。只要你还能穿着那袭白袍，披头散发，戴着那条金纸做的项链四处乱窜，你就会演下去。你演得最棒，你要是不演了，一切可就都完蛋了。快过来，艾美，为我们演演晕倒那场戏，你演得真僵硬，就像根拨火棍。”

“我能有什么办法，我哪里见过人晕倒是什么样子，我又不能像你那样，一个趔趄就硬生生地摔倒在地上，弄得浑身青一块紫一块的。要是能很容易地倒下，我就倒，要是不能，我就漂漂亮亮地跌倒在椅子上。我才不在乎雨果会不会拿枪指着我呢。”艾美演戏不行，之所以被选中，是因为她年纪小，碰上剧中的流氓会本能地叫出声来。

“这样做才对：喏，看好了，双手紧握，像疯了一样大叫着，趔趄着跑出屋子，嘴里还要这样喊，‘罗德里格！快救救我！快救救我！’”乔做着示范，很夸张地尖叫着，看上去还真的让人觉得剧情挺紧张的。

艾美学着做。双手很僵硬地伸到身体前面，猛地一动，拖着自己朝前走，就好像被机器驱赶着，嘴里的那声“哎哟”并不像是由于恐惧与痛苦发出来的，倒更像是被针刺了一下。乔一见这情景，就绝望地呻吟了一下，梅格已是笑得浑身乱颤，贝思很有兴致地欣赏着这一幕，都不小心把面包烤煳了。

“怎么教都学不会！纯粹白费劲！你也不用管别的了，到时候你就尽量演，要是观众笑话你，可不要怪我啊。该你了，梅格。”

然后演得就顺畅多了。唐·佩德罗同世界对抗，大声朗读了两页宣言，中间一下都没停；女巫哈格尔将一堆蟾蜍放到铁锅里煮，对它们念可怕的咒语，并且起到了奇怪的效果；罗德里格很有男子气概地挣断身上的锁链，雨果则疯狂地大叫两声“哈！哈！”，然后在悔恨与砒霜的折磨下痛苦死去。

“我们这次演得最棒。”等死掉的“流氓”起身搓弄胳膊肘的时候，梅格说道。

“真没想到你能写、能演这么棒的东西。你就是莎士比亚再世！”贝思叫道，她坚定地认为几个姐妹做什么事都很有天赋。

“才不是呢，”乔不冷不热地答道，“我倒觉得《女巫的咒语——一个歌剧式的悲剧》很棒，我还想尝试一下《麦克白》，如果我们能给班柯[①]一扇活板门的话。我一直想演杀人那一幕。‘那是不是我看到的那把刀子？’”乔嘟囔着一翻眼珠，紧紧握住双手，伸到半空中，好像真的见哪位悲剧演员这样演过一样。

“哦，不，烤叉上烤的不是面包，是母亲的拖鞋。贝思看得都入迷了！”梅格叫道。大伙儿一笑，排练结束。

“见你们玩得这么开心，我很高兴，我的女儿们。”一个愉快的声音在门口说道。观众、演员顿时回过头去，欢迎这位身材高大、浑身散发着母性的女士回家。这位女士朝四下看看，脸上浮现出一副“我能为您效劳吗？”的表情，看得出来，她是真的乐意为大家做些什么的。她穿得不甚雅致，却有着尊贵的气质，几位姑娘觉得那件灰色的斗篷和那顶早已不时髦的帽子遮住了这位天底下最棒的母亲。

“哦，亲爱的，你们今天过得怎么样？今天我做了好多事，箱子明天要寄走，都得弄好。忙得连晚饭都没吃。今天有人来吗，贝思？你的感冒怎样了，梅格？乔，你看上去快累死了。快过来吻我一下，小宝贝。”

母亲对孩子都是这样的。马奇太太一边问话，一边脱掉身上的湿衣服，穿好烤得热乎乎的拖鞋，坐在安乐椅上，又拉艾美到膝头上，准备享受繁忙一天中最幸福的这一刻。姑娘们忙活开了，各做各的事，想让母亲尽量待得舒服些。梅格放好茶桌，乔拿来木柴，摆好椅子，贝思小跑着不停穿梭于客厅与厨房之间，整个人静悄悄的，却又

---

①《麦克白》中的人物，被麦克白下令杀死，以鬼魂显灵，揭露麦克白的罪行。

十分忙碌，唯独艾美不做事，双手交叉到一起，坐在椅子上，指挥着大伙儿忙这忙那。

收拾好了，几个人围在桌子旁边，马奇太太脸上露出异常快活的表情，说道："等会儿吃完了饭，我有样东西要给你们看，你们肯定会高兴的。"

急切、闪亮的微笑像一束阳光晕染在每个人的脸上。贝思手里尽管拿着饼干，却还是不管不顾地拍起手来，乔把纸巾一卷，大喊道："信！信！为父亲欢呼三次！"

"哦，是的，的确是一封漂亮的长信。他身体还好，觉得自己可以挨过这个严冬，我们还以为他不行呢。他送上各种爱的祝福，祝大家圣诞快乐，还特意祝你们圣诞快乐。"马奇太太说着拍拍口袋，就好像里头藏着什么宝贝似的。

"快点儿吃，赶紧吃完！快别围着盘子动你的小手指、傻笑了，艾美。"乔正喝茶，说得太急，呛住了，慌忙去拿母亲兜里那封信，把面包、黄油弄了一地毯。

贝思不吃了，静悄悄地溜到屋里阴暗的角落，注视着即将到来的幸福场景。别的人也都准备好了。

"我觉得父亲真的很了不起，年纪那么大，当兵人家不要，也打不了仗，便做了随军牧师。"梅格热情地说。

"我不是说我要做鼓手吗？好像是随军小贩——我也不知道该怎么说了。要么就做护士，这样就能离他近些，帮助他了。"乔呻吟一声，叫道。

"睡帐篷，吃各种各样的不可口的食物，用锡杯喝水，一定很糟糕。"艾美叹道。

"他什么时候能回来，妈咪？"贝思问道，声音略有些抖。

"用不了多少日子了，亲爱的，除非他病了。他得待在战场上，尽心做事，我们也不要叫他早回家，他该回来的时候自然会回来。好啦，快过来吧，我读信给你们听。”

她们都围到了炉火旁，母亲坐在大椅子上，贝思在脚下，梅格、艾美一边一个坐在椅子扶手上，乔却靠着椅背，这样等会儿信中出现了什么动情的词句，也不会有人看到她表情的变化。打仗的那个年代，世道艰难，很少有家书不触动人心，特别是在外的父亲写的那些。然而在这封信中，做父亲的却很少提及忍受的苦难、面对的危险与硬生生克服掉的对家的思念。这封信写得活泼，充满了希望，又快活地描述了军营生活、行军及部队的消息，只是在末尾，作者才在信中流露了作为一位父亲对家里的尚未成年的女儿们的那种爱与渴望。

“将我所有的爱与吻送给她们。跟她们说，我白天思念她们，夜里为她们祈祷，时刻怀有对她们的爱恋才会觉得心安。还要等一年才能见到她们，这一年似乎很漫长，不过也要告诉她们，在这段日子里，我们可以做些事，这样我们忍受过的艰难岁月才不会白费。我知道她们会记住我对她们说过的话，她们也会做深爱你的孩子，尽心做事，勇敢地与内心的敌人斗争，出色地克服自身缺点，这样等我回到家，就会发现自己越来越爱我的小妇人们，越来越为我的小妇人们感到骄傲。”

听母亲读到这一段，几位姑娘就都在抽鼻子了。大颗的眼泪流到了乔的鼻子尖上，她不觉得丢人，任它们流。艾美也不管自己头发上好看的波浪了，将脸藏在母亲怀里，啜泣着大声说道：“我是个自私的姑娘！不过我会更努力的，这样他才不会对我越来越失望。”

“我们都要努力！”梅格喊道，“我太在乎自己的长相了，不愿做事，不过我以后不会了，如果我能做到的话。”

“他喜欢叫我‘小妇人’，我就照他说的做，性子再不要那么粗野了，做好自己的事，再不要胡思乱想了。”乔想着在家里当乖乖女要比在南方的战场上面对一两个反叛分子难得多，这样说道。

贝思什么也没说，只是用蓝色的军袜擦掉泪水，开始用尽力气做缝补的活儿，手边的事，她想尽快去做，一刻也不要耽搁，在她那小小的安静的灵魂深处，她已是下定了决心，要尽一切努力变成父亲明年高高兴兴地回家后希望看到的样子。

乔的话音落了，接着是一阵沉默，打破这沉默的还是马奇太太，就听她用愉快的声音说道："你们还记得小时候演《天路历程》的情景吗？那时候，你们最想让我将包袱捆在你们背后装作重担了，给你们帽子、拐棍，还有几卷纸，让你们从地窖，也就是'毁灭之城'开始走，穿过整栋房子，一直向上走，向上走，抵达屋顶，然后用收集来的各种漂亮的东西搭建起一座天空之城。"

"最有趣的要数溜过狮子身边，与魔鬼作战，穿过幽灵谷啦！"乔兴奋地叫道。

"我最喜欢包袱从身上掉下来，滚到楼底下的那个情景。"梅格说。

"我最喜欢的情节是我们从平平的屋顶上冒出来，看到眼前堆满了鲜花、棚架与各种漂亮的东西，我们就站在那里，迎着太阳欢快地齐声歌唱。"贝思似乎回想起了那个欢乐的时刻，这样说道。

"具体的情节我倒记不大清了，只是记得我很害怕那个地窖，还有那条黑漆漆的通道，我最喜欢我们堆在屋顶上的蛋糕和牛奶。要是我的年纪没这么大，不太适合玩这种游戏了，恨不得再玩一次呢。"艾美说道，然后就装作一副很成熟的样子，开始数落小孩子们玩的那些幼稚游戏，要知道，她今年可只有十二岁！

"亲爱的，我们的年纪根本不大，还可以玩这种游戏，因为我们始终在用这种或那种方式扮演其中的角色。我们的重担就在肩上背着，我们的路就在前方，对于美好与幸福的渴望，指引我们渡过很多的苦难，改正很多的错误，最后抵达宁静，也就是那座真正的天空之城。听我说，我的小香客们，假如你们再次开始扮演这个角色，不是闹着玩的，而是严肃地扮演它，那么想想看，在你们的父亲回家前，你们能走多远？”

“你说的不会是真的吧，母亲？我们的重担在哪儿？”最爱抠字眼的小艾美这样问道。

“刚才你们每个人都讲了各自的重担是什么，只有贝思没讲。我真的觉得她还没有。”母亲说。

“不，我有的。我的重担就是整天刷盘子洗碗，嫉妒有漂亮钢琴的女孩子，怕人。”

贝思的重担听着很可笑，让每个人都想笑，但没有人这么做，因为这会深深地伤害她的心。

“那我们就做起来，”梅格若有所思地说，“其实，这也是学好，无非换了个说法，我们都想学好，可做起来并不容易，所以就把这事忘了，就不尽力。”

“我们今晚就陷入了绝望的深渊，母亲来了，像书中说的‘帮助’[①]那样将我们挨个拽了出去。我们也要像基督徒那样，有属于自己的指导书。可我们又该去哪里找到这本指导书呢？”乔陷入了幻想中，兴奋地说道，这为她的终日枯燥的劳作送去了一点儿浪漫的色彩。

“圣诞节早晨瞧瞧枕头底下，就会看到那本指导书的。”马奇太太答道。

趁用人老汉娜收拾桌子的时候，几个人就把新计划商量妥了，然后把四个小针线篮摆到桌子上，四个姑娘穿针引线，动作很麻利地为马奇缝制床单。针线活儿无乐趣可言，但今晚无人抱怨。她们依照乔说的，将要做的活儿分成欧洲、亚洲、非洲、美洲四个部分，这样活儿就做得快多了，特别是在聊到不同的国家、将针从它们中间穿过时，动作更是飞快。

---

① 狮子、帮助、包袱、重担这些词汇均出自班扬的《天路历程》。

九点钟了，几个人停下了手里的活儿，开始像往日那样睡前齐声唱歌。除了贝思，没人有那么大的能耐可以玩转那架旧钢琴，贝思用手指轻轻触碰发黄的琴键，为她们唱的简单的歌曲欢快地伴奏。梅格的声音如笛声，她就和母亲领唱这个小合唱团。艾美一开口唱歌，就像蟋蟀在唧唧叫唤，乔则追随自己的心愿，不停地穿梭在歌曲的旋律中，总是在不该唱的地方呱呱叫一声，要么就来个颤音，毁掉了令人冥想的平静旋律。她们从牙牙学语的时候就在这样做了：

一闪一闪亮晶晶，满天都是小星星。

唱这首歌已成为这家人的习惯，因为母亲天生就是唱歌的材料。清晨的第一个声音是她发出的，那时她正像云雀那样在房间里四处走动着唱歌，晚上的最后一个声音也是她发出的，还是那样快活，因为姑娘们无论长多大，也不会听厌那支熟悉的摇篮曲。

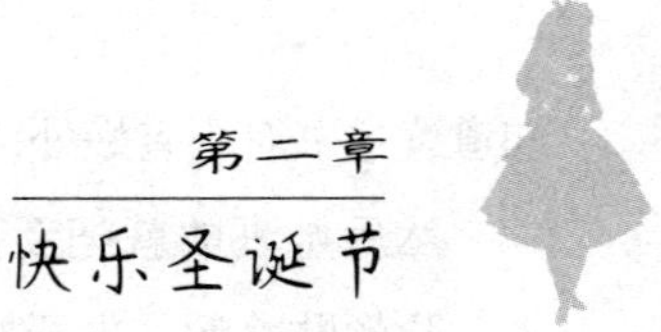

第二章 快乐圣诞节

圣诞节的早晨，乔在灰色的黎明中第一个醒了过来。壁炉上没有挂着长袜，她一时觉得很失望。很久以前，她也有过这样的失望，那时她的小袜子里好吃的东西塞得太满了，落在了地上。然后她想起了母亲跟她说过的话，顺手朝枕头底下摸去，摸出来一本深红色封皮的小书。这本书她了解得很，书中有一个美丽而又古老的故事，讲的是最美好的生活。乔觉得，对每一个踏上漫漫征程的香客来说，这真的是一本很有用的指导书。她对梅格说“圣诞快乐”，唤醒了她，要她看枕头底下有什么东西。梅格的手朝枕头底下一摸，摸出来一本绿色封皮的小书，书里面的图画跟乔那本一模一样，只是多了几个母亲写的字，让她们觉得弥足珍贵。两个人闹了一会儿，贝思、艾美就被吵醒了，也在枕头底下发现了各自的小书——一本是鸽灰色封皮，一本是蓝色封皮——两个人就坐下看，聊着书中的内容，此时东方的天空已变成玫瑰红。天亮了。

玛格丽特是有些自负，但性情温和、虔诚，不知不觉中影响着几个妹妹。受她影响最深的当数乔，乔温柔地爱着她，她说什么都听，因为她每次给乔提意见时都是那么温柔。

“姑娘们，”梅格隔着自己旁边那个蓬头垢面的脑袋，朝屋里那两个依然戴着睡帽的女孩严肃地说道，“母亲想让我们读这些书，爱它们，专心研究它们，我们就马上开始吧。过去，我们很爱读书，父亲一走，战争搞得我们心烦，静不下来，就疏忽了很多事。你们随意吧，反正我要把这本书放在桌上，每天早晨一醒过来就要读一点，我知道读这书对我有好处，能帮我愉快地度过一天的时光。”

然后她真的就把新书打开开始读。乔凑过去，搂着她，弯下腰来，脸颊贴脸颊，也开始读，只是脸上不再是平日里的那种躁动不安的表情，而是安静得出奇，真少见。

“梅格说得真好！快些吧，艾美，我们也来读一读。碰到生词我教你，哪些地方我们读不懂了，就去向她俩请教。”贝思低声说道。这几本小书真漂亮，在她的心中留下了很深的印象，两位姐姐读书的模样也让她感触颇深。

“我的书是蓝封皮的，我好高兴。”艾美说。屋里十分安静，只能听到轻柔的翻书的声音，冬日的阳光已悄悄射进了屋子，抚摸着几个光亮的小脑袋与几张严肃的脸，送来了圣诞节的问候。

“母亲呢？”半小时后，梅格和乔跑下楼打算感谢母亲送的礼物时这样问道。

“天知道她去哪儿了。有些穷人过来乞讨，你们的妈妈就直接出门看人家想要什么。给人家送吃的、喝的、穿的、烧的，这么好的女人我还是第一次见。”老汉娜答道。自从梅格出生，她就来马奇家了，这家人更多地把她当朋友，而不是当用人看待。

“我想她一会儿就会回来的，你们把蛋糕烤好，把一切料理清楚。”梅格把沙发底下篮子里的那些准备在合适的时间取出来的礼物看过一遍说道，“咦，艾美的古龙香水呢？”她没有看到那个小瓶子。

“她刚才拿出来，匆匆出了门，我想她是想系条丝带什么的吧。”乔穿着那双新买的军用拖鞋，想把鞋穿软，一边在屋子里跳着舞来回跑，一边说道。

“瞧瞧我买的手帕，够漂亮吧？汉娜帮我洗了，熨了，我又在上面绣了几个字母。”贝思一脸骄傲地低头看着自己费了好大劲才绣好的几个七扭八歪的字母说道。

“愿上帝保佑这孩子！她真是昏了头，绣的不是‘马奇太太’，竟然是'母亲'。真可笑！"乔拿起一副手帕端详着说道。

"我绣得难道不对吗？我觉得这样还蛮不错呢，你们知道的，梅格名字的大写首字母是M.M.，除了妈咪，我才不要别人用这两个字母呢。"贝思苦恼地说。

"那好吧，亲爱的，你想得真好——也很合情合理，如今没人会弄错了。我知道，母亲见了也会很高兴的。"梅格先是冲着乔一皱眉，而后冲着贝思笑道。

"母亲来了。快把篮子藏起来！"乔的喊声刚落，就听大门哐当一声开了，走廊里响起了脚步声。

艾美匆匆进来了，看姐妹们都在等自己，心中有些不安。

"你这是去哪儿了？背后藏的是什么东西？"梅格问，她知道这个妹妹是个懒虫，今天围着围巾，穿着大氅，很早就出去了，一定有什么事。

"别笑话我，乔！我不藏着掖着，如实对你们讲。我买的那份礼物太小了，就想换个大的，这下钱都花光了，我再也不那么自私了。"

艾美一边说着，一边把换来的那一大瓶香水拿出来给众人看，的确，原来的那瓶也太寒酸了。她年纪小，赚的钱不多，却还是把全部的钱拿了出来，给母亲买了礼物。她的样子热情而谦卑，这一刻心中只想着别人，没有自己，让梅格动情地立即把她搂在怀里，乔说她是"好样的"，贝思跑到窗边，摘下最漂亮的一枝玫瑰花，为这一大瓶香水装扮起来。

"你们知道吗？我原来买的那份礼物太小气了，都叫我不好意思拿出来，今天早晨我读了那本很好的小书，又跟你们聊了学好的好处，一起来就跑到街角，换了瓶大的。我好高兴，如今我的礼物最漂亮啦。"

当街的大门上又传来一声响，几位姑娘慌忙把篮子藏到沙发底下，围到餐桌旁边，准备吃早餐。

“圣诞快乐，妈咪！祝你圣诞快乐！感谢你为我们买的书，我们读了一些，打算以后每天都读呢。”几位姑娘齐声喊道。

“圣诞快乐，我的小姑娘们！真高兴你们马上就读了起来，希望你们坚持读下去。不过坐下吃饭前，我有句话要对你们说。离我们家不远，住着一位穷女人，奶着一个刚出生的孩子。家里没钱生火，六个孩子蜷缩着身子，挤到一张床上抱团取暖，就快被冻坏了。家里也没吃的，最大的那个男孩过来跟我说，一家人正在挨饿受冻。孩子们，你们愿意把早餐拿出去，作为圣诞礼物送给他们吗？”

几位姑娘已等了将近一个小时，真的饿了，一时谁也没说话——不过她们也就迟疑了一会儿的工夫，就听乔急躁地大声说：“真高兴你赶在我们吃饭前回来了！”

“我能帮忙把这些东西送给那些可怜的孩子吗？”贝思热切地问道。

“我来拿奶油和松饼。”艾美说道。她就像个小英雄，把自己最喜欢的东西奉献了出来。

梅格早就在包荞麦粉了，又把面包摞起来，装到了盘子里。

“我想你们都可以做这件事，”马奇太太似乎很满意地笑道，“你们都去，帮我拎东西，等会儿我们回来，还可以吃面包，喝牛奶，中午再好好吃一顿吧。”

她们很快就准备停当了，排成一队出了家门。幸好天色尚早，她们走后街，几乎没人看到，没人笑话这群奇怪的人。

那是一间破烂的、光溜溜的屋子，肮脏得很，窗户破着，屋里没生火，几件床上用品都破了，病病歪歪的一位母亲，一个号哭的婴儿，一床破被子底下挤着一群面黄肌瘦、饿肚子的孩子，正相互依靠着取暖。

姑娘们进屋的那一刻，那些大眼睛顿时瞪大了，冻得发青的嘴唇也都笑了。

“哦，我的老天爷！善良的天使来看我们啦！”穷女人高兴地号哭道。

“都是围着围巾、戴着手套的可笑的天使。”乔这句话把大家都给逗笑了。

只过了几分钟，屋里似乎真的充满了暖意。汉娜带来了木柴，生起一堆火，又站在破窗户跟前，用旧帽子和斗篷挡住了冷风。马奇太太让那位母亲喝茶、喝粥，还说以后还会给她家送吃的、喝的、穿的、用的，叫她不要担心，又给那个婴儿穿上暖和的衣服，动作那么温柔，就像在对待自己的孩子。就在这时，几位姑娘已经把圆桌撑开，放到了火堆旁边，让几个孩子都过来烤火，又拿吃的、喝的喂他们，就像在喂一群饥饿的小鸟——笑着，说着，试着理解他们说的蹩脚可笑的英语。

“太棒啦！善良的小天使！”那些可怜的孩子吃饭的时候，迎着舒服的火苗烘烤冻得发青的手。

姑娘们以前从未被人家叫过小天使，觉得这个词真好听，最高兴的当数乔，因为从她出生那刻起，就一直被人叫作“桑丘”①。那顿早餐几个人都没吃一口，心里却都很高兴，我想在她们将温暖与舒适留给那家人的时候，就算找遍整个城市，也不会找到比这四个宁愿自己饿肚子，也要把丰盛的早餐奉献出去，圣诞节的早晨只吃面包、喝牛奶就很满足的姑娘更快乐的人。

“爱我们的邻人胜过爱我们自己，我喜欢这样。”趁母亲在楼上收拾衣物准备送给贫穷的胡梅尔一家，几位姑娘把各自的礼物拿出来后梅格这样说。

东西不多，但几个小包裹里充满了浓浓的爱意，桌子中间的高花瓶里插着玫瑰、菊花和藤蔓植物，为屋里增添了几分颇为雅致的

① 西班牙作家塞万提斯所著小说《堂吉诃德》中的人物，为堂吉诃德的侍从。

气息。

“她下来啦！开始演奏，贝思！把门打开，艾美！为妈咪连呼三声！”在梅格领着母亲坐在那张尊贵的椅子上时，一直像小马驹那样蹦来蹦去的乔大声喊道。

贝思奏起最欢快的进行曲，艾美把门敞得大大的，梅格则露出一脸严肃，扮演护卫的角色，护送母亲进门。马奇太太进屋后，笑着查看礼物，读礼物上的小纸条，眼睛睁得大大的，又惊又喜，深受感动。拖鞋立马穿在脚上，有人趁她不注意把一副新手套塞到她兜里，艾美买的新古龙香水也派上了用场，弄得她浑身喷香，一朵玫瑰花别在胸前，又戴上了漂亮的新手套，让她忍不住连连赞叹：“真合适。”

一家人又笑又闹，又亲吻又解释，简简单单，却充满浓浓的爱意，为家庭的节日增添了欢乐的气氛，很久以后依旧让人怀念。闹完了，大家又忙活开了。

早晨为穷人送东西，又为母亲送礼物，一家人欢闹，占用了很多时间，所以接下来大家都在尽心为晚上的节目劳作。她们年纪还小，不能经常去剧院看戏，还有，毕竟家境也不富裕，看私人演出票都买不起，因此，她们就开动脑筋，亲手制作想要的任何东西，要知道，需要可是发明之母。她们做的有些东西真的很巧妙，比如用面团做吉他，用旧式的熔化黄油的小碟子做古灯，外面糊上一层银纸做罩，用旧棉布做华丽的袍子，在附近的一家泡菜厂找来一些锡片，缝在上面，亮晶晶的煞是好看。还是在这家泡菜厂，有的泡菜瓶盖不合适，工人就用机器切割下来一部分，她们就在这一堆堆的下脚料中挑出钻石状的，拿来制作盔甲。家具经常被翻过来倒过去，弄得乱七八糟，空旷的屋子就是剧场，上演过很多天真的狂欢活动。

男士不允许演戏，所以男人的角色就由乔来随意扮演，她认识一个朋友，这个朋友又认识一位演员，这位演员经由朋友的手送给她一双黄褐色的靴子，她穿在脚上感觉十分满意。这双靴子，一柄古剑，还有一件被某位画家用来画画的两边开衩的紧身背心，就成了乔的主要的珍宝，不管演什么戏，都是这副打扮。剧团小，人少，两位主要演员就只好一人饰多角，扮演三四种不同的角色，忙来忙去换服装，还要照管戏台，辛苦劲儿可想而知，因此要表扬她们的付出。演这样的戏对她们的记忆力可是一个大的考验，不过嘻嘻哈哈的倒也没什么害处，如果不利用这好几个小时好好闹一闹，就只能瞎晃荡，一个人呆坐着，或者去参加徒劳无益的社交活动了。

十几个姑娘挤坐在床上，这床便是剧院中只有穿盛装的宾客才可以坐的最前排的座位了，面对着蓝黄色的印花棉布窗帘，心中充满期待，个个模样都是那么好看。窗帘，也就是幕后面传来窸窣的响声，有人在低声说话，油灯冒出稀薄的烟雾，艾美偶尔咯咯笑一阵子，每逢这样的时刻，她就兴奋得快要疯掉。很快钟声响了，幕朝两旁拉开，悲剧开始上演。

节目单上写着要演的剧目:《黑暗森林》。罐子里插几丛灌木，地上铺好绿色的台球桌布，再在远处弄一个洞出来，就当是森林了。洞的顶用晾衣架搭建，五斗橱围起来，就是墙壁，里面有个小火炉，火烧得正旺，炉子上放着个小黑罐子，一位老女巫正弯着腰看那罐子。戏台上黑咕隆咚，炉火放出红光，增添了神秘恐怖的效果，女巫把罐子盖打开的那一刻，热气冒出来，更让人觉得这场景真实可信。等恐惧的尖叫声停了，流氓雨果昂首阔步地登场。只见他腰间悬着一把叮当作响的长剑，头上戴着一顶拉得低低的帽子，留着黑色的大胡子，身披神秘恐怖的斗篷，脚蹬大靴子。他躁动不安，迈着大步在台面上来回走了几趟，又拍拍脑门，疯狂地大声吼叫，用歌唱倾诉对罗德里格的恨，对扎拉的爱。他已下定决心，杀死前者，赢得后者的爱情。当雨果激动得无法自控时，声音变得粗哑，时而暴叫一下，喘息的情景给观众留下了深刻印象，让观众大声叫好。然后就见他摆出一副见惯了观众赞扬叫好的派头，鞠了个躬，溜到洞里，用命令的口气叫哈格尔赶紧出来，“嗬，奴才！我需要你！”

梅格登场。灰色的马毛垂挂在她的头上，遮住了脸，身穿黑红色长袍，拄着一根拐棍，斗篷上还画着些神秘的符号。雨果跟哈格尔要两种魔药，一种扎拉吃了会爱上他，一种罗德里格吃了会立即死掉。哈格尔就用优美、极富戏剧性的声音唱起来，答应了雨果的要求，然后作法，呼唤精灵现身，将爱的灵丹妙药送来：

你要赶紧离家，到我这里来，到我这里来，
轻盈的精灵，我命令你到这里来！
你是玫瑰身，饮露生长，
就不能酿造出魔药吗？
你要以精灵的速度，
把我需要的爱情的灵丹妙药送到我这里；
你要将药酿得甜美、速效、强力，
神灵，赶紧照我说的去做！

一段轻柔的音乐飘起来了，洞穴后面显出一个小人形，身穿灰白色的衣裳，生着一对亮闪闪的翅膀，金发飘逸，头戴玫瑰编就的花环，手里挥舞着一根魔杖，唱道：

我来了，
从我远在银月上的、
轻盈的家里来了。
把这魔药拿去吧，
好好用它，
不然魔力就消失了！

精灵把一小瓶闪着金光的药放在女巫脚下，瞬间消失了。女巫哈格尔又唱了一段，就又有一个幽灵出现了——这次不是个好幽灵，因为就听哐当一声门响，一个丑陋的小魔鬼现身了，粗哑着嗓子，呱呱叫了一声，把一个黑色的瓶子扔到雨果身上，然后发出一阵嘲笑，不见了踪影。雨果用温柔的颤音唱起歌来，谢过女巫好意，把毒药塞到靴子里头，走了。女巫哈格尔告诉观众，过去，雨果杀死了她的几个朋友，故此她诅咒他，想要挫败他的计划，为死去的朋友报仇。然后幕落下，观众休息，一边吃糖果，一边议论这幕剧的好处。

幕再次拉开前，好一阵叮叮当当的声音，听着像是在用锤子砸什么东西，不过当幕拉开，每个人一眼看出刚刚搭建起了一个多么经典的舞台场景时，也就不再为耽误的这点儿时间低声抱怨了。真的超级棒！一座塔竖了起来，塔尖都抵到了房顶，半腰上开着扇窗户，里头灯火通明，白色的幕后面显出扎拉的身影。只见她身穿一袭漂亮的蓝银色的白衣，正在等罗德里格到来。他穿着华服来了，帽子上插着羽毛，披着红色的斗篷，耳边垂着几缕栗色的卷曲的头发，怀抱吉他，脚上当然穿着大靴子。他跪倒在塔底下，用温柔的声音唱起一支小夜曲。扎拉回应了，跟罗德里格对了一会儿歌，答应同他远走高飞。然后这幕剧中最精彩的部分上演了。罗德里格取出绳梯，朝上走五步，将绳子一头扔到上面，让扎拉下来。她真的照做了，很胆怯地从窗户上爬了下来，靠在罗德里格肩上，正要优雅地朝下跳，“天啊！扎拉真可怜！”她却忘了裙裾——刚好被挂在了窗户上，塔一阵摇晃，随即咔嚓一声倒在地上，将这对可怜的恋人埋在了废墟中！

观众席上发出一阵尖叫，就见黄褐色的大靴子在废墟中疯狂地摇动，一个金色的头露出来，大声叫道：“我不是告诉过你吗？！我不是告诉过你吗？！”生性残暴的佩德罗老爷保持着镇静，冲进来，将女儿拖出，匆匆地低声说道：“别笑！假装一切安然无恙！”——又命令罗德里格站起来，带着满脸的怒气与鄙夷，要把他赶出王国。尽管塔这一倒，让罗德里格吃惊不小，可他公然违抗这位老绅士的命令，死活不肯走。扎拉见心上人如此英勇，心中瞬间燃起爱的烈火，也不听父亲的话了，老绅士一气之下要把两个人投到古堡中最深的地牢里。这时，一个长得敦敦实实的小个子家臣拎着锁链上来了，领着他们朝地下走，可他看上去一副吓坏了的样子，显然忘记了要说的台词。

第三幕戏在古堡大厅中上演，女巫哈格尔现身，前来解救受困的一对恋人，结束雨果的生命。她听到雨果来了，慌忙找个地方躲起来，看他把药倒进两杯酒中，然后对那个胆小的小个子仆人说："把这酒给那两个囚犯送去，告诉他们我稍后就到。"仆人把雨果拽到一旁跟他说话，哈格尔趁此机会偷偷将两杯毒药酒换成了两杯没毒的。叫费迪南德的"奴才"端着两杯酒下地窖了，哈格尔把原本为罗德里格准备的那杯毒药酒放回原处，雨果唱了那么久，唱得又累又渴，端起酒就喝了，药力发作，他失去神志，猛地撕扯自己的胸脯，又用力蹬踏地面，最后硬生生地摔倒在地，死了。女巫哈格尔见他没了气，就唱起优美的歌曲，把她刚才所做的一切告诉了他。

尽管有些人觉得流氓雨果突然散落的长发损害了他惨死的效果，但这一幕真的让人感觉十分紧张。观众叫他到幕前来，他就很有礼貌地领着哈格尔过来了。大家觉得哈格尔唱得真好，其余人的表演加到一起都比不过她。

第四幕演的是罗德里格得知扎拉抛弃了他，就要用刀子杀死自己。可是刀子刚放到胸口上，窗户底下就传来了优美的歌声。歌者告诉他，扎拉真的爱他，只是现在有危险，如果他愿意的话，是可以救她的。隔着窗户扔进来一把钥匙，他急忙捡起来把门打开，狂喜中砸碎身上的锁链，冲出去寻找、解救他的情人。

第五幕演得很激烈，主角是扎拉和唐·佩德罗。唐想让扎拉去修道院当修女，扎拉死活不肯，唐就动情地求她。就在她心软时，罗德里格冲了进来，向她求婚。唐·佩德罗不答应，因为罗德里格没有钱。俩人就大吵一架，激烈地做着各种动作，却始终无法达成一致意见，就在罗德里格生拉硬扯地强行拖走筋疲力尽的扎拉的那一刻，那个胆小的仆人手里拿着哈格尔的一封信和一个口袋进来了，而此时哈格尔已不知去向。仆人告诉众人，女巫哈格尔给这对新人留下了一大笔财富，还说如果唐·佩德罗阻止两人结合，就让他下地狱，饱受煎熬。袋子打开了，好几夸脱锡币如雨般纷纷落在舞台上，最后堆成金光闪闪的一大堆。“狠心肠的父亲”见钱眼开，心顿时软了。他满足了，再也不抱怨，同众人唱起了欢快的歌，两个有情人最终以最最浪漫、优雅的姿态跪倒在地，接受唐·佩德罗的祝福，幕落在了他们身上。

闹哄哄的喝彩声响起，却又突然止住了，原来搭建“头排座位”的单人床突然关闭，把热情的看客都关了进去。罗德里格、唐·佩德罗见此情景慌忙冲过去，把众人一个个救了出来，没有人受伤，只是很多人都笑得说不出话来了。欢闹的气氛刚刚退去，就见汉娜进来说：“马奇太太问候各位女士，请下楼吃晚餐。”

几位演员下了楼，一看到餐桌真是又惊又喜。妈咪好像给她们准备了一份小礼物，可是自从告别了富裕的日子，这么好的礼物连听都没有听过。桌上摆着冰激凌——真的是两盘，有粉的，有白的——还有蛋糕、水果和叫人欣喜若狂的法国软心奶糖，而且在桌子正中间，还摆放着四大束芬芳的暖房鲜花！

她们激动得喘不过气来，一会儿看看桌子上的东西，一会儿又看看母亲，母亲似乎很享受这一切。

“是仙女送来的吗？”艾美问。

“是圣诞老人送来的。”贝思说。

“是母亲买来的。”还戴着灰白胡子、白眼眉的梅格说。

“马奇姑婆一时激动，为我们送来了晚餐。”乔突发奇想地叫道。

“都不是。是老劳伦斯先生送来的。”马奇太太答道。

“什么？就是叫劳伦斯的那个男孩子的爷爷！他怎么会想到送我们晚餐吃？我们不认识他啊！”梅格大声说道。

“汉娜把你们今天早晨为那个穷女人一家送早餐的事跟他家的一个仆人说了。他是个古怪的老先生，不过他听了这件事十分高兴。好多年前他就与我父亲认识了，今天下午他让人给我送来一张很客气的纸条，说希望我能允许他送给我的孩子几样小东西，一方面对她们表示敬意，一方面庆祝美好的今天。我没法拒绝人家的好意，喏，就有了今天晚上的这个小宴会，就算是弥补今天的面包牛奶早餐吧。”

“主意肯定是那个男孩想出来的，肯定是他！他真的很棒，我们早该认识他。看样子他是认识我们的，只是梅格太假正经，碰到他的时候都不让我跟人家说话。”乔说。这时，盘子已转了起来，眨眼的工夫，冰激凌已经不见了，个个又“哦”又“啊”地满足地连连赞叹。

“你是说住我们隔壁那栋大房子里的那家人吗？”其中一位姑娘问，“我母亲认识这位劳伦斯老先生，却说他为人高傲，不愿意跟邻居有什么瓜葛。他孙子不骑马，不跟家庭教师一同散步的时候，总被他关在家里苦读。我们邀请他参加我们的派对，他一次都不去。母亲说他人很好，尽管他从来不跟我们这些女孩子说话。”

“有一回，我们家的猫跑了，还是他给送回来的呢，我们隔着栅栏聊天，聊得可好了——聊的都是蟋蟀的事——一见梅格过来，他就走了。我真想哪天好好认识认识他，他需要跟人一起玩乐，我确信他需要。”乔坚决地说。

“我喜欢他彬彬有礼的样子，看着就像个小绅士，找个合适的机会认识一下他吧，我不反对。这些花是他亲自送来的，我要是知道你们在楼上搞什么，肯定会请他进来坐会儿的。他走的时候一副恋恋不舍的样子，听你们又吵又闹的，却知道自己跟这些事无缘。”

“多亏你没这么做呢，母亲！”乔看着自己脚上的大鞋子笑道，“不过，我们改天再演一场，叫他来看就是了。也许他能帮着演个什么角色。这样岂不快活？”

“这么美的花我以前见都没见过！快瞧，它们多美啊！”梅格饶有兴趣地注视着那些花叹道。

“真的很漂亮！不过我觉得贝思送我的花更香。”马奇太太闻了闻别在腰间的那一小束半死的花说道。

贝思听了这话依偎在母亲身旁，用温柔的语气低声说道：“我真想把花送给父亲。恐怕他的圣诞节过得没有我们这么快乐。”

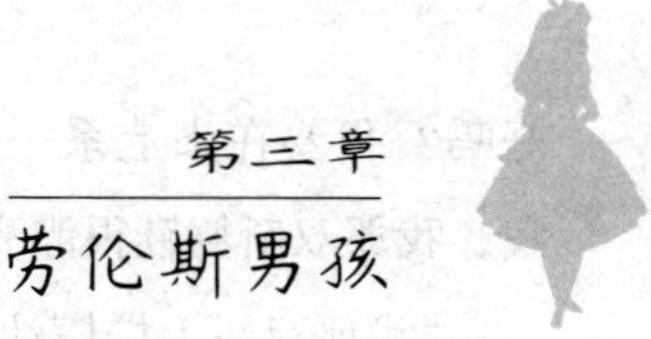

第三章

劳伦斯男孩

“乔！乔！你在哪儿？”梅格站在阁楼楼梯底下喊道。

“这儿呢！”上面传下来一个粗哑的声音，梅格赶紧跑上去，发现妹妹正坐在靠窗的一个三条腿的沙发上，身上裹着被子，晒着太阳，一边看《拉德克利夫继承人》，一边吃着苹果哭泣。乔最喜欢在这儿躲着了，拿上六七个冬季的粗皮苹果，再拿本好书，藏在这里踏踏实实待着，这里安静，无人打扰，又有近旁的一只理都不理她的小宠物老鼠做伴，她喜欢这种生活。梅格一上来，小老鼠赶紧逃了。乔擦掉脸颊上的泪水，等着听姐姐带来的消息。

“真开心！快看！加德纳太太的正式请柬，要我们明天晚上去她家聚会！”梅格挥舞着手里那张珍贵的纸叫道，然后满怀少女的喜悦读了下去。

“‘加德纳太太邀请马奇小姐与约瑟芬小姐参加明晚的小舞会。’妈咪想让我们去，我们就去吧，可我们穿什么呢？”

“你问这个有什么用？难道你不知道除了毛葛的衣服，我们什么都没有吗？”嘴里塞满了苹果的乔说道。

“我要是有一件丝绸衣服该有多好！”梅格叹道，“母亲说等我到了十八岁就可以有了，可是还要再等两年，时间可真够久的。”

“我确信我们的毛葛衣服看上去就像丝绸的，有这种衣服穿就够好了。你那件跟新的一样，我却忘记了自己那件有烧的洞，有些地方还撕烂了。我该怎么办？烧的那洞看着糟透了，挖都挖不掉。”

“你就坐着，尽量不要动，不要叫人家看到你的背，前面不是挺好吗？我要在头上系一条新丝带，妈咪会把她那根小珍珠发卡借给我，我那双新舞鞋很漂亮，手套也还好，尽管不算太称心。”

“我那双沾上柠檬汁了，又不能买新的，算了，我就不戴了吧。”向来不为穿着发愁的乔说。

“你不戴不行，不然我就不去了。”梅格坚决地说，“手套最重要了，缺了别的东西还行，唯独不能缺手套。跳舞的时候，没手套怎么行，你要是不戴，我可就丢死人了。”

“那我就坐着不动。我向来不喜欢跟人家跳舞。溜来溜去的多没劲啊。我喜欢四处跑着跟人家开玩笑。”

“你可不能让母亲花钱给你买新的，手套那么贵，你也太粗心了些。你把另外一只手套弄脏时，她就说今年冬天不会再给你买了。你能想想办法凑合一下吗？”梅格焦虑地问。

“那我就使劲儿攥拳头，这样就没人看出脏来了，我想不出别的办法，只能这样了。哦，不！我来告诉你我们该怎么做——每人戴一只好的，一只坏的。你看怎样？”

“你的手比我的大，你会把我的手套撑坏的。”梅格说道，手套可是她的痛处。

“那我就不戴了。我才不在乎别人说什么呢！”乔拿起书大声说。

“那你就戴我的吧，戴吧！不过千万不要弄脏了，你自己也要谨慎些，不要把手放到背后，直勾勾地盯着人家的脸，或者叫人家‘小乖乖’，行吗？”

“你别担心我。我就假装正经，谁都不搭理，也不惹是生非，如果能控制住的话。好了，你现在走吧，给人家回个信，我把这个精彩的故事读完。”

于是梅格就下楼“感谢人家的盛情邀请”了。然后她反复打量自己的衣裳，一边为长裙装饰着真正的蕾丝荷叶边，一边愉快地唱歌。乔读完故事，吃光四个苹果，又跟小老鼠闹了一会儿才下来。

新年夜，客厅里空荡荡的，两个年轻些的姑娘帮着梳妆打扮，两个年纪大些的什么也不想，只想着晚上去“赴约”这件顶顶重要的事。本来没有什么可打扮的，几个姑娘却不停地跑上跑下，又笑又闹，整栋房子里一时充满了一股烧头发的刺鼻的气味。梅格想在头发上烫几个卷出来，垂到脸的两侧，于是乔就用纸包住梅格的几绺头发，拿来一对烧得火热的烫发钳，为她烫卷。

“烫发是这个味儿吗？”贝思坐在床上问道。

“我在把湿头发弄干。”乔答道。

“气味好怪啊！就像在烧皮子。”艾美一副傲慢的神情，抚弄着自己那漂亮的鬈发说道。

“就好啦，等我拿掉包着的纸，你就会看到一大堆长鬈发。”乔说着把烫发钳放下了。

她真的把纸取下来了，可哪里有什么长鬈发，纸取下来的那一刻，也把一绺头发给扯了下来。这位高级理发师吓呆了，赶紧把那绺烧焦的头发放到了梅格面前的梳妆台上。

“哦，不，哦！你在干吗？你可把我给毁了！我再也去不了了！哦，我的头发，我的头发！”梅格看着额头上狗啃般的鬈发呜咽道。

“我的运气总是这么差劲！你本不该让我给你烫发的。我不管干什么，总会把事情搞糟。真对不起，可钳子太烫了，我就弄砸了。”可怜的乔看着那绺烧黑的头发，眼里含着悔恨的泪水。

“也没搞砸，就是卷了些，你用丝带一系，让发梢垂到额头上一点儿，看着还挺时髦呢。我见很多姑娘都是这么做的。”艾美安慰姐姐道。

“我还臭美呢，真是活该。要知道这样还不如不做。”梅格耍着性子喊道。

“我也是这么想的，你的头发本来就那么顺滑，那么漂亮。不过你也别担心，很快就会长出来的。”贝思过去吻着这只被褪了毛的“小绵羊”安慰道。

又出了几个小错，梅格总算收拾好了，全家人齐上阵，给乔把头发盘起来，把裙装穿上。虽说穿得简单，但两人看上去还真不错——梅格身穿淡黄色的衣服，头发用蓝色的天鹅绒发网兜着，发网饰以蕾丝荷叶边，头上还别着一个珍珠发卡；乔穿着褐紫红色的衣裳，脖子上系着颇具绅士气派的硬领，头上插着一两朵白菊花，就算是唯一的装饰品了。每人戴着一只颜色稍浅的手套，脏的那只不戴，拿在手中，全家人一看，都说“效果又自然又棒”。梅格脚上穿着高跟舞鞋，紧得很，磨得她难受，却死活不肯承认，乔头上插着的那十九根发针根根竖起，似乎插进了她的脑袋里面，搞得她很不舒服，不过，为了美就要受这样的罪，不然还不如死掉得好！

“玩得高兴点儿，亲爱的！”马奇太太见两个女儿漂漂亮亮地出门了，说道，“晚饭别吃太多，十一点回来，到时候我让汉娜去叫你们。”她们随手把大门哐当一声关上的那一刻，就听窗户里有人喊道：“姑娘们，姑娘们！你们都带了漂亮的手帕吗？”

“带啦，带啦，棒极了，梅格还喷香水了呢。”俩人继续朝前走的时候乔补充道，“我想啊，妈咪肯定会觉得我俩要躲地震才跑这么快呢。”

“妈咪很有品位，身上总带着手帕，我觉得这么做很对，因为一位真正的女士就要穿干净的靴子，戴干净的手套，随身带着干净的手帕。”“品位同样不凡”的梅格答道。

“哦，对了，乔，你背后破的那块千万不要让人家看到。我的腰带怎么样，还好吗？我的头发看着还不算太糟吧？”梅格在加德纳太太梳妆室里的镜子前面扭来扭去，打扮了好一会儿，才这样说道。

“我不会忘的，你放心。你要是看到我哪里做得不合适了，就向我眨一下眼，行吗？”乔拽了拽领子，胡乱梳了一下头发，说道。

“我可不能这么做，眨眼睛才不是女士的做派呢。我要是看到你哪里做得不对，就冲你挑挑眉毛；做对了，就冲你点点头。现在你把腰背挺直，走的时候迈小步，有人介绍你给人家认识，千万不能和人家握手，千万不要这么做。”

“这些礼仪你都是从哪里学来的？恐怕我这辈子都学不会。音乐很棒，对不对？”

她们下楼去了，因为很少参加这样的聚会，不免有些胆怯，虽说这只是个小聚会，但在她们看来却是天大的事。加德纳太太岁数不小了，言谈举止间透出一股威严的气势，一见她们就热情地打招呼，把她们领到六个女儿当中年纪最大的那个面前。梅格认识萨莉，很快就放松下来，跟她聊上了。乔呢，不喜欢姑娘，不喜欢姑娘们说的那些流言蜚语，就背靠着墙，一会儿在这儿站站，一会儿在那儿站站，觉得自己就像一匹闯入花园的小马驹，完全不属于这里。屋子里另外的地方，有几位快活的女士正在聊滑冰的事，她也想过去跟人家聊，因为滑冰是她这辈子最喜欢做的事之一。她冲梅格使了个眼色，问她行不行，却看到对方一惊，眉毛挑得老高，她一看不行，就没敢动。没人过来跟她搭话，身边的人换了一拨又一拨，最后人都走光了，只剩下她一个。她担心衣服背后烧坏的那部分被人家看到，不敢四处走动好好玩，只好很伤心地眼巴巴地盯着人家，直到舞会开始。马上就有人过来邀请梅格，虽说舞鞋把梅格的脚夹得生疼，但一眼看上去，她跳得那么轻快，让人很难想到这位面露笑容的女士其实是在忍着剧痛。乔看到一位身材高大的红发男子朝她这边走过来了，生怕人家请她跳舞，慌忙溜到窗帘后面藏起来，想一边偷窥外面的动静，一边安安静静地待一会儿。倒霉的是，还有一个天性腼腆的人也选择了这个“避难”的地方，窗帘在身后落下的那一刻，她就发现自己跟这个叫劳伦斯的男孩碰了个正着。

“哦，天啊，没想到这里有人！”乔结结巴巴地说道。

男孩略有些吃惊地说道：“没事的，你愿意的话，就在这儿待着吧。”

“我没打扰你吧？”

“根本没有。那边人多，我想在这儿躲着。”

“我也是。”

男孩重新坐下，看着自己的舞鞋发呆。乔尽量礼貌地说：“我想我认识你。你就住我们附近，对不？”

“就住隔壁。”

乔放松下来了，愉快地说道：“你送我们的圣诞礼物真好。”

“是爷爷叫送的。”

“主意是你出的，对不？”

“你的猫怎样了，马奇小姐？”

“我不是马奇小姐，我是乔。”

“我也不叫劳伦斯，我叫劳里。”

“劳里？好怪的名字！”

“我的教名叫西奥多，我不喜欢这个名字，因为人家总叫我朵拉，我就让他们叫我叫劳里。”

“我也不喜欢我的名字。我好喜欢人家叫我乔，而不是约瑟芬。你是怎么叫他们不再叫你朵拉的？”

“揍他们。”

“我可没法揍马奇姑婆。”乔叹道。

“你不想去跳舞吗，马奇小姐？”

“我倒是很想跳，可这种地方我来得少，不想闹笑话。你跳吗？”

“有时会。可我在国外待了好几年，还不知道这边的人怎么跳呢。”

“国外？”乔叫道，“我喜欢听人家讲国外的事。”

劳里不知道该从何说起，就跟她说了在韦威读书的事，还说了假日里和老师一起步行去瑞士的事。

“我好想去那里！你去过巴黎吗？”

“我们去年冬天就在那儿过的。”

“那你会说法语吗？”

“会一点儿。”

“那边那个穿漂亮舞鞋的年轻女士是谁？”

“我姐。你觉得她漂亮吗？”

“漂亮，让我想起了德国姑娘，青春又安静。”

乔喜欢听这个男孩夸她姐姐，随着俩人越聊越熟，就慢慢地忘掉了破衣服的事。她喜欢这个叫劳伦斯的男孩，打算向别的姑娘好好说说他。

“我想你就要上大学了吧？我看你整天努力读书。”

“再过一两年，等十七岁了再说。”

“你才十五吗？”

“下个月就十六了。”

“我好想去上大学。你好像并不喜欢。”

“我恨上大学！”

“那你喜欢什么？”

“去意大利，过自己想要的生活。”

乔见他不高兴了，就忍住没问他想过什么样的生活，换了个话题，说道：“这支波尔卡舞曲挺棒的，你干吗不去试一下？”

“你去我才去。”

“我去不成，因为我对梅格说过——”

“说过什么？”

“唉，对你明说了吧，我烤火的时候不慎把衣服烧了一块，梅格叫我不要动，免得人家看到笑话。”

可劳里并没有笑，而是很温柔地说道：“这不算什么。那边有个长过道，我们去跳波尔卡。”

过道里刚好没人，俩人就跳开了。劳里跳得真棒，还教她德国舞步。音乐停了，俩人坐在台阶休息，就见梅格进来找妹妹。梅格冲她打了个手势，她就起身去了旁边的一间屋子，推门进去，看到姐姐一脸苍白，正坐在沙发上抚摸自己的脚。

“我把脚扭伤了，这双烂鞋子弄得我好苦。我该怎么回家呢？”

“我看只能叫马车了，要么就在这儿住一夜。”乔轻抚着姐姐扭伤的脚踝说道。

“雇马车那么贵，这儿的人又都是坐自己的车来的，马厩那么远，没人愿意去叫。”

“我去。”

“不行！都九点多了，天又这么黑。我还是等汉娜来吧。”

“我去问问劳里有什么办法。”

“哦，不！你把我们的东西收拾好，等会儿吃完了饭，汉娜来的时候叫我一声。”

“他们就要去吃饭了，我哪儿也不去，陪你。”

“亲爱的，赶紧走吧，给我拿杯咖啡来。”

于是乔去了餐室，加德纳太太正在里面休息，她大着胆子走到桌子跟前拿起一杯咖啡，却不慎将咖啡洒了出来，弄得裙子前面也像后面一样糟糕了。

“哦，我好粗心！”乔一边用梅格那只手套擦衣服，一边叫道。

“我能帮你什么吗？”身后一个友好的声音说道。是劳里，只见他一手正端着一满杯咖啡，一手端着一盘冰块。

“梅格累了，要吃东西，我来给她拿，不小心弄砸了。”乔看着弄脏的裙子和手套说道。

“这样啊。我正想把这东西给人呢。我给你姐姐送去吧。”

“谢谢你。我就不去了，我害怕再把事情弄砸。”

乔头前引路，到了梅格那屋，劳里搬来一张小桌子，又给乔拿来一份冰，一杯咖啡。几个人吃着，喝着，玩得很愉快。汉娜来了，梅格赶紧上前迎她，忘了扭脚的事。

“别说话！什么也别说，我不过把脚扭了一下。”梅格说着开始穿衣服。

汉娜说了她两句，梅格开始使性子，乔一见架势不好，慌忙出门找马车。门前刚好停着一辆，车夫却对这一带不熟，乔正四下找人，就见劳里过来了。他的车刚到，要借给她们用。

“天还这么早呢！不用了吧。”乔犹豫地说。

“我总这么早走。我送你们吧，刚好顺道，就要下雨了。”

事情就这样定了，乔回去叫其余的人。几个人上了豪华马车，梅格把脚抬高，找个地方搭好，大家开始聊这次聚会的事。

“我玩得很好。”乔说。

“我玩得也不错，只是崴了脚。”

“我看到你跟那个红发男子跳舞了。他人好吗？”

“好得很！他的头发不是红色的，是赤褐色的，我还跟他跳了雷多瓦舞。”

“他跳舞的样子像蚱蜢，我和劳里都忍不住笑了。你听到我们笑了吗？”

“没有。对了，你刚才躲哪儿去了？”

乔说完自己的事，刚好到家门口。几个人跟人家连声道谢，然后悄悄进了院子，但刚进门，就见两个小睡帽冒了出来，两个声音同时大声喊道：“快跟我们说说派对的事！”

乔给了两个妹妹一些法国夹心糖果，又给她们说了晚上最惊心的事件，打发她们去睡了。

“坐着大马车回家，旁边有女仆伺候，才算真正的年轻女士呢。”梅格说。

“我觉得虽说我们烧坏了头发，穿旧衣服，戴一只手套，穿烂鞋子扭伤了脚，可那些富小姐并不如我们玩得快活。”乔说。

第四章 重担

“背着重担好难前行。”愉快的一周结束了，又要做不喜欢的事，梅格有些不适应。

“天天过节该多好。”乔打着哈欠说道。

“像这样就够好了。有鲜花，有派对，坐马车回家，读读书，休息休息，什么事也不用做。我喜欢奢华的生活，羡慕那些能过这种生活的姑娘。”梅格一边在两条破裙子中挑着，想挑条不那么破的穿在身上，一边说道。

“我们也不要抱怨，应该像妈咪那样快快乐乐地背着重担朝前走。就说马奇姑婆吧，性格怪得很，不过我要是不抱怨，或者不在乎，就能轻松地背她了。”

乔想到这里心中高兴了，梅格却提不起精神，她有三个宠坏的孩子要照顾，一点儿打扮的心思也没有。

“打扮那么漂亮又有什么用？我整天累死累活的，因为穷，到老了就变成个丑八怪。真丢人！”

梅格伤心地下楼去吃饭，似乎每个人都病了。贝思头痛，躺在沙发上跟母猫和三只小猫玩。艾美没做完作业，鞋子又找不到了，正在烦恼。乔吹着口哨，闹腾得叫人心里发慌。马奇太太忙着写信，汉娜在发脾气，因为迟到可不是她的做派。

“贝思，赶紧把你这几只讨厌的小猫弄到地下室去，不然的话我可要溺死它们啦！”小猫咪爬到了她的背上，让她很不痛快。

乔在大笑，梅格在责备，贝思在恳求，艾美在呜咽，因为她记不起来九乘以十二等于多少了。

“安静些，安静些！我得把这封信写完寄走。”马奇太太叫道，她已是第三次划掉写错的句子了。

汉娜打破了暂时的平静，端来两个烤得热乎乎的酥饼放在桌上。大冷天的，吃这东西舒服得很。汉娜不管多忙，也要做两个酥饼出来，因为姑娘们中午没得吃。

“贝思，管好你的小猫，把头痛治好。再见了，妈咪。我们今天早晨表现得像几个小恶棍，不过以后绝不会了。我们快走吧，梅格！”乔说道。

拐弯的时候，她们回头看母亲，因为知道母亲肯定在看她们，不管日子多么艰难，只要看到母亲那一瞥，就都能挺过去。

“我真想母亲冲我们挥拳头，而不是吻别，这样我会更好受些。”乔迎着冷风，踏着厚雪说道。

“以后你不要再说那么难听的话了。”梅格道。

“我就喜欢说有意义的狠话。”

“你说什么是你的事，我可不是什么恶棍。”

“看你今天那脸色，多难看，就因为过不上富小姐的生活。等我长大吧，赚了钱，让你坐大马车，吃冰激凌，穿高跟鞋，让红发的小伙子陪你跳舞。”

“你真搞笑！”梅格笑道。

“我们不该愁眉苦脸的，要快乐。别再抱怨了，回家的时候要高高兴兴的，亲爱的。”

乔拍拍姐姐的背，俩人分手了。尽管天气寒冷，要做的事多么辛苦，但每个人还是努力让自己快乐起来。

马奇先生为帮助一位倒霉的朋友倾尽了家产，大女儿、二女儿主动提出帮家里做事，父母也想让她们早点儿独立，就答应了。俩人都有一股冲劲儿，最后终于找到事做。梅格在一户姓金的人家做家庭教师，收入不多，却觉得很富有。不过正如她说的，“喜欢过奢华的生活”，唯一的麻烦就是挣钱太少。看人家吃的、穿的、用的应有尽有，自己那么寒酸，未免觉得有些不公平。其实她还不知道自己多富有呢，而正是这些东西才能让一个人真正过得幸福。

马奇姑婆是个瘸子，需要人照顾，乔刚好适合她。马奇姑婆没孩子，想过继个女儿，谁知马奇夫妇不愿意。朋友们都说，老太太有钱，等死了，能分不少钱。可马奇夫妻俩是这么说的：

“为了点儿钱就把女儿让出去，我们不干。穷也好，富也好，只要全家人在一起，就是幸福。”

老太太生气了，好久都不跟马奇家的人说话，后来有一次在朋友家里，见乔可爱，又冒冒失失的，就想叫她过去跟自己做伴。乔没事做，只好答应了，谁也没想到，俩人还处得不错。乔偶尔也会发脾气，回家不去伺候了，每次老太太都托人去叫。她每次也都不拒绝，因为她从心底是很喜欢这个暴躁的老太婆的。

我觉得真正吸引乔的是老太太家的那一大屋子书。马奇叔叔死后，那些书就生了尘土，结满了蜘蛛网。每次马奇姑婆小睡，乔都会溜到藏书室里，像个书虫那样快乐地读各种各样的书。不过她的快乐持续不了太久，因为每次看到最精彩的情节，总会听到楼下一声尖叫：“约——瑟芬！约——瑟芬！”

乔一心想做大事，至于那大事是什么，自己还不知道，但伺候马奇姑婆，能养活自己，就够她快乐的了。

贝思天性太过胆小就没去上学，在家里读书，帮着汉娜把家收拾得井井有条，却从未想过要什么回报。她并不孤独，和想象中的朋友在一起玩，每天还要照料六个玩偶。这些玩偶没一个是齐整的，没一个是漂亮的，但她并不嫌弃它们，从不用针扎它们，从不对它们说狠话，从不疏忽它们，把它们照料得好好的。乔有个玩偶，曾过着狂暴的生活，后来被她弄得残破，丢到了一个烂袋子里。贝思捡来，见玩偶的头上光溜溜的，就为它缝制了一顶小巧的帽子戴上，又因为缺胳膊少腿，便找来一块布裹住它的身子。每天晚上睡觉前，她都要为它唱摇篮曲，还温柔地对它说："希望你睡得好，我的可怜的小宝宝。"

贝思跟别人一样，也有自己的烦恼，用乔的话说，经常会"哭一会儿"。她喜欢音乐，耐心地鼓捣那架旧钢琴。没人看到她擦去滴到发黄的琴键上的泪水，她像只小云雀那样唱自己的作品，不厌其烦地为母亲和几个姐妹伴奏，日复一日地心怀着希望说："只要我足够好，就能买到那卷新乐谱。"

这个世界上有很多贝思这样的人，安静地坐在角落里，为别人快乐地活着，没人看到他们做出的牺牲，直到壁炉台上的那只小蟋蟀不叫了，甜蜜的阳光消失了，只留下寂静与暗影的时候，人们才知道他们有多好。

要是有人问艾美这辈子最心烦的事是什么，她肯定会说"鼻子"。小时候，乔不小心把她推到了煤斗里，从此以后她就说是乔毁了她的鼻子。其实，她的鼻子没别的毛病，只是有些平。艾美特别想要一个希腊人那样的鼻子，就在纸上画满漂亮的鼻子安慰自己。

姐妹口中的这个"小拉斐尔"画画有天赋，鲜花、仙女、故事随手画来，为此老师常抱怨她不在石板上做算数，常常画各种小动物，又在地图的留白处临摹地图。艾美除了会画画，还会弹十二首曲子，用钩针钩东西，总对同学们说"我爸爸有钱的时候怎样怎样"，说得着实令人感动，说话又喜欢用长句子，同学们纷纷夸她"优雅极了"。

大家都喜欢艾美，艾美自然自傲起来，但她的自傲被一件事压住了。她总捡表姐佛罗伦斯的衣服穿，佛罗伦斯的母亲没品位，常给女儿买难看的衣服，但艾美有艺术家的品位，难看的衣服穿在身上心中当然痛苦。

"无聊死了，有人说故事吗？"那天晚上几个人坐着缝衣服时，梅格说道。

“我来说一个。今天我遇到了一件怪事。姑婆打瞌睡的时候，我照常读着贝尔沙姆的散文，读了一会儿，困了，就打了个特别大的哈欠，把她吵醒了，她见我这样，就问我干吗把嘴张那么大，都能把书吞进去了。

“‘我倒是想把书吞进去呢。’我说。

“然后她就历数我的罪行，让我坐着好好反省。不一会儿，她就又困了，我从兜里掏出那本《维克菲尔德的牧师》，一只眼看书，一只眼看她。我读着读着就忘乎所以了，忍不住笑出声来，又把她吵醒了。可这回她小睡了一会儿，心情好了些，问我读的什么，还让我选一本最喜欢的给她读两段。我卖力地读着贝尔沙姆的散文，可她说：‘我怎么听不懂啊，孩子？你再从头读。’

“我就又从头开始读，读着读着就想搞点儿坏事，对她说：‘我看您听烦了，夫人，我就不读了吧。’

“当时她正织东西，听我突然这么一说，手里的东西滚落在地。‘把这段读完，小姐。’”

“这么说她喜欢你读的东西了？”梅格问。

“哦，才不是呢！今天下午我回去拿手套，发现她正捧着那本《维克菲尔德的牧师》读得起劲，我在走廊里跳舞大笑她都没听到。她是很有钱，可我不嫉妒她。有钱人跟穷人一样，也有自己的烦恼。”

“你说这个倒让我想起一件事来，”梅格说，“今天我去金家，看到全家老小慌慌张张的，一问才知道金家的大儿子做了错事，让家里丢了脸，被金先生赶出了家门。”

“我觉得在学校里丢脸才最难受呢。”艾美晃着小脑袋说道，“今天我们班的苏茜·帕金斯偷着给戴维斯先生画像，惹得我们都笑，没想到被戴维斯先生发现了，当着全班人的面，揪着她的耳朵，让她拿着石板站到讲台上，站了足足半个小时！”

“女生们笑了吗？”乔问。

“笑？才不敢呢。”艾美说。

“今天我碰到了暖心的一件事，本想吃晚饭的时候说，却给忘了，”贝思说，“我去柯特先生的鱼店给汉娜买牡蛎，碰巧劳伦斯先生也在，不过他没看到我。一个穷女人拎着水桶，拿着拖把进了店，说要帮着打扫店里，换条鱼吃，因为都一整天了，孩子们连一口东西也还没吃。柯特先生当时正忙，就说了句狠话：‘不行。’穷女人很失望，刚要走，就见劳伦斯先生把她叫住，亲自掏钱为她买了一条大鱼，女人又惊又喜，抱着鱼连连称谢。”

几个人的故事讲完了，都说让母亲讲一个，母亲就说：“今天我缝衣服的时候，进来了一个老人，当时我正担心你们的父亲，就开始跟老人说话，因为我看他又穷又累。

“‘你有儿子在部队吗？’我问。

“‘有，夫人，我有四个儿子，两个战死了，一个当了俘虏，还有一个病了。’

“‘你为国家牺牲了那么多。’

“‘才不是呢，夫人，我要是年轻些，也要上战场，只可惜老了，人家不让去。’

“我当时觉得惭愧，家里只有一个男人去打仗，还整天提心吊胆的，可人家出了四个人。老人临走时，我给了他些钱，诚心地感谢他为我上了美好的一课。”

第五章 睦邻友好

“你这是要干吗去，乔？”梅格见妹妹穿着雨靴，拿着扫帚、铁铲打算出门，慌忙问道。

“锻炼身体。”

“外面冷死了，还是在屋里待着吧。”

“偏不。我喜欢冒险。”

梅格继续在火炉旁烤脚、读书，乔拿着工具出去了。雪不大，一会儿就清出来一条小路。小路这边是马奇家，房子光秃秃的，很破旧，那边是劳伦斯家，大理石砌的屋子，看着十分气派。房子虽好，但人气不旺，草坪上见不到孩子玩耍，进进出出的，除了爷爷、孙子、几个用人，再没有旁人。

乔喜欢这栋房子，总想看看里面什么样，还想结识一下那个叫劳里的男孩。那次派对过后，她一直想跟他交朋友，却好些天不见他的影子，觉得他肯定出门了。可有一天，贝思和艾美在花园中打雪仗，乔发现那孩子正站在窗前看她们。

“那孩子想出来跟别人玩，却整天被他爷爷关在家里，”乔想道，“我得好好跟他爷爷说说，不能让孩子总闷在家里。”

乔想到这儿，看劳伦斯先生驾马车走了，便走到对面花园中，仔细打量那房子。一楼的窗帘拉着，看不到仆人的影子，但朝上一看，那孩子正站在二楼窗户旁边。

“人在呢，”乔想道，“我扔个雪球，让他瞧瞧。”

男孩一见雪球，眼睛里顿时显出神采，笑了。

“你还好吗？你病了吗？”乔说。

“好多了，我得了重感冒，在家都待一个星期了。”

“有人来看你吗？”

“没有。男孩子太闹，我不想叫他们来。”

“女孩子不闹。有女孩子给你读书，陪你玩吗？”

“我不认识女孩子。”

“你认识我们啊。”乔笑道。

“是啊！你们能来我家吗？”

“我得去问问母亲，你先把窗户关上。”

乔说完一耸肩走了，劳里想到有人跟自己玩了，高兴地换了条新硬领，又把家里收拾干净。不一会儿，门铃响了，仆人去开门，就听有人说要找“劳里先生”。

“让她进来，是乔小姐。”劳里说着亲自去迎接，开门一看，乔一手拿着一盘吃的，一手抱着三只小猫咪正站在那儿。

“我回去跟母亲一说，母亲就欣然同意了。梅格亲手做了些牛奶冻，贝思觉得她的小猫咪会让你感到安慰，也让我带过来了。”

“啊，看着真棒！”乔把牛奶冻放在桌上，劳里叹道。

“是不错，这东西软，就茶喝，不会伤到你发炎的喉咙。这屋子真舒服。”

“哪有？仆人们太懒，根本不收拾。”

“我来吧，两分钟就能收拾好。”

乔真的动手收拾起来，一会儿的工夫就把屋子收拾干净了。

“你真好！收拾得真漂亮。”

“我能给你读点儿东西吗？”乔看着近旁几本诱人的书说。

“谢谢。这些书我都读过了。我们说会儿话吧。”

“我整天说话，贝思说我的话总说不完。”

“那个总待在家里，有时拎着一个小篮子出门的就是贝思吗？”

“没错。”

“漂亮的那个是梅格，卷发的那个是艾美，对不对？”

“你怎么知道的？”

劳里脸红了，坦白道：“我一个人在屋里待着，常见你们玩闹。请原谅我这么没礼貌，不过有时你们会忘了拉窗帘，我能看到你家里的花，还能看到你母亲跟你们围坐在圆桌旁。你知道，我没有母亲，就忍不住看你们。”劳里说完嘴角不由得抽动着。

乔虽说都十五岁了，却依然像个小孩子那样单纯，见劳里这么孤独、伤心，心软了，用温柔的语气说道：“那我们以后就不拉窗帘了，你想看就看吧，还要表演给你看。你爷爷同意吗？”

“你母亲要是跟他说的话，他会同意的。他看着严肃，其实人很好，只是怕我这样会给陌生人添麻烦。”

“我们哪里是陌生人，我们是邻居。我们都想认识你。”

“爷爷整天看书，不问世事，我的家庭教师布鲁克又不在这儿住，我没有朋友，只能一个人在家里待着。”

“你应该多出去，叫些朋友，好好玩玩，不要那么腼腆。”

劳里的脸又红了，却并没有觉得受了冒犯，因为乔这么说也是出于好心。

“你喜欢上学吗？”

“我不上学，我得伺候我姑婆，挺难缠的一个老太婆。”

俩人越聊越多，慢慢地聊到了读书的事，乔吃惊地发现劳里也爱读书，甚至读过的书比自己还多。

“你这么爱读书，就看看我家的吧，爷爷出去了，你不用怕。”

“我什么也不怕。”

劳里领着乔一间屋子挨着一间屋子看，乔高兴得直拍手，藏书室里堆满了书，还有画像、雕塑、古怪的桌子、青铜器，但最棒的是屋中的一个敞开式的大火炉。

“好多的书啊，”乔舒舒服服地坐在大椅子上叹道，“西奥多·劳伦斯，你一定是世界上最幸福的男孩了。”

“书又不能当饭吃。”劳里摇着头说道。

就在这时，门铃响了，乔惊跳起来叫道：“你爷爷回来了！”

“回来就回来吧，反正你什么也不怕。”

“可我还是有点儿怕他。”乔盯着门说道。

就在这时，仆人进来说：“医生来了，先生。”

“你先坐一会儿，我马上回来。”

“你去吧，别管我。”

劳里走了，乔站起来，走到老绅士的一幅画像跟前正仔细看，门又开了，她也不回身，直接说道：“我不怕他，他看着强悍，但目光中透着善良，虽说不如我爷爷长得帅气，可我喜欢他。”

“多谢美言，小姐。”身后一个粗粗的声音说道。乔慌忙回头看，原来正是劳伦斯先生。

可怜的乔脸红得不能再红，心怦怦跳，刚想跑，却转念一想，不能做胆小鬼。又看了老先生一眼，发现他的目光更友善了，索性不再怕他。“这么说，你不怕我了？”劳伦斯的声音比刚才更粗哑了。

“不怕，先生。”

“你觉得我长得没你爷爷帅气？”

“是的，先生。”

“可你还是喜欢我？”

“是的，先生。”

老先生一听这话高兴了，和乔握手，又抬起乔的下巴仔细打量她，说道：“你跟你爷爷脾气一样，只是长得不像他。他是个好人，勇敢，真诚，我为自己是他的朋友感到骄傲。”

“谢谢你这么说，先生。”

“你到这儿来干吗？”老先生突然问道。

乔把经过说了。老先生听完，说道：“这么说你觉得他应该快活一点儿了？”

“是的，他好像有点儿孤独，我们虽说是女孩子，却愿意帮他，因为我们没有忘记您送给我们的圣诞节礼物。”

“是那个男孩的主意。对了，那个穷女人怎么样了？”

“挺好的。”

“那我们下楼喝茶吧。”

“好的，先生。”

两个人臂挽着臂下楼去，劳里一见俩人关系这么好惊呆了。

“我不知道您来了，先生。”乔说。

“你在楼下闹，当然不知道了。”说着友爱地拽拽男孩的头发，走了。男孩看着俩人的背影，做了好几个鬼脸，都被乔看到了，还把乔逗得差点儿笑出声来。

老先生连喝了四杯茶，一声不吭地看着这两个年轻人，看着孙子身上发生的变化，心中想道：“小姑娘说得对，劳里的确有些孤独。”

坐了一会儿，乔起身要走，劳里却把她领到暖房，亲手摘了一把鲜花扎好，说道：“送给你母亲，告诉她我很喜欢她送我的‘药’。”

二人来到客厅，看到劳伦斯先生正坐在火炉旁，乔的目光被一架大钢琴吸引了。

“你常弹吗？”

“有时弹一会儿。”

“给我弹弹吧。”

“你先来吧。”

“我不会弹，却很喜欢音乐。”

劳里弹着，弹得真好，又不傲气，叫乔越发尊重他。可刚弹了没多久，就见老先生站起身来，对乔说：“好了，小姐，够了，他弹得不差，可我想让他做些更重要的事。请代我问候你的母亲，欢迎你下次再来。”

他和乔友好地握手，可乔看得出来他似乎不大高兴。

等两个人到了走廊里头，乔偷偷问劳里：“你爷爷这是怎么了？”

“还不是因为我，他不想听我弹琴。”

“为什么？”

“回头再告诉你。我让人送你回去吧。”

“不用了。”

“那你答应我常来。”

“好的。”

“晚安，劳里。”

“晚安，乔。”

回到家中，乔把下午的事跟家里人说了，家人都很高兴。马奇太太想跟老先生聊聊公公的事，梅格想去暖房里走走，贝思想看看那架大钢琴，艾美想见识一下那些图画和雕像。

“母亲，劳伦斯先生为什么不想让劳里弹琴？”乔问。

“我不大清楚，不过我想是因为劳里父亲的事吧。他父亲当初娶了个意大利女音乐家，生性高傲的劳伦斯先生却不喜欢这个儿媳妇。那年劳里还小，父母就都死了，劳伦斯先生把他带回了美国。我想这孩子是在意大利出生的，老先生见他身子生得弱，细心呵护他，不要他走母亲那条路。不管怎么说，他一见劳里弹琴就会想起以前的事。”

“哦，好浪漫的故事！”梅格说。

“浪漫个屁！”乔说，“他愿意玩音乐就让他玩去呗，非要让他上大学，他根本不愿去。”

“他的眼睛那么漂亮，人又那么彬彬有礼，我想意大利人都这样吧。”梅格有点儿多愁善感地说道。

“你怎么知道的？你又没见过他。”乔说。

“我在那次派对上见过他。你刚才说他感谢母亲送的药，他说得真好。”

“不就是牛奶冻吗？”

“你好笨啊！他说的是你。”

“不会吧？”乔吃惊地说道。

“就没见过你这么笨的姑娘！”梅格说。

“你净瞎说。劳里人不错，我喜欢他，你可不要瞎想，梅格。对了，妈咪，劳里没了母亲，他能到我们家来玩吗？”

“当然可以，我们永远欢迎他来。梅格，他俩还只是孩子，你不要瞎想。”

“我反正不是小孩子了，”艾美说，“你觉得呢，贝思？”

“我在想我们的《天路历程》，”贝思根本没在听她们说话，“我们走出‘深渊’，穿过‘边门’，爬上陡坡，也许就能抵达我们的‘美丽的宫殿’。”

“我们先得从狮子身旁溜过去。”乔美美地说道。

第六章

贝思发现了美丽的宫殿

事实证明，大房子就是那座美丽的宫殿，别人费一番功夫进去了，唯独贝思做不到，怎么也绕不过劳伦斯老先生这头狮子。老先生向姑娘们示好，又和她们的母亲聊起了过去的时光，慢慢地，姑娘们不再怕他，但还是只有贝思不行。起初，几个姑娘还觉得自己家穷，人家富，放不开，但后来发现劳里并不在乎这个，反倒觉得她们家的温馨、舒适是他所向往的，也就放松下来。

那段日子，好事一件接一件，两家人新建立起来的友谊像春天的草繁茂地生长。马奇一家人把这个孤独的孩子接到自己家里，和他玩，和他闹，和他开玩笑。这孩子慢慢变了，不再喜欢读书，为此布鲁克先生总抱怨劳里就知道往人家家里跑。

“别管他，他喜欢做什么就让他做去好了。我管他太严，马奇太太比我管得好。”劳伦斯老先生说。

他们度过了一段怎样的快乐的时光啊！梅格可以大大咧咧地去暖房看花，乔如饥似渴地读藏书室里的那些书，艾美临摹各种图画、画像，劳里无比快乐地尽“地主之谊”。

还是只有贝思胆子太小，绕不过劳伦斯这头老狮子。有一回，老先生用冷硬的目光盯着她，吓得她慌忙跑回家，躲到母亲怀里，说再也不去了。这件事不知怎的传到了老先生的耳朵里，于是他主动想办法弥补过失，到马奇家，数次当着贝思的面主动谈起音乐，还说了劳里上的音乐课，教他的老师。就听他对马奇太太说：

“这孩子如今不弹琴了，我很欣慰，他爱音乐爱得太深，我怕害了他。不过那架钢琴需要料理，如果姑娘们不嫌弃，可以不时地过去弹弹，调调音，玩玩，您看行吗？”

贝思一听这话，在内心无法抑制的冲动的驱使下，不由自主地绕到了老先生的椅子后面，她好想弹弹那架钢琴！

“她们尽管去，也不用跟谁说，我整天在书房里读书，仆人也不会打扰到她们。”

他说完就要起身，贝思终于鼓起勇气，刚想说话，就听老先生说：“如果姑娘们不愿去，就告诉我。”可就在这时，一只小手滑到了他的手里，贝思一脸感激地看着他说道：

“不，先生，她们可想去了。”

“你就是那个喜欢音乐的姑娘吗？”

“我叫贝思。我愿意去，如果您确信没人听到我弹琴的话——”

“没人会听到的，房子里没人，你想什么时候去都行。”

“您人真好，先生！”

贝思的脸红得像苹果，现在她不害怕了，主动握了握老先生的手，对于这份珍贵的礼物，除了握一握手，她不知道还能怎么做。老先生轻轻抚摸着她的头，弯下腰吻她，然后说：

“我以前也有个小姑娘，眼睛也长这样。愿上帝保佑你，我的孩子！”

第二天，见老先生、小先生都出门了，贝思就大着胆子到了对面房子跟前，犹豫再三才推门进去，走到那架梦寐以求的漂亮钢琴跟前。琴上摆着些乐谱，自然是有意为她准备的。她颤抖着手指触摸一下琴键，慌忙朝周围看看，确定无人，才稍稍放下心来开始弹。慢慢地，她忘掉了恐惧，忘掉了自己，忘掉了一切，最后只记得音乐给她的欢愉，在她看来，这欢愉就像一位心爱的朋友。

她在那里一直弹到汉娜过来叫她回家吃晚饭。吃饭时，她也没有胃口，只顾笑，用快乐的目光打量着每一个人。

从此以后，这个小姑娘天天跑到那里弹琴，宽敞的起居室里自此弥漫着一种琴声悠扬的古老气氛。老先生喜欢这气氛，曾数次偷偷看贝思弹琴，劳里也堵在门前，不让仆人进去打扰她，然而这些事都是她没察觉到的。她开心地享受弹琴的时刻，觉得自己的梦想终于成真了。也许正是因为她心存着巨大的感恩，才让她得到了更多祝福，而这祝福是她应得的。

“母亲，我想为劳伦斯先生做一双拖鞋。他对我这么好，我得感谢他。我可以这样做吗？”

“你当然可以这样做了，我的孩子。”贝思很少为自己提请求，做母亲的马上答应了。

和梅格、乔讨论了好几次，贝思才买定料子，立即动手做起来。她手指灵巧，针线活儿做得好，起早贪黑为劳伦斯先生做拖鞋，却从不觉得疲惫。鞋子终于做好了，一天早晨，趁老先生还没起床，她写了张小纸条，在劳里的帮助下，连同拖鞋一起偷偷送到了他书房里的桌子上。

接下来是兴奋的等待。一天半过去了，却杳无音信，贝思开始怀疑自己是不是触犯了这位老朋友。第二天下午，她照例出门陪玩偶乔娜散步。到了街上，走了一段路，刚一回头，就见三四个小脑袋在客厅窗户前面摇晃，好几双手在向她打招呼，好几个快活的声音尖叫道：

“快回来，老先生给你写了封信！”

贝思匆匆朝回走，刚到门口，就见几个姐妹纷纷对她嚷道：“快看，贝思，看这儿！”贝思朝周围一看，差点儿晕过去，原来地上正放着一架小钢琴，琴盖上还有一封信，信封上写着几个字：给伊丽莎白·马奇小姐。

“给我的？”若是没有乔搀着，贝思早已晕倒在地上了。

“是给你的！我们都想看看信中写了些什么，快拆开！”

乔拆开信，读了头几个字就开始笑，因为这几个字是这么写的：

马奇小姐：亲爱的夫人——

“好棒啊！”艾美叫道。

乔接着读了下去：

我这辈子穿过很多拖鞋，但哪双也比不上你亲手为我做的这双。我要送你件礼物，相信你会接受，这便是我小孙女生前用过的那架小钢琴。我感谢你，将最好的祝愿送给你。

你的心怀感恩的朋友与谦卑的仆人

詹姆斯·劳伦斯

“贝思，劳伦斯先生很爱那个死掉的孩子，把她的遗物都留着，如今把她的钢琴送给你，因为你有着她那样的蓝眼睛，又像她那样喜欢音乐。”乔安慰着浑身发抖的贝思。

“快打开弹弹，我们想听。”

贝思试弹了一下，大家都说这是她们听过的最棒的钢琴声。琴显然刚调过音，琴键也是新调换过的，一切完美无缺。贝思触摸着黑白键，脚轻轻踏着踏板。

“你得去谢人家。”

“我会去的。”贝思说完毅然起身，穿过树篱，到了劳伦斯家门跟前。

“我这辈子再没见过比这更怪的事了。钢琴竟然改变了她。”老汉娜盯着贝思的背影叫道。

如果老汉娜看到了下面的情景，会更为吃惊的。贝思进了劳伦斯家的门，用颤抖的声音对他说：“我来谢谢您，先生，为了——”他的目光那么友爱，使她深受感动，她忍不住伸出两只小胳膊紧紧搂住了他的脖子，亲吻着他。那一刻，她的心里只想着他失去的那个小孙女。

老人的心软了，把贝思抱在膝头，用堆满皱纹的脸摩挲她那玫瑰红的脸，觉得自己失去的那个孩子又回来了。她走的时候，他送她到门口，与她愉快地握手，用手碰了一下帽檐才转身回去，看上去那么威严，身材那么挺拔，俨然一位帅气的、有军人气质的老绅士，他一直如此。

第七章

艾美的羞辱谷

一天，艾美看到劳里骑马外出，说道："我要是能像那男孩那么有钱就好了。"

"你怎么这么说？"梅格关切地问。

"我欠了人家好多债，现在都没还清。"

"欠债？艾美，你说这话什么意思？"梅格一脸严肃地问道。

"是这么回事：班里人上课的时候都在吃酸橙，还用酸橙交换东西，铅笔、珠子手环、纸玩偶什么的。我净吃人家的，一个也没给别人买过，所以欠了好多债。我没钱，妈咪又不让我去铺子里当东西，你说我该怎么办？"

"你欠多少钱？要多少钱才能还清你欠的债？"

"二十五美分就够了。"

"喏，给你吧，我的钱也不多，你省着花。"梅格说。

第二天，艾美买了一大包酸橙，很晚才到校。同学们都知道她买了二十四个大酸橙，纷纷向她示好，连平日里笑话她没钱买酸橙的珍妮·斯诺小姐也想跟她套近乎。"你用不着对我这么礼貌，"艾美立即就断了斯诺小姐的念头，"你根本就没有礼貌。"

那天，学校来了个大人物，夸奖了艾美的画作。斯诺咽不下这口气，偷偷告诉戴维斯先生艾美趁他不备在课桌下面吃酸橙。

戴维斯先生立即宣布不得再在课堂上吃酸橙，违者会受到惩罚。艾美正好撞在枪口上。课上，戴维斯先生突然说道：

“大家注意啦！艾美小姐，把你藏在课桌里的酸橙统统交出来。”

“别都拿出来，拿一半。”邻桌的女生低声说道。

艾美把酸橙放到讲台上，酸橙的气味真好闻，只有戴维斯先生觉得恶心。

“就这么多了吗？”

“不是。”艾美结结巴巴地说道。

“把剩下的也交上来。”

艾美照做了。

“现在你两个两个地把这些酸橙都给我扔到窗户外头去。”

艾美在羞辱中完成了任务。

“年轻的女士们，你们应该记得我上周说过的话。今天发生了这样的事，我觉得很难过，但我不想让人破坏规矩。马奇小姐，伸出你的手，站到讲台上去，一直给我站到下课。”

真是太让人伤心了。面对全班同学的目光，站在讲台上，这种屈辱差点儿让艾美瘫倒在座位上，但一想到珍妮·斯诺的恶，以及少数几个和自己不对眼的同学那副得意的样子，她把心一横，站在了讲台上。

接下来的十五分钟，这个骄傲、敏感的小姑娘品尝到了人生中莫大的羞辱与痛苦，让她永远无法忘记。

回到家，艾美把事情的经过跟家人说了，马奇太太很激动，没太说话。梅格哭了，泪水滴落在艾美的双手上，乔气愤地说应该让警察把戴维斯先生抓起来，汉娜冲着这个“恶棍”挥舞拳头，做晚饭时，又把土豆拍得啪啪响，就像在教训他。

除了几位好友，没人注意到艾美提前离校，但有几个眼尖的，发现戴维斯先生那天下午紧张得不行。临放学，乔去了学校，把艾美的东西收拾一下，背在身上，出教室门前，又把脚上沾着的泥土仔细刮下来，似乎想甩掉这个地方的污秽。

“这段日子你就不要去上学了，在家里跟贝思学点儿东西。”当天晚上，马奇太太这样说道，“我不同意用体罚的方式教育孩子，尤其是对女生。我不喜欢戴维斯先生的教学方式，但也认为你和那几个女生来往对你没好处。这段时间，你先在家里待着，至于以后去哪儿，我同你父亲商量过再说。”

“太棒啦！让那些女孩子都走，一个也不剩，让他那所老学校烂掉好啦。那些酸橙真好看，一想起来我就恨不得把它们都吞到肚子里。”

“你坏了规矩，我并不为你扔掉的那些酸橙难过，你理应受罚。”

“你是说我活该在班里受辱了？”艾美哭道。

“我不会用哭弥补自己犯下的错误，”马奇太太答道，“除了这种方式，我不知道用温和的方式处罚你会不会对你有好处。亲爱的，你太高傲了，应该改改。你有天赋，有德行，但不用表现出来，因为骄傲会毁掉最棒的天赋。天赋或德行长期被人忽视，不会有什么损害。即便这样，意识到自己有天赋、有德行，并且在运用它们，就足以令人满足。一切力量的巨大魅力就在于谦卑。”

“说得真好！”正在角落里和乔下棋的劳里叫道，“我就认识这样一个女孩，很有音乐天赋，自己却还不知道。创作的那些小曲子无比美妙，别人不说，自己永远不会想到。”

“我好想认识那个女孩，也许她可以帮助我，我太笨了。”在一旁一直认真听大家说话的贝思说道。

“你认识她的，她帮你比别人帮你强一万倍。”劳里用他那双很淘气的黑眼睛看着贝思说道，搞得贝思突然羞红了脸，把脸埋在沙发垫里，被这突如其来的发现弄得不知所措。

乔让着劳里，让他赢了几盘棋，算是给他夸奖自己妹妹的奖赏。劳里抖擞精神，唱起欢快的歌，将性格中很少向外人显露的幽默、活泼的一面展示给马奇一家人看。等他走了，忧虑了一个晚上的艾美突然说道：“劳里算是很棒的男孩吗？”

“当然算啦，他受过良好的教育，很有天赋，如果不被宠坏，将来肯定可以成为一个优秀的人。”母亲答道。

“他一点儿也不傲慢，对不？”艾美问。

“是的，所以他才这么有魅力，我们才这么喜欢他。”

“我懂了。有成就，举止文雅，不表露出来，不刻意修饰，真的很好。”艾美若有所思地说道。

“这些东西都可以在一个人的言谈举止中表现出来，没必要炫耀。”

“就像你戴着帽子，穿着裙装，系着丝带，生怕别人不知道你有这些东西一样。这么做的确不合适。”乔补充道，谈话在欢笑中结束了。

第八章 乔遭遇魔鬼

“你们要去哪里？”一个星期六的下午，见梅格和乔一脸神秘地准备出去，艾美忍不住问道。

“小孩子别瞎问。”乔说。

听乔这么说，艾美受了伤，转而去问梅格。梅格总护着她，不管艾美提什么要求，都会满足她：“快告诉我，你们要去哪里？我也要去，贝思整天弹琴，都快烦死我了。”

“人家又没邀请你，你去干吗？”还没等梅格说话，乔插嘴道。

就在这时，艾美看到梅格把一张戏票装进了口袋。

“我知道啦！我知道啦！你们要去看戏。我也要去，因为母亲说过我可以去的，何况我还有些零花钱。”

“听话，母亲不想让你这周去，你下周再和贝思、汉娜一起去吧。”梅格说。

“我不想和她们一起去。求你了，梅格，让我和你们一起去吧。”

“就带上她吧，乔。”

“你要是让她去，我可就不去了，毕竟劳里只请了我们两个，她一个小孩子家去干吗？只会招人讨厌。”

艾美一听这话就火了，吼道：“我非去不可，梅格说了让我去，我花自己的钱买票，跟劳里一毛钱关系也没有。”

“那你也不能跟我们坐一起，我们的座位都是提前订好的，又不能让你一个人坐着，劳里只能把自己的座位让给你，这样我们就没兴致看戏了。你就在家里好好待着吧。”

艾美坐在地上发脾气，开始哭，梅格好好和她说，她却怎么也听不进去，并在心中暗想道：“乔，你就等着吧，我会让你后悔的。”

戏演得不错，几个人过得很开心，但不知怎的，乔有些不安，觉得自己应该让艾美来。

回到家，看到艾美正在客厅里看书。刚才两个人吵嘴时，艾美把乔抽屉里的东西拿出来扔了一地，这会儿却都放回去了。乔就以为艾美原谅了自己。

乔错了，第二天傍晚，梅格、贝思、艾美正在客厅里坐着，就见乔怒气冲冲地闯进来，激动地喊道：“有人拿我的书了吗？”

梅格和贝思马上说“没有”，艾美却一句话没说。乔看到她脸色不对，大声说道：“艾美，你拿了！”

“我没拿。”

“你就是没拿，也知道在哪儿！”

“我不知道。”

“你撒谎！”乔一个箭步赶过去，抓住艾美的胳膊，眼里喷着火，盯着艾美。

“我没拿，我不知道它在哪里，我也不在乎。”

“你快告诉我，我的书去哪儿了？”乔摇晃着艾美质问道。

“你就发狠吧，反正你再也见不到你的书了。”

“为什么？”

“我把它给烧了。”

“什么！那是我最喜欢的一本小书，我反复修改，准备在父亲回家前写完，竟然被你给烧了。你真的烧了吗？”

“烧啦！昨天你对我那么狠，我就给你点儿颜色瞧瞧——”

艾美说不下去了，乔发了疯，把牙齿咬得咯咯响，摇晃着艾美的身子。

梅格赶紧过去劝两个人，贝思安慰乔，但乔已无法控制自己，冲着艾美的脸蛋子就是一记耳光，然后跑了出去。

马奇太太回来了，听了事情的原委，批评了艾美。虽说小书里只有几个童话故事，却是乔的心血与骄傲，本想着好好写出来出版，这下都被艾美给毁了，叫她怎能不伤心？

喝茶的铃声响了，乔进了起居室，一副伤心落寞的样子。

“对不起，乔，我不该烧你的书，请你原谅我。”

“我永远都不会原谅你的。”

喝完了茶，该唱歌了，乔像块石头木木地站着，艾美已经崩溃，只有梅格和母亲唱，尽管两个人竭力想唱好，最后却都跑了调。

临睡前，母亲走到乔的卧室对她说：“孩子，不要带着怒气过夜，你们要相互原谅，相互帮助，明天重新开始生活。”

乔真想大哭一场，但她受了深深的伤害，无法原谅艾美。

第二天天气十分寒冷，这件事让全家人都不快乐，乔受不了压抑的气氛，打算去找劳里一起滑冰。

艾美听到了外面冰鞋响的声音，沉不住气了，叫道：“他们在那儿呢！我也要去。今年再不滑的话，冰就化了。不过她的脾气那么坏，跟她说也没用。”

“你还是不要去了吧，你把她那本那么心爱的书给烧了。不过，我想过了这一夜，她说不定会原谅你的。你跟着他们，什么都不要说，等她玩好了，高兴了，你就过去吻她一下，或者做些好事，我确信她会再次和你成为交心的朋友。”

河并不远，艾美过去的时候，俩人已准备滑了，见艾美过来，乔故意不回头搭理她。她听到艾美在自己身后跑得呼哧呼哧直喘气，感到了一种满足，她的怒火又一次烧起来，让她无法控制自己。

“一直顺着岸边滑，河中心冰薄，不安全！”劳里扭回头对两个人说。

乔听到了，但艾美并没有听到。乔的心里隐现出魔鬼，魔鬼对她说："别管她了，让她朝前滑吧，让她自生自灭。"

劳里一拐弯不见了，乔刚要拐弯，艾美落在后面。乔站住了，心中一时萌生出一种奇怪的感觉，她想再朝前滑，但不知怎的，扭回头看了艾美一眼，就见艾美已掉入了冰窟窿里头，求救声让乔害怕地呆住了。她一时呆若木鸡，看着黑水中漂着的那条蓝色小围巾。就在这时，劳里飞快地从她身旁滑过，叫道："快找根棍子来！"

乔机械地照着劳里吩咐她的去做，与此同时，劳里已滑到艾美落水的冰窟窿旁边，趴在冰面上，抓住了艾美的胳膊。乔从栅栏上扯了根棍子下来，让艾美抓住，俩人把她拽了出来。

"我们得赶紧把她弄回家。"劳里说着把自己的外套脱下来给艾美穿上，俩人叫着、颤抖着身子把艾美抬回了家。一家人把艾美的湿衣服换掉，裹上条厚毯子，抬到火炉旁，艾美经过了这番折腾，很快睡着了。

救人的时候，被吓得面色苍白的乔只顾着疯了似的跑东跑西，不慎撕烂了裙子，割伤了手指。看艾美睡了，马奇太太把乔叫到炉火旁，给她处理伤口。

"她不会有事吧，母亲？"乔低头看着那个留着一头金发的小脑袋低声问道，若不是劳里帮忙，恐怕这个小脑袋就永远被埋在邪恶的冰块下面了。

"没事的，放心吧，孩子。"

"是劳里救的她。我根本没管。母亲，她要是死了，都是我的错。"乔哭道。

"都是我脾气不好！我想改，可脾气越来越坏。我该怎么办呢，母亲？"

"你要时刻留心，向上帝祈祷，不要以为永远无法克服自己的缺点。"

“你不知道，我的火气一上来，什么可怕的事都能做得出，我害怕我的坏脾气终有一天会毁了我。母亲，你帮帮我吧！”

“我会帮你的，孩子，不要哭了。你觉得你脾气坏，我也曾像你这样。”

“你？”

“四十年了，我才学会控制自己的脾气。乔，我几乎每天都在发脾气，但我学会了克制。我还想根本不要发脾气呢，不过恐怕还要四十年才能做到。”

“马奇姑婆说你，或者别人烦你的时候，你会生气吗？”

“我会，别人对我说不中听的话，我会气得浑身发抖，觉得自己太软弱。”

“你是如何保持心态平静的？我就做不到，脾气一上来，就忍不住说伤人的话。快告诉我，母亲，你是如何控制自己的情绪的？”

“我的好母亲过去经常帮助我——”

“就像你帮助我们——”乔打断了她的话。

“我母亲死得早。我生性好强，吃了不少苦头。后来，我遇到了你父亲，生了四个女孩，可日子依然艰难。我脾气不好，看几个孩子张口要这要那，烦得不行。”

“可怜的母亲！但又是谁帮助你了？”

“你父亲。他从不发脾气，埋头苦干，耐心等待，安慰我，帮助我，让我为孩子做好榜样。我努力培养自己的德行，孩子的尊敬、自信和爱，就是给我的最好回报。”

“哦，母亲，你真好，我要是能赶上你一半就好了。”

“亲爱的，你以后会做得比我好得多，你要时刻留心‘心中的魔鬼’，不要让它毁了你，学会控制自己的脾气。”

“我会努力的，母亲。过去我每次见你要发脾气，总看到父亲把手指放在嘴唇上，那是不是就是在提醒你呢？”

“是的，我想说狠话时，看到你父亲做这个动作，就会把要说的话憋回去。他就是这样帮助我培养自己的德行的。”

乔看到母亲的眼睛含满泪水，嘴唇在抖，担心自己说得太多了，就焦虑地低声问道：“母亲，我是不是有些话不该说？”

“不，乔，你想说什么尽管说就是了，我的孩子相信我，想对我说心里话，我很高兴。”

“我想我让你难过了。”

“没有，亲爱的，不过说到你父亲倒让我想起了他。我觉得我亏欠他的，我有责任把他的孩子养育好。”

“不是你让他上战场的吗？可他走的时候，我没见你哭，也没见你抱怨。”

“我把我最好的东西献给了我热爱的这个国家，我为什么要抱怨？我的孩子，你在以后的生活中会遇到很多苦难和诱惑，如果你能感觉到天父的力量与温柔，就会战胜它们。你越爱你的天父，你越信任你的天父，你就会感觉到他离你越近，你就会越少地依靠人类的力量与智慧。你要向上帝倾诉你的烦恼、希望、罪恶、悲伤，你要信任他，就像你向你的母亲倾诉，信任你的母亲一样。”

乔没有回答，只是将母亲搂得更紧。在母亲的帮助下，她觉得自己离天父近了，感觉到了天父那强烈、温柔的爱。

艾美动了动身子，睡梦中发出一声轻叹。乔似乎急切地要修正自己的错误，脸上浮现出了一种从未有过的神情。

“我带着怒气过夜了，我说我永远不会原谅她，要不是劳里，一切就都来不及了。我怎么可以这么坏？”乔抚弄着妹妹散落在枕头上的湿头发说道。

艾美似乎听到了她的话，伸开双臂，一句话也没说，微笑着拥抱了她，在俩人真心的亲吻中，一切都得到了原谅，一切都被遗忘了。

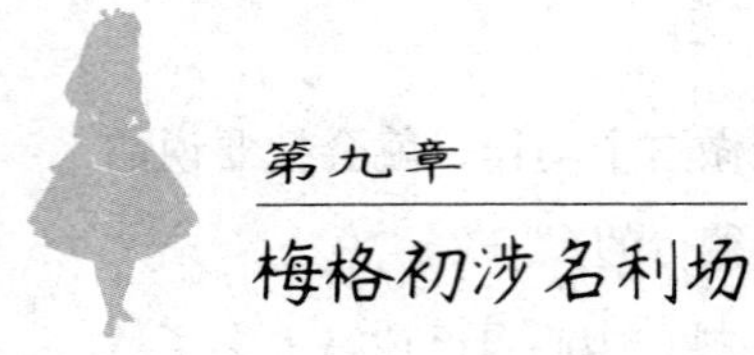

第九章 梅格初涉名利场

“那些孩子这时候出麻疹，真是天底下最幸运的事。”梅格收拾着衣物说道。

“安妮·莫法特人真好，说话算话。痛痛快快地玩两周真好。”乔说。

“天气这么好，我真高兴。”贝思一边在自己的衣物箱里为姐姐挑选发带，一边说道。

“我也想穿漂亮衣服，出去玩玩。”艾美羡慕地说。

“我倒是想让你们去，可是不行，等我回来吧，和你们好好说说我都遇到了什么有趣的事。”

“母亲从那个宝贝箱里给你拿了些什么？”

“一双丝袜，一条蓝腰带，我本来还想要一条丝裙，没工夫改了，只好穿纱裙。”梅格说，“箱子里还有套珍珠饰品，但母亲说年轻姑娘戴真花最好。现在都是春天了，穿纱裙是不是显得太沉闷了？我好想穿丝裙。”

“别担心，你穿白纱裙就像穿白衣的天使那么美。”艾美看着梅格的漂亮衣服羡慕道。

“可惜不是低领的，不过也凑合了。我本来想要一把黑面白柄的伞，母亲却买了一把绿面黄柄的，安妮的伞是丝制的，顶上又是金色的，跟她比，我的就显得太丢人了。”

“那就换一把。”乔说。

“还是算了。我不想让母亲伤心。她费了那么多钱给我买东西，有丝袜和新手套就够了。”

第二天，梅格穿得美美的出发了，马奇太太本不想让她去，担心她回来后对目前的生活更加不满意，但萨莉说会照顾好梅格，何况她忙了整整一冬，也该出去散散心了。

梅格要去的莫法特家很阔气，房子气派，人也尊贵。梅格进门的时候心里还很不安，但一家人对她很友好，所以很快便放松下来。不知怎么，梅格觉得她家尽管有钱，却缺少涵养，没什么品味。几个姑娘叽叽喳喳地聊天，她很快也像人家那样说法语词汇了，看到安妮身上穿的时髦漂亮衣裳，越发觉得自己的显得寒酸，尽管穿着丝袜，戴着新手套，却依然感觉很受伤。她好想过这样的日子，整天打扮得美美的，坐着豪华马车出外聚会，什么事也不用做。

到了晚上，“小派对”即将开始，梅格见别的姑娘穿的都是漂亮的裙子，萨莉也买了条新的穿在身上，自己却只有那条旧纱裙，偷眼看别人，发现别人正用异样的目光看自己，脸顿时红了。别人又说又笑，像美丽的蝴蝶飞来飞去，她只能一个人待着。这时候，有人送来一篮子花，她的心苦涩到了极点。

“肯定是给贝拉送的，乔治总送她花。”

“给马奇小姐的，”送花人说，“这儿还有个纸条。”

“哦，真棒！谁送的呢？难道你不知道自己有追求者吗？”几个姑娘围在梅格身旁好奇地说着。

“字条是母亲写的，花是劳里送的。”

“哦，真的！”安妮叹道。

梅格高兴了，把花给大家分了，自己挑了几朵蕨类花戴在鬈发上，又在裙子上别了几朵玫瑰。几个姑娘见了，纷纷夸她，最年长的那个叫克拉拉，说她是“自己见过的最漂亮的姑娘”。

那天晚上她玩得很尽兴，快乐地跳舞，每个人都待她很好，后来又受了三个恭维：一个是安妮让她唱歌，有人说她的嗓音美得出奇。一个是叫梅杰·林肯的，向别人打听“那个长着一双漂亮眼睛的小姑娘是谁”。还有一个是莫法特先生非得跟她跳舞，因为她“不闲荡，浑身充满活力”。她正在暖房里坐着等舞伴给她端来冰块，就听外面有人说：“那姑娘多大了？”

“十六七岁吧。”另一个人说。

“那几个姑娘都不错，是不是？萨莉说他们很熟了，老头子也喜欢。”

“马奇太太自然有自己的打算，现在说这事还早，我看那姑娘没这个心思。”

“刚才你看见没？她一见那个纸条、那些花，脸顿时红了，还谎称母亲送的呢。她要是能打扮得时髦点儿，肯定十分漂亮。听我说，周四那天，我们送她裙子，她不会不高兴吧？”

“我想不会。她身上那条纱裙都旧了，今天晚上说不定会撕破，到时候看。”

“那行。”

“我让劳伦斯跟她跳舞，就算是恭维她一下，事后我们就有得说了。”

就在这时，舞伴来了，梅格想压住心中的怒气，不去想刚才听到的话，却做不到。派对终于结束了，她头痛欲裂，躺在床上，一边流泪一边想莫法特太太说的诋毁她、她母亲，以及她和劳里纯洁友谊的话，怎么也睡不着。好不容易挨到第二天早晨，眼睛红肿起来了，心中一方面充满了对朋友的恨，一方面又怪自己太软弱，没有把事情直截了当地当着朋友的面说出来。

“亲爱的，我给你的朋友劳伦斯写了封邀请信，要他周四过来，我们都想认识他。”

“恐怕他不会来。”

“为什么？”

“他太老了。”

“我的孩子，你在说什么啊，什么太老了？他多大岁数？”克拉拉小姐惊呼道。

“我想快七十岁了吧。”

“你这个调皮的家伙！我们说的是那个小伙子。”贝拉小姐笑道。

“哪里有什么小伙子，劳里还是个孩子。”梅格也笑了。

“多大岁数？”

“和我妹妹乔差不多吧，我八月份就十七岁了。”

“他真好，送你那么多漂亮的花。”

“他经常送呢，我们家都堆满了。我们都喜欢他。我母亲和劳伦斯老先生是朋友，我们经常在一起玩。”

“你们先坐着，我出去给你们选几件漂亮衣服，我能为你们做些什么，姑娘们？”莫法特太太说道，她那个肥胖的样子就像一头穿着丝裙的大象。

“不用了，妈妈，”萨莉说，“周四那天我有新裙子了，什么也不要。”

“我也不——”梅格的话说了半截却又止住了，因为她想到自己的确需要几件衣裳。

“你穿什么呢？”萨莉问。

“还是我那条旧白纱裙。”

“干吗不叫人去家里取几件衣服来？”

“我没别的了，只有这件。”

“没有了？就这件？”萨莉吃惊地笑道。

“要那么多衣服干吗？她又不经常出门。我倒是有条蓝丝裙，穿不了了，不行你穿吧。”贝拉说。

“你真好，不过我还是想穿我那件旧的，如果你们不介意的话。”

“我来给你打扮一下，肯定会把你打扮成一个小美女。”贝拉说。

梅格无法拒绝别人的好意，何况又听人家说自己穿了会像个小美女，就答应下来。

周四晚上，几位姑娘齐上阵给梅格打扮，给她的头发烫卷，又给她的脖子、胳膊上喷香粉，涂红嘴唇，只可惜那条蓝裙子太瘦了，穿在身上简直无法呼吸，而且领口开得太低，梅格一照镜子，脸顿时羞红了。大家又拿来手镯、项链、胸针一应饰物，都给她戴上，胸上又别了一支香水月季，饰边和她那白嫩的胳膊正相配，还找来一双高跟丝质蓝靴子让她穿上，至此，她最后的一个心愿也得到了满足。

“快去吧，好好看看镜子里的你。”

梅格站到镜子跟前，的确发现自己是个“小美女”。几个姑娘纷纷夸她，她自己也享受着借来的这一切带给她的快乐。

铃声响了，莫法特太太派人叫姑娘们赶紧下楼。

梅格和几个姑娘去了起居室，莫法特夫妇和先来的几个客人正坐着。她很快就发现，穿漂亮的衣裳的确会为自己增添魅力，又能吸引高级阶层的人的注意，让自己获得尊重。几位以前没太留意她的女士一见她这身打扮，突然对她表示出了极大的热情，几位年轻绅士看她都看直了眼，赶紧让别人引荐，忙着对她说愚蠢、好听的话。就在这时，她听到莫法特太太跟一位客人这么说：“那姑娘叫戴茜·马奇——父亲是上校，本是上等家庭，后来遭了厄运，钱财都散尽了，和劳伦斯家交好，实话告诉你吧，真是个小美人，我的内德都被她迷得神魂颠倒了。”

“哦，天啊！”那客人慌忙戴上眼镜仔细端详梅格。梅格竭力装出一副没有听到莫法特太太扯谎，也并不吃惊的样子。

她扮演着美女的新角色，和钟情她的男人打情骂俏，有个愚蠢的男子装聪明，讲最无聊的笑话，她不觉得好笑，只是在装笑。可就在她玩得最野的时候，冷不丁瞧见劳里正盯着她。他真诚的目光让她的脸发烫，恨不得甩掉这身装扮，穿回自己的旧衣服。

“你来了，我还怕你不来呢。”她走过去和朋友握手。

“乔叫我来的，让我看看你的样子。”

“那你打算和她怎么说？”

“我就说我认不出你了，你看着像大人，你不再是以前的那个你了，我怕你。”

“你真可笑！那几个姑娘打扮我的。你喜欢我这样吗？”

“不喜欢。”

“为什么不喜欢？”

“我不喜欢过分炫耀。”

劳里比她年纪小，却和她说这样的话，她实在受不了，便粗野地说道：“你是我见过的最粗鲁的男孩。”

她走到一旁想静一下，这时梅杰·林肯走了过去，过去的时候就听他和他母亲说：“她们把那个小姑娘给耍了，我本想让你见见她，可她被她们给毁了，今晚她彻底成了个傻乎乎的漂亮女郎。”

梅格听了这话，心中暗道：“哦，天啊，我还不知道人家玩我呢，我好想穿回我的旧衣服，变成以前的样子。”

劳里来了，伸出手，对她说：“原谅我对你那么粗鲁，我们现在来跳舞吧。”

“我不想让你难堪。”

“不会的，快来吧。”

梅格苦笑一下，跟劳里过去了，踩节拍的时候低声对他说：“小心我的裙子，别把你绊倒。”

两个年轻人舞步敏捷、优雅，转了一圈又一圈，也比刚才更亲近了。

“劳里，答应我件事。”

“说吧。”

“回到家别和我家人说我穿人家裙子的事，我怕母亲忧心。”

“那你干吗还穿？”

“这事我自己来说，你不要说，行吗？”

“好。”

跳完舞，梅格被别人叫去喝香槟酒，劳里在一旁看着，说道：“梅格，别喝这么多，明天你的头会痛的。”

“今晚我不是梅格，我是漂亮女郎，我想做所有疯狂的事，明天我就会把炫耀丢掉，重新做回乖乖女。”

梅格像别的姑娘那样跳舞、打情骂俏、聊天、咯咯笑，吃完饭又和人家跳德国交谊舞，差点儿用长裙子把人家绊倒。

疯了一个晚上，第二天，她的头果然痛起来，周六就回家了。她玩了两周，彻底体验到了奢华生活的滋味。

“家里真好，安静又温馨，虽然没有那么气派。”周日晚上，梅格坐在母亲和乔身旁说道。

“亲爱的，我喜欢听你这么说，我还以为你体验过了富人的生活，会觉得我们家又闷又穷呢。”

梅格跟母亲说她玩得多么多么高兴，然而心中好像始终有什么东西压着，让她快乐不起来。九点钟，乔说要去睡觉，她凑到母亲身旁，鼓起勇气，说道：“妈咪，我要对你坦白。”

“要我走开吗？”乔问。

“不用。我要把我在莫法特家的经历都告诉你们。”

“她们把我打扮成时髦的女郎，劳里觉得我这样不妥。我也觉得自己穿成那样很可笑，可他们都恭维我，说我这样漂亮，我就让人家耍我。”

“就这些？”乔问道。

“我还喝了香槟酒，跟人家打情骂俏，总之很可恶。”梅格自责地说。

“我想还有呢吧——”马奇太太问。

“是的，我这样做很蠢，可还是要说，因为我不想叫人家说我们和劳里的坏话。”

然后她就把她在莫法特家听到了关于她和劳里的流言蜚语说了。

“这是我听过的最垃圾的东西。”乔生气地吼道，“你干吗不当面反驳他们？”

“我不能那么做，那么做多没面子。”

“你看我的，等我见着安妮·莫法特，看我怎么对付她。说我母亲有打算，看人家有钱，要把一个女儿嫁给人家，纯粹放屁！”

“这事你可不要跟劳里说，你要是说了，我死都不原谅你。她不能说，对吗，母亲？”

“尽快把这愚蠢的闲话忘了，我真不该让你去跟那些人玩，我对他们不了解——那些人是待人不错，可是没教养，满脑袋都是污秽的念头，我怕这次经历伤害到了你。”马奇太太严肃地说。

“别担心，妈咪，我早就把不愉快的事忘了。我知道自己很蠢，可我喜欢受人夸赞、羡慕。”

“每个人都喜欢这样，不过你要分辨这种夸赞是好是坏，好人羡慕你长得漂亮，你也要谦卑。”

“妈咪，你真的像莫法特太太说的那样有什么‘打算’吗？”

“是的，亲爱的。我有很多打算，每个做母亲的都有，乔，你过来，听我跟你们说。”

“我想让我的女儿们漂亮、有出息、善良，受人羡慕、爱戴、尊敬，愉快地度过青年时代，找理想的男子结婚，过有益、快乐的生活，没有忧愁。被好男子爱，被好男子选中，是女人一生中最好、最甜蜜的事，我真心希望我的女儿能够体验到这种美妙的经历。梅格，你期待这种事很正常，每个女孩子都有这样的想望。亲爱的女儿们，我希望你们不要冒失地生活，只是为了钱和男人结婚，钱是个好东西，但要用对了地方，我不愿你们只为了钱活着。我宁愿看到你们找没钱的男人结婚，过快乐、甜蜜、满足的生活，也不愿你们过没有自尊、不踏实的女皇生活。”

“贝拉说穷人家的姑娘没机会过富人阶层的生活，如果不削尖脑袋朝里面挤的话。”

“那我们岂不是都要变成老处女？”乔直言不讳地说。

“对的，乔，做快乐的老处女远胜过做不快乐的妻子、放荡的女人，”马奇太太坚决地说，“别担心，梅格，贫穷挡不住真爱。我认识很多优秀、令人尊敬的姑娘，就是想做老处女也做不成，因为有好男子追求她们。把这些事交给时间吧，让我们这个家快快乐乐的，等以后你们有了自己的家庭，也要这样。我要你们记住一点：母亲永远是你们的知心人，父亲永远是你们的朋友，无论你们最后结没结婚，我们都相信、都希望我们的女儿是我们生命中的骄傲和安慰。”

“我们会努力的，妈咪，我们会的！”两个人真心齐声喊道，说完就和母亲道晚安上楼睡觉去了。

第十章 试验

“六月的第一天！金一家去海滩玩了，我有三个月的假期，好高兴啊！”梅格回到家说道。

“马奇姑婆今天也走了，我们费了好大劲儿才把她抬上马车，走的时候她还探出头来，对我说：‘乔，你能——’我生怕她又要我做什么，撒腿就跑，转过街角才觉得安全了。”

“马奇姑婆真够烦人的，对不？”艾美说，“那你这个假期打算怎么过，梅格？”

“什么都不做，踏踏实实待着，忙了整整一冬，也该好好休息一下了。”梅格躺在摇椅上答道。

“我可不想这样，我要爬到那棵老苹果树上去读书。”乔说。

“贝思，我们什么都不要做，不要做功课，只是玩，好吗？”艾美说。

“我也想这样，恐怕母亲不会同意。”贝思说。

“如果母亲同意的话，我想学些新歌，那几个孩子听旧歌都听烦了。母亲，我们能这么做吗？”梅格问道。

“你们可以试验一周，看看结果如何。我估计，到不了周六，你们就会发现，只玩不工作，就像只工作不玩一样糟糕。”

“哦，太棒啦！”梅格笑道。

她们马上开始试验，那天余下的时间里，只躺在沙发上喝柠檬汁，什么都没有做。第二天上午，梅格十点钟才露面，屋里乱七八糟的，乔没有在花瓶中插鲜花，贝思没有打扫屋子，艾美的书扔得满地都是，唯独母亲缝衣服的那个小地方还像平时一样整洁。梅格不停地打哈欠，书也读不进去，想的都是用赚来的钱买漂亮的夏装。乔上午和劳里去河边读书，下午爬到苹果树上接着读，一边大声朗读，一边大声哭泣。贝思在她们家那个大壁橱里乱翻东西，翻了一半就累了，索性去弹琴找乐。艾美穿好白色的上衣，抚弄几下鬈发，去杜鹃花下画画，盼着有哪个人过来，问这个青年女画家是谁。可是没人经过，只有几只大蜘蛛颇有兴趣地看她，吓得她慌忙走掉，回家的路上又淋了雨。

喝茶的时候，几个人交流心得，一致认为这天虽然显得特别漫长，过得却很快乐。母亲听她们这么说，一语未发，只是笑笑，和汉娜一起把脏乱的屋子收拾干净。不知怎的，日子好像每天都在变长，天气阴晴不定，弄得她们几个人的脾气也时好时坏。梅格实在无聊透了，想做点儿针线活儿，谁知只缝了几针就觉得无趣，把手里的活儿放下了。乔读书读得眼睛都快凸出来了，搞得她一见书就觉得恶心。贝思倒还好，不时回归“往日的生活”，一会儿弹琴，一会儿学习。最惨的要数艾美，她年纪不大不小，不喜欢玩偶，也不喜欢童话故事，又不能整天画画，喝茶觉得没滋味，饭菜吃着也不香。

没人掩饰这个试验的无聊，周五晚上，每个人都松了一口气，试验终于快做完了。马奇太太给汉娜放了一天的假，让几个女儿尽情享受试验的最后一天。

周六早晨几个人起来，发现厨房里没生火，餐厅桌子上也没摆早餐，母亲也不知去了哪里。

“哦，这到底是怎么了？”乔沮丧地说。

梅格慌忙跑到楼上，一会儿心烦意乱地回来了。

“母亲没病，只是太累了，想在卧房里好好待一天，家里的事要我们来做。”

“这还不简单，我早就想做点儿事了。”乔说。

无聊了好几天，几个人高高兴兴地开始做事。贝思和艾美收拾桌子，梅格和乔准备早餐，忙活的时候几个人心里还嘀咕：“不就是这点儿事吗，有什么难的。”

结果倒好，茶煮得太苦了，煎蛋饼烤煳了，小圆饼又撒满了发酵粉。马奇太太不想让几个女儿伤心，笑着把饭吃了。

“别担心，我们有咸牛肉，有土豆，再买点儿芦笋，买只龙虾，给大家做顿大餐。”乔说。

“你们想做什么就做吧，我不在家吃，”马奇太太说，“我向来不喜欢做家务，今天给自己放个假，出去玩玩。”

“我怎么觉得事事都不对劲，贝思在楼下哭，想必出什么事了吧。”乔一边忙活，一边自言自语道。

到楼下一看，发现贝思正捧着心爱的金丝雀哭泣，问她怎么了，她说：“都是我不好，没给它吃的，把它饿死了。”说完又呜呜哭。

“别难过了，贝思，我们下午给它办个葬礼，把它埋了。反正我觉得这周哪里都不对劲，最惨的就是你的金丝雀，连肚子都吃不饱，生生给饿死了。”

留下其他人安慰贝思，乔慌忙回到厨房接着忙活，系好围裙，刚要洗菜，发现火还灭着。

乔把火点着，烧水的时候去市场买食材。她和人家讨价还价，买得还不错，拎着一只没长成个的龙虾、一些老芦笋、两小箱酸草莓，高高兴兴地回家了。

马奇太太这儿看看，那儿看看，安慰了一下正在给死去的爱鸟缝制尸衣的贝思，出门去了。几个姑娘看着母亲那顶灰色的帽子消失在拐弯处，心顿时凉了。更倒霉的是，就在这个时候，那个叫克罗克的老太婆来了。这个老太婆长得很瘦，面皮又黄，尖鼻子，两只眼睛滴溜溜直转，总爱瞎打听别人家的事，因为穷，挨家挨户蹭饭吃，讨厌得很。梅格可怜她，只好把她迎进来，耐着性子招待。

乔那天上午忙乱的样子无法用语言描述。碰到不懂的地方，也不问别人，自己琢磨，结果把饭菜弄得一团糟。芦笋烤了一个多小时，把头都烤掉了，吃一口尝尝，比石头还硬。面包烤煳了，黑乎乎的，让人见了根本没胃口。她本来对那只龙虾抱着很大的希望，却一通乱砸，把壳砸掉，掏出里面那一丁点儿肉，胡乱地和莴苣叶子搅拌在一起。烤土豆要快，随便烤几下，也没烤熟。牛奶冻被弄得乱七八糟，那两盒草莓表面上的几颗看着还好，里头却都是生的。

“差不多了吧，她们要是饿了，就先吃点儿牛肉、面包填填肚子。”累得满头是汗的乔想道。

克罗克和几个姑娘围坐在桌子旁，这老太婆一看这几道菜，撇了撇嘴，尝一口，做个鬼脸，急忙喝一大口水。艾美咯咯笑着不肯吃，梅格一脸沮丧，只有劳里吃得香，只是不时咂咂嘴，也不说什么。最后，艾美看草莓红红的煞是可爱，拿起来一颗，蘸了些牛奶，放到嘴里，却差点儿被噎死，慌忙用纸巾遮住脸，跑了。

“哦，怎么了？”乔颤抖着声音问。

“你在牛奶里加的是盐，不是糖，牛奶也酸了。”梅格说。

乔这才想起来匆忙中加错了调料，牛奶也没及时放到冰箱里。乔的脸顿时红了，就在她难过得想哭的时候，劳里正做着鬼脸看她。她扑哧一声笑了，笑得眼泪都流出来了。就这样，几个人一起嘻嘻哈哈地吃完了这顿不怎么样的“大餐”。

“我再也没力气收拾了。”几个人起身的时候，乔说。老克罗克早就想走了，恨不得马上赶到另一家，把这好笑的事告诉人家。

吃完了饭，该为贝思的爱鸟举行葬礼了。劳里在果园里找了片草地，挖了个小坑，贝思把死掉的金丝雀裹得严严实实的，放到里头，埋好土，又念了几句祷文，了结了这件事。

下午，梅格帮着乔把桌子、厨房收拾干净，累得够呛，晚饭也不打算做了，喝杯咖啡、吃片面包凑合过去就行了。艾美喝了酸牛奶脾气变得很坏，劳里只好驾着马车带她出去散心。

母亲回来了，乔一见她，马上叫道：“哦，今天可糟透了！”

“觉得时间没那么长了，却感觉很不舒服。”梅格说。

“一点儿家的感觉也没有。”艾美说。

“妈咪不在，我的小鸟不在，好像根本不行。”贝思看着那个空空的鸟笼叹道。

“妈咪这不是回来了嘛，至于鸟，你可以再买一只。”

“孩子们，你们对试验还满意吗？要不要再来一周？”

“不要！”乔坚决地喊道。

“我也不要。”其他几个姑娘也说。

“什么事也不做，烦死了。”乔说。

“你们可以学着做简单的饭菜啊，每个女人都要学会做饭。”母亲说。

“母亲，你是不是想考验一下我们应对生活的能力才走的？”梅格问。

“是的。我要让你们明白，舒适的生活源于每个人做好每个人的事。大家在一起生活，如果只想着自己，不想别人，就会把事情搞糟。只工作不休息不好，只休息不工作也不好，相互帮助，忙里偷闲才好。是不是这样？”

“是！”

“我要你们背上重担前行，虽然有的时候担子重，却对我们有好处，不过如果我们学会如何背负它，它就会变轻。做好个人的事，既能保持身体强健，振奋精神，又能给予我们一种有力、独立的感觉，比追求金钱或者赶时髦强多了。”

“我们要像蜜蜂那样辛勤工作，”乔说，“我要利用假期学习做饭菜，过段日子肯定能做好。”

“为父亲缝制衬衫的事就交给我来做吧，母亲，你就不用做了。”梅格说。

“我要每天做功课，不能总弹琴、玩音乐。”贝思说。艾美见大家都表态了，也勇敢地说：“我要学着做扣眼，帮着做家务。”

“很好！我对这个试验很满意，不过我们也不要做得像奴隶那样辛苦，累过了头。劳逸结合，快乐地生活，利用好时间才好。这样，年轻时过得愉快，老了才不会后悔，虽然日子过得辛苦，却是美丽的、快乐的。”

“我们会记住您的话的，母亲！”她们真的记住了。

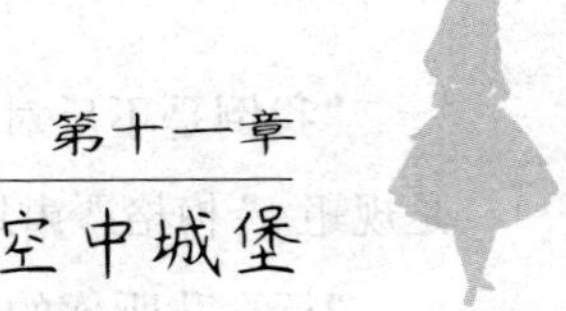

第十一章 空中城堡

九月的一个下午，天气炎热，劳里没心思读书，又不想出门，只好看着外面的七叶树发呆、做梦。就在这时，对面马奇家的几个姑娘出来了，看样子要出远门。

“她们这是要去干吗？”劳里想。几个姑娘戴着软边大帽子，肩上背着口袋，每人手里还拿着一条棍子，悄悄穿过花园，离了那道小小的后门，开始攀爬房子和小河中间的那座小山。

“真有她们的！”劳里想道，“出去野餐了，也不叫上我。说不定她们忘了，等会儿我问问她们。”

他挑了顶帽子戴上，匆匆出门，越过篱笆墙，去赶几个姑娘。谁知几个人走得还挺快，早已不见了踪影。于是，他爬到高处，朝四下张望，果真在丛林间发现了她们。

那是一幅美好的景象。姐妹几个聚在一个僻静的地方，斑驳的日光晃在身上，伐木工人来来去去，操心着各自的事，完全不去注意她们。梅格身着红裙，正用一双洁白的手缝纫，在绿地的映衬下，宛如玫瑰。贝思从一堆球果里面挑好的出来，做漂亮的东西。艾美在画一丛蕨类植物，乔一边大声读书，一边织着什么。

“我能和你们一起玩吗？”他慢慢走过去问。

梅格抬抬眼眉，乔阴沉着脸看了他一眼，马上说道：“能，过来吧，我们本想叫上你，却又担心你不喜欢我们女孩子玩的游戏。”

“我喜欢，如果梅格不待见我，我现在就走。”

“我倒是不反对，不过你不能总在我们周围瞎晃荡，不做事，这是规矩。”梅格严肃地说。

“行，我听你的。我一个人在家里待着闷死了。”劳里说着坐在了地上。

“你帮我把剩下的这半个故事读完。”乔说。

故事不长，很快就读完了。

然后劳里大着胆子问她们：“你们这是在干吗呢？”

“你们想告诉他吗？”梅格问几个妹妹。

“说了他肯定会笑话我们的。”艾美说。

“笑话就笑话呗，谁在乎。”乔说。

“我想我们说了，他肯定会喜欢的。”贝思补充道。

“我们这是在玩《天路历程》的游戏，我们冬天玩，夏天玩，都玩好几年了。”乔说。

“原来如此。”

“母亲要我们尽可能多地来室外活动，我们就把活儿带来了。我们头戴破帽拄着棍子爬山，爬到高处，可以看远处的风景。”

乔用手一指，劳里看过去，果真在丛林那边看到了与天齐高的青山。太阳低垂，天边闪烁着秋天落日的余晖，紫色的云块挂在山顶上，放射出银光，宛若天空之城。

“好美啊！”劳里叹道。

“是很美。我们喜欢看，每次看都不一样。”艾美说。

“乔说那边有真正的乡村，我们可以去那里养猪、养鸡、晾晒干草，那地方很美，我们都愿意去。”贝思沉思道。

“贝思，等我们足够好了，就可以去那里了。”梅格说。

“可是好像还要等好久才能去那里。”

“你不用急，我们耐心等待。”乔说。

“贝思，你去的时候一定要带上我。我去晚了，你为我说几句好话，行吗？”劳里说。

男孩的话让贝思有些不安，不过她还是说：“我想那座天空之城的门没有上锁，也没有警卫看护，它伸出双臂，欢迎可怜的基督徒到来。”

“如果我们搭建的空中城堡能变成真的，如果我们能真的住在里面该有多好。”乔停顿片刻说。

“乔，你的空中城堡是什么样的？”

“等我看够了这个世界就定居在德国，我要成为伟大的音乐家，人们都来看我演出。你的空中城堡是什么，梅格？”

“我想住大房子，房子里摆满了各类奢侈品——美食、漂亮的衣服、家具，还有成堆成堆的钱。”

“你还应该有一个帅气的好丈夫，几个天使般的孩子，这样的生活才叫完美。”乔说。

“你的梦想就是与墨水瓶和书为伴吧，乔？”

“怎么不能？我想要一瓶有魔力的墨水，可以写出好多著名的书，就像劳里的音乐一样著名。我卖书挣大钱，这就是我的梦想。”

“我的梦想是在家里陪父母，料理家务。”贝思满足地说。

“你没有别的梦想吗？”劳里问。

“有了那架小钢琴我就很满足了，一家人和和美美地在一起，好好的。我没有别的期望。”

“我有很多梦想，但我最想做画家，去罗马，画漂亮的画，成为世上最棒的画家。”艾美的梦想倒还不大。

“我们都有梦想，都有激情，不过我在想我们的梦想到底能不能实现。”劳里说。

“十年后我们再相聚，看谁实现了梦想。”乔说。

“我爷爷要我经商，像他那样去印度做买卖，我不愿意，我想逃跑，去实现自己的梦想。”劳里说。

“你驾条大船，去海上航行，再也不要回来了，劳里。”乔幻想道。

“你这么说不对，乔。劳里，你不要听乔瞎说。你就听你爷爷的，去上大学吧，好好读书。他就你一个孙子，你要是走了，他靠谁去？”

“我们听你爷爷说过，当初他母亲生病的时候，他放弃了国外的工作，不离不弃地在床边照顾她，你也要这样。”梅格又说。

当天夜里，贝思为劳伦斯先生弹琴，劳里站在暗影中，看着头发花白的爷爷坐在椅子上想他死去的心爱的孙女，心中暗道：“我就不要我的城堡了，我要和这个亲爱的老先生待在一起，我是他的全部，他需要我照顾。”

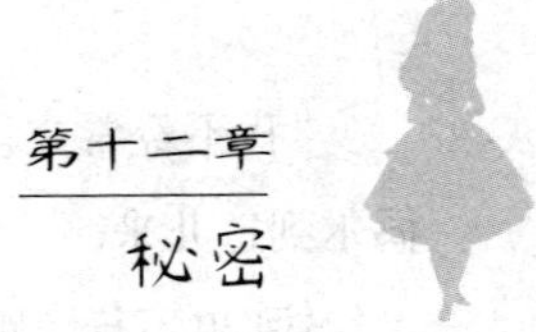

第十二章 秘密

十月份，昼短夜长，又冷，乔在阁楼上忙着写作。写完了，修改几遍，穿好外套，戴好帽子，又去墙壁上一个隐蔽的洞里掏出另外一部手稿，装进兜里，然后翻越后墙，到了路上，搭乘一辆马车，神神秘秘地朝城里赶去。

她来到一条热闹的街上，抬头四处找那地方，终于找着了。她的身子抖了一下，把帽檐朝下拉拉，来到房子跟前，上了一段脏兮兮的楼梯。

临街铺子的招牌中还有一个牙科诊所，对过的楼上有个年轻人看到了她的奇怪举动，心想："她要是痛得不行，我就送她回家。"

十分钟后，乔涨红着脸从楼上下来，刚好碰到自己的朋友，但话也不说，低着头朝前走。朋友跟着她，同情地问："怎么？太痛了是不是？"

"还好。"

"弄了几个？"

乔一愣，一脸坏笑地说道："想弄两个，不过得等上一周。"

"你干吗呢？"乔反问。

"我在对面楼上玩。"劳里回答。

"那地方可不怎么好。"

"你想多了，那是健身房，我在学击剑。"

"是吗？不过我还是觉得那不是什么好地方，你最好少去。"

“我不经常去。一个人在家里待着太闷了，没人和我玩，我只好偶尔到这儿来。”

“那也不行，跟奈德那帮小子泡在一起，你会学坏的。”

“哪有！我只是来运动一下，没想别的。”

“你不能跟奈德那帮人在一起。我不喜欢他们。他总想到我家去玩，母亲不愿意，说他爱赶时髦。”

“我可不会赶时髦。”

“你别搭理他们就是了，不然我们的友谊就断了。”

“那我做圣徒好了。”

“我受不了什么圣徒，你就做个简简单单的诚实男孩。如果你成了金家公子那种人，钱多得不知道怎么花，我真不知道该如何面对你。”

“乔，你有点儿担心我，对吗？”

“嗯。”

两个人默默走着。劳里突然问：“你不会训斥我一路吧？要是这样的话，我坐车回去算了。你要是不说了，我就告诉你一件有趣的事。”

“我不说了，你告诉我有趣的事是什么。”

“这是个秘密，我对你说了，你可不要告诉别人。还有，你也要对我说你的秘密。”

“我没有秘密——”话说了一半又止住了，乔突然想起来自己其实是有秘密的。

“你有秘密的，你掩盖不住，快说你的秘密是什么，不然我也不对你说了。”

“我说了，你可不要告诉任何人，行吗？”

“行。”

“我刚才去楼上的报社了，我写了两篇文章想发表一下，不知人家收不收，一周后给我回信。”

“哇！真了不起！马奇小姐成大作家啦！”

“嘘，小声点儿！这事我对谁都没说，不想叫人家知道，我担心发表不了。”

“你没问题的！你跟莎士比亚一样伟大，瞧瞧如今报纸上登的都是什么垃圾玩意儿。”

朋友的赞赏是最好的礼物，乔的眼睛亮了。

“我的秘密说了，该你说了。”

“那好，我这个秘密总憋在心里，不说出来难受得很。我知道梅格的手套去哪儿了。”

“就这个？”乔有些失望。

“是啊。”

“你是怎么知道的？”

“我看到的。”

“在哪儿？”

“兜里。”

“谁的兜里？”

劳里弯下腰，凑近乔的耳朵，低声说了三个字。

“怎么样？很浪漫吧？”

“浪漫？我倒觉得很可怕。”

“你不喜欢？”

“不喜欢。这也太可笑了吧。梅格要是知道了会怎么说？”

“你不能叫她知道。你答应过我的，不对任何人说。”

接下来的一两个星期，乔每次听到邮差按门铃都会冲出去，但每次都会失望地发现布鲁克先生正站在门前。然后，第二个星期的星期六，梅格正坐在窗边缝东西，突然听到外面一阵乱哄哄的声音，朝外一看，才知道是劳里正追着乔四处乱跑。就见乔手里拿着一张报纸，一边转圈疯跑，一边尖叫。“唉，这孩子最近是怎么了？连个姑娘的样子也没有。”梅格叹道。

过了几分钟，乔跑到屋里，一头倒在沙发上开始读那张报纸。

“报纸上有什么有趣的事吗？”梅格问。

“没啥，就是一篇故事。”乔答道。

“读给我们听听。”

“标题叫什么？”贝思见乔一直在用报纸挡着自己的脸纳闷地问道。

“《画家争霸》。”

“谁写的？”贝思终于瞥到了乔的脸，问道。

乔猛地站起身来，把报纸丢到一旁，兴奋却又严肃地说道：“你的姐姐。”

“你？”梅格惊呼道，手里的活儿都掉在了地上。

“写得真好。”艾美摆出批评家的派头，点评道。

“我早就猜到是你写的了！我早猜到是你写的了！哦，我的乔，我真骄傲！”贝思冲过去紧紧搂着自己的姐姐叫道。

“快跟我们说说这是怎么回事？你是怎么写出来的？得了多少稿费？爸爸知道了会怎么想？劳里知道了会不会笑？”大家七嘴八舌地说开了。

“前几天我去那家报社，人家说很喜欢这两篇文章，不过不会给初学者付稿费，只同意登出来。那人还说，新手练多了，文章写好了，自然会有人愿意付稿费。于是，我就让他们把两篇文章都登了，今天我才拿到报纸。劳里刚才碰见我，非要看，我就给他看了，他说写得不错，要我多写，下次的稿费他来解决。你们瞧，我能挣钱养活自己了，还能帮你们一把，我好高兴。”

乔把头埋到报纸中，哭了。自己独立了，又得到了爱的人的赞赏，这始终是她心中最亲切的愿望。这次的成功似乎让乔迈出了通往那个幸福目标的第一步。

第十三章
电报

“十月是一年中最讨厌的月份。”梅格站在窗前看着冰冻的花园说。

“所以我才在十月份出生啊。”乔哼道。

“十月也没什么可讨厌的，有了好事，不就可爱了吗？”贝思看什么事都乐观。

“依我看，我们家是绝不会有什么好事的。”梅格抱怨道。

“天啊，我们可不要这么愁眉苦脸的。梅格，你够美了，做得也够好，有点儿耐心。等我有了钱，分给你一大部分，这样你就可以做贵妇人，出国旅游了。”

“如今靠别人给钱是不行的，男人们都在拼命工作，女人只是为了钱才结婚。”

“我和乔挣钱给你花，你再等十年。”艾美坐在角落里玩着泥巴说。

“多谢你们的好意，但我等不及了。”梅格叹道。

坐在窗前的贝思笑道：“等会儿就会有两件好事发生：妈咪回来了，劳里正穿过花园，像是有什么美事对我们说。”

两个人同时进屋。劳里说：“今天可真无聊，我闷在家里做算术，脑袋都痛了。我套车带你们出去兜风怎样？”

“好啊。”

“多谢你的好意，我可没空。”梅格说。母亲常告诫她，不要总和这个小伙子出去。

“我们一会儿就准备好。”艾美慌忙去洗手。

“父亲的信也该到了，今天好像迟了些。”马奇太太说。

就在这时，门铃响了，汉娜拿着一封信慌慌张张地跑进来。

“来电报了，夫人。”

马奇太太一听“电报”这两个字赶紧拿过信拆开。电文简短：

马奇太太：

您丈夫病重。速来。

华盛顿布兰克医院

S.黑尔

屋里突然安静下来，外面的天好像也突然黑了，几个姑娘围在母亲身旁，母亲说：“我得赶紧走，可也许太迟了。哦，我的孩子们，我的孩子们，快帮帮我！”

接下来的几分钟，屋里除了哭泣声，听不到别的声音，还是可怜的老汉娜最先恢复了理智。“上帝会陪伴那个亲爱的人的。我不能再哭了，得赶紧行动。”

“汉娜说得对，现在哭也没用，孩子们，我们得冷静下来，好好想想该怎么做。劳里呢？”母亲强忍着悲伤，开始行动起来。

“我在这里，夫人。”小伙子连忙走过来。

“请帮我发封电报，就说我马上动身。我赶明天凌晨那班车。”

“还有吗？我的马早准备好了，去哪儿都行。”

“你去马奇姑婆家。乔，给我拿纸笔来。”

乔从刚买的本子里撕下一页纸，放在母亲跟前，知道母亲要向马奇姑婆借钱。

“现在你去吧，我的孩子，路上别太着急，反正都这样了。”

得着消息的劳伦斯先生来了，说要亲自动身去华盛顿，马奇太太看他上了年纪，心中不忍。然后，布鲁克先生也来了，和端着茶的梅格碰了个正着。他主动提出陪马奇太太走一趟。“劳伦斯先生派我去华盛顿办点儿事，刚好可以陪护你母亲。”

“你真好，母亲肯定会同意的。”梅格激动地说。

一切都安排好了，劳里驾着马车回来了，拿来了钱。马奇姑妈的字条上无非还是那么几句：马奇去参军是个错误，肯定要出事，下次有事一定要征求她的意见。

下午很短，一会儿就过去了，这时大家才发现不见了乔的踪影。正在纳闷的时候，乔回来了，看她的样子奇怪得很。

“这是我给父亲的钱，我希望他早日回家。”

“天啊，我的孩子，这钱你是从哪里弄的？整整二十五块啊！乔，你不会做了什么冒失的事吧？”

“我没有。我没向人要，也没偷。这钱是我挣的，我想你不会怪我，我卖自己的东西挣的。”

乔说完摘下帽子，大家惊叫一声，原来乔把头发剪了。

“你的头发！你那漂亮的头发！”“哦，乔，你怎么能？”“我亲爱的孩子，你没必要这样的。”“她看着不像我的乔了，不过我更爱她了。”

就在众人连连惊叫的时候，乔晃着小脑袋说道：“没了头发顿时感觉轻松多了，理发师说我的头发很快就会长出来的，还说会长出男孩子那样的小卷，我喜欢这样，快把钱拿去吧，我饿了，想吃东西。”

“孩子，你是怎么想到卖头发的？”

“刚开始的时候我也没有想到这个办法，我不愿去求马奇姑婆，跟她借钱，就出门到了街上，刚好路过一家理发店，橱窗里摆着些头发，我看有的不如我的好，还卖四十块呢，我就进去了。理发师说我的头发不时髦，卖不了那么多钱，不想要，可那个时候天就要黑了，我一着急，就把父亲病重的事跟他说了。这时他老婆出来了，听了我的诉说，就跟他说：‘托马斯，买了吧，我的吉米要是哪天也病了，我也愿意卖掉我的头发。’”

“吉米是谁？”

“他家的儿子，也参军了。”

马奇太太听完叹了口气，说了句：“谢谢你，亲爱的孩子。”

那天晚上都十点了，可谁也没心思睡觉。最后还是马奇太太说：“孩子们，快点儿睡了，明天还要早起。”

听完母亲的话，贝思和艾美先睡了，梅格却怎么也睡不着，乔一动不动地躺着，似乎在睡觉。可是过了一会儿，就听乔开始轻轻啜泣。

“你怎么了，乔？你哭了吗？”

“我的——头发！”可怜的乔终于憋不住了，用枕头盖住光光的脑袋放声痛哭。

梅格搂着妹妹，吻她，安慰她。

“我没事儿，如果再来一回，我也会这样做。你怎么还不睡？”

“我心里乱，睡不着。”

“那就想些高兴的，一会儿就能睡着。”

“我试过了，没用。”

“那你都想什么了？”

“想漂亮的脸——特别是漂亮的眼睛。”梅格在暗中笑道。

“你最喜欢什么颜色的眼睛？”

“棕色的。”

半夜了，屋里静悄悄的，一个人影从这张床上溜到那张床上，给这个盖盖被子，给那个塞塞枕头，又长久地站着，看着每一张熟睡的脸，轻轻地吻她们，用母亲独有的热情为她们祈祷。她撩起窗帘，看着外面黑色的夜，月亮突然从乌云背后跳了出来，像一张和蔼的脸照着她，似乎在沉静中低声对她说：“别担心，亲爱的人。乌云背后总会有光的。”

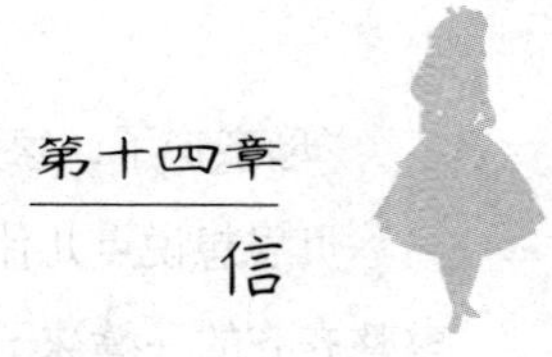

第十四章

信

灰暗的黎明来了。四姐妹点上灯，穿好衣服，下楼吃饭。一切都显得很怪，这么早吃饭，还是头一次。老汉娜戴着睡帽忙活，把饭菜端到桌上。母亲面色苍白，一夜没睡好觉，大衣和帽子在沙发上放着，她想吃点儿东西，却吃不下。

马车就快要来了，母亲说："孩子们，我走后会有汉娜、劳伦斯先生照顾你们。你们不要难过，该做什么还要去做。心中始终怀有希望，还要让自己忙起来。无论发生什么事，都要记住：你们的父亲是不会有事的。"

"我们记住了，母亲。"

"梅格，你凡事多加小心，多跟汉娜、劳伦斯先生商量；乔，你不要做冒失的事；贝思，你要继续练习音乐，料理家务；艾美，你要尽量帮家里做事。"

"我们听到了，母亲！我们听到了！"

马车来了，该走了。母亲和几个女儿吻别，拥抱她们，走的时候还扭回头同她们挥手。劳里和爷爷过来给母亲送行，布鲁克先生看上去强壮、理智、友善，让她们心安了不少。"真是个了不起的人！"几个姑娘齐声说道。车走了，太阳出来了，母亲扭回头冲着站在门口的几个孩子笑笑，四张灿烂的脸后面，是年迈的劳伦斯先生、忠诚的老汉娜与尽职尽责的劳里。

几个人回屋，乔说："怎么家里像刚闹过地震一样啊？"

“母亲走了，家里空了一半。”梅格说。

贝思想说点儿什么，却什么也说不出来，只是用手指着桌子上摆得整整齐齐的一叠袜子，那是母亲做的。即便是出了这样的不幸事，母亲还是把一切料理得井井有条，她们终于撑不住了，开始放声痛哭。

汉娜劝她们：“孩子们，你们忘了母亲走的时候是怎么说的了吗？要你们不要担心。快喝杯咖啡，完后我们得干活儿了。”

“心中始终怀有希望，还要忙起来。我还要去马奇姑婆家。”乔说。

“虽然我想留在家里做事，可还是得去金家照顾那几个孩子。”梅格说。

“你不用担心，梅格，家里有我和贝思呢，你去吧。”艾美说。

乔和梅格穿好衣服出门做事。贝思站在窗户旁看她们远去，冲她们点头。

父亲那里不时传来的消息让几个姑娘感到了莫大的安慰。父亲的病情虽说严重，但在护士的精心照料下稳定了下来，布鲁克先生每天都给家里发电报。日子一周周过去，父亲的病一周周好转，几个姑娘也高兴起来。起初，每个人都想给母亲写信，写完了，把鼓鼓囊囊的邮包投进邮筒，我在这里选几封有代表性的读读。

我最最亲爱的母亲：

你都不知道我上次收到你的信有多高兴。布鲁克先生人真好，劳伦斯先生要他去华盛顿办事，刚好可以同你陪护父亲。我们都很好。乔帮我缝袜子，做各种各样的累活儿，贝思还像以前那样把家里料理得干净整洁，艾美不淘气，由我看护她。用乔的话说，劳伦斯先生就像只看护小鸡的老母鸡，每天都过来看我们，劳里也很好，对我们很友善。汉娜俨然像圣人：从不抱怨，还叫我“玛格丽特小姐”，我觉得她这么叫我很合适。我们都很好，都很忙，却日夜盼着你回家。

梅格

上面这封信是在喷香的纸上写的，和下面这封写在一张进口大薄纸上的截然不同。

我亲爱的妈咪：

为亲爱的父亲欢呼三声！布鲁克先生靠得住，及时通知我们父亲的病情。我们做得都很开心，梅格扮演起了你的角色，你见了她那副样子，肯定会笑得不行，不过她每天都在变漂亮。对了，有件事我要和你说一说：我跟劳里吵架了。我耍小性子，伤害了他，他说如果我不向他道歉，就再也不来我家。你知道，向人家道歉有多难，我不肯这么做。晚上，我读了你给我买的小书，觉得好多了，就像你说的，不该带着怒气过夜。结果，我那天在门口碰到他了，我俩相视一笑，就没事了。

请将我最深的拥抱送给父亲，同时吻你十几遍。

说话颠三倒四的乔

亲爱的母亲：

我每天早晨读书，收拾屋子，努力做好每一件事。每个人都很好。我只能写这么多了，不然艾美就没地方写了。

请代我亲吻我那亲爱的父亲的脸颊。哦，快点儿回到我身边吧，母亲。

小贝思

亲爱的妈妈：

我每天做功课，梅格总安慰我，每天晚上我都会吃点儿果冻，不过劳里对我不大尊敬，说法语总说那么快，我都跟不上。我那条蓝裙子的袖子破了，梅格为我补了，却不好看。梅格说我的发音和拼写不大好，可是妈妈，我每天要做的事太多，怎么能学好呢？再见了，请将我很多很多的爱送给爸爸。

深爱着你的女儿艾美·柯蒂斯·马奇

亲爱的马奇太太：

我来说两句家里的情况。姑娘们都很棒，都很聪明。梅格是料理家务的好手，乔还是那么爱闹，礼拜一那天洗衣服，胡乱洗几下就拖出来，也不拧干，就搭在晾衣绳上，你说搞笑不？贝思最乖，什么都抢着做，真是个懂事的孩子。艾美整天穿最漂亮的衣裳，吃最美味的东西。劳里先生常过来跟姑娘们闹。老绅士送来了不少东西，多到有些烦人了，不过人家也是一片好心，我不该说三道四。面包发起来了，我就不多说了。希望马奇先生不要得肺炎。

汉娜·穆雷特敬上

亲爱的夫人：

小姑娘们都很好，贝思和我的孙子每日向我汇报，汉娜是模范仆人，像龙一样看护着漂亮的梅格。天气一直晴好，真不错，希望布鲁克能帮上您的忙，钱不够了，尽管对我说。不要让您丈夫缺什么。感谢上帝，他在康复。

您真诚的朋友与仆人詹姆斯·劳伦斯

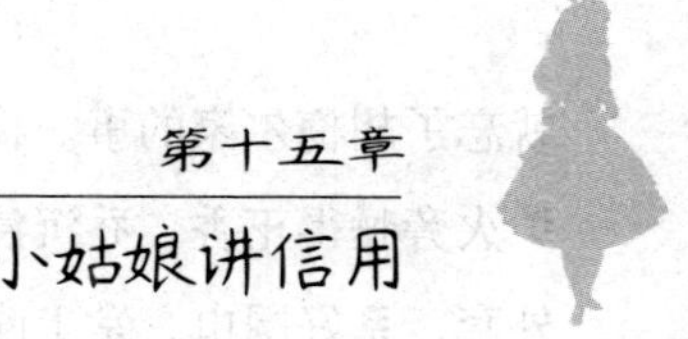

第十五章 小姑娘讲信用

最初的忧虑消失了，姑娘们都放松下来。乔这个时候却因为没有捂严实自己光秃秃的头得了感冒。艾美发现做家务、画画有些无聊，继续鼓捣泥巴。只有贝思没有流露出一丝一毫的怠惰与忧伤，一如既往地努力做事。每天的事情一做完，她就会藏到小隔间里偷偷哭泣，为父亲祈祷，期盼母亲早日回家。大家都心疼她，碰到什么烦心的小事都从她那里寻找安慰，和她商量。

“梅格，你去胡梅尔家看看吧，母亲说过，叫我们别忘了他们。”贝思说。

“我太累了，不想去。”梅格说。

“乔，你能去吗？”

“我的感冒还没有好。”

“你干吗不自己去？”梅格问。

“我每天都去啊，可那小孩子病了，我不知道该怎么办。”

贝思说得恳切，梅格答应明天去。

“你跟汉娜要些东西，送去就行了，出去透透气对你也有好处。”乔说，“你要是不愿去，等我写完了，我去。”

“我头痛，又累得很，才叫你们去的。”贝思说。

“艾美一会儿就回来了，让她替我们去。”

“那行，我先躺一会儿。”

贝思躺在沙发上休息。一个小时过去了，还不见艾美回来，大家就忘了胡梅尔家的事。梅格去自己房间里试穿一件新裙子，汉娜坐在炉火旁睡得正香，乔沉浸在写作中，谁也没看到贝思一声不吭地穿好外套，系好围巾，拿上吃的用的，出了门，迎着冷风，朝胡梅尔家去了。她回来的时候天已经很晚了，没人看到她爬到楼上，把自己关在母亲的屋里。过了半个小时，乔去楼上母亲的房间里找东西，一推门却发现贝思一脸哀伤，手里还拿着个小瓶子。

“你怎么了，贝思？”乔喊道。

“你得过猩红热，对吗，乔？”

“得过，好多年前的事了，和梅格一起得的。”

“那我就告诉你，那孩子死了。”

“哪个孩子？”

“胡梅尔太太家的，胡梅尔太太还没回家，那孩子就躺在我膝头上死掉了。”贝思说完就开始哭泣。

“我可怜的人啊，早知道这样我去啊。”乔说着把妹妹紧紧搂在怀里。

“我没事的，乔，我只是很伤心。叫洛蒂的那孩子说母亲去外面叫医生，我就把小孩接过来抱着，让洛蒂先睡会儿。那孩子好像睡着了，却突然轻轻哭起来，然后身子抖了一下，就不动了。”

“别哭，亲爱的。你又是怎么做的？”

“我就抱着那孩子坐着，等着胡梅尔太太领着医生回来。医生说孩子死了，又看看海因里希和米娜的喉咙，也都肿了。然后他说：‘太太，您应该早点儿叫我来的，孩子们得的是猩红热。’他苦笑一下，我就哭了，末了他叫我赶紧回家服用颠茄，不然也要被传染了。”

“你不会被传染的！”乔把妹妹抱得更紧了。

“别害怕，我想不会。我看了母亲的书，上面说这病刚发时头痛、咽喉肿、感觉不好受，所以我就吃了点儿药。”

“母亲要是在家里该有多好。我赶紧去叫汉娜，她知道怎么办。”

“别叫艾美上来，我怕传染给她。”贝思担心地说。

汉娜上来了，看了贝思的情况，马上说道：“我们赶紧去请邦斯医生，先把艾美送到马奇姑婆家，你们留个人看护贝思。”

“我最大，我留下。”梅格说。

“还是我留下吧，她因为我才得的病。”乔坚决地说。

“别争了，只能留一个，谁留下？”

“乔吧。”贝思靠在姐姐身上满足地答道。

艾美死活不愿去马奇姑婆家，别人怎么劝都不听，最后还是劳里过来对她说：“你要听话，艾美，照她们说的做。你先去马奇姑婆家，我每天驾马车接你出去玩，你看行吗？”

“我不愿去，就好像我碍事一样。”艾美哭道。

“孩子，不是这样的，怕你在家里被贝思传染。”

“马奇姑婆家好闷的，她的脾气又那么不好。”艾美露出一脸的恐惧说道。

“不闷，我每天驾马车去那边告诉你贝思的情况，还拉你出去玩。”劳里说。

“你每天都会去吗？”

“当然啦。”

“还要带我去看戏！”

“看十几场，怎样？”

“没问题！”

“那好，我想——我会——去。”艾美慢慢地说。

“贝思怎么样了？”终于解决掉了艾美这件事，劳里问道。

“她正在母亲床上躺着，好多了，只是那孩子的死让她很伤心。”

“这个世界真讨厌！真是祸不单行！”乔烦闷地嚷道。

“别着急，乔。你想让我给你母亲发封电报吗？”劳里说。

“我烦心的就是这个，”梅格说，“我想我们应该告诉她贝思病了，可汉娜说我们万万不能这么做，父亲那边得有人照顾，他们要是知道了，肯定担心死了。这样，马上派人去请邦斯医生，他不在，我们什么事也做不了。”

“这事交给我来办。”劳里说着已戴好了帽子。

“我们怕你忙，没时间。”梅格说。

“没事的，我的作业做完了。”劳里说完就匆匆去请医生了。

邦斯医生赶到，看了贝思的情况之后表示，贝思的确染上了猩红热，但不严重。听了这话，艾美马上被接走了。

马奇姑婆接待了他们，问明情况之后，安慰艾美道：“别哭，孩子，听别人哭哭啼啼的，我心烦。对了，你父亲的病怎么样了？”

“好多了。”乔止住哭声说。

“是吗？我估计也撑不了几天啦，马奇家的人都没耐力。”老婆婆哈哈笑道，“乔，你该回去了，天都这么晚了，还跟个毛头小子瞎晃荡——”

劳里听了老婆婆的话早已笑得前仰后合。

“我慢慢适应吧。”等大家都走了，艾美这样想道。

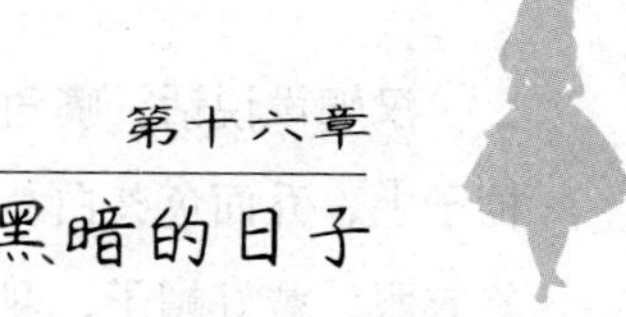

第十六章 黑暗的日子

姑娘们不懂这种病，邦斯医生尽力给贝思医治，梅格不去金家做事了，怕传染给人家，照顾病人的事几乎都交给了老汉娜。贝思很懂事，就算痛也忍着，不让大家费心。不过有时候烧发起来，经常认错人，还喃喃说着要找妈妈。这吓坏了梅格和乔，就连一贯镇定的老汉娜也有些沉不住气了。雪上加霜的是，这时候从华盛顿来的信中说，马奇先生的病情又恶化了，估计很久都回不了家。

黑暗的日子来了，屋里阴郁、死寂，姑娘们的心变得沉重，一边做事，一边耐心等待，死亡的阴影笼罩着整栋房子。劳伦斯先生忍不住心中的悲伤，把那架大钢琴锁了起来，生怕这个带给他无尽欢乐的邻家小姑娘重走小孙女的路。送牛奶的工人、面包师傅、杂货店的伙计、胡梅尔太太也都过来询问贝思的病情，为她送上美好的祝愿。

贝思躺在床上，汉娜守着她，她不愿把那几只小猫叫过来，怕传染给它们。清醒的时候，她会要来纸和笔，让乔帮她把心里话写下，打算寄给远方的父母，但随着病情加重，这样的时候也没了，只能数个小时躺着、说胡话、昏睡。邦斯医生每天来两次，汉娜守夜，梅格在桌上放了封电报，随时准备发出去，乔日夜不离妹妹左右。

十二月的第一天刮起了冷风，大雪纷纷落下，似乎在为今年的消逝准备美好的葬礼。早上，邦斯医生来了，握紧贝思发烫的两只手，长久地看着她，对众人说道："如果马奇太太可以暂时离开丈夫的话，最好赶紧回来。"

汉娜没说话，嘴角抽动着，梅格似乎耗尽了全部的力气，瘫倒在椅子上，乔面色苍白，站了一会儿，拿起那封电报，跑到起居室，穿好衣服，戴好帽子，迎着暴雪出去了。可就在这时，劳里拿着封电报来了，说马奇先生的病情又在好转，但没人搭理他。“怎么了？贝思的病严重了吗？”

“我去发电报，叫母亲回家。”乔说。

“不会吧？怎么这么严重了？”

“医生说的。”

“哦，乔，不会吧？”劳里惊叫道。

眼泪顺着乔的脸颊滑了下来，她无助地伸开双臂，似乎在黑暗中摸索着什么，劳里搂着她，哽咽地说：“有我呢。抱着我，乔！”

乔没说话，只是紧紧搂着劳里。劳里低头抚摸着乔的头，就像乔的母亲过去常常做的那样，除了这个，他给不了她别的。很快乔的泪水干了，她抬起头，眼里透着感恩看着劳里。

“谢谢你，劳里，我现在好多了。”

“你要朝好处想，你母亲很快就会回来的，到时候一切都好了。”

“父亲好多了，我真高兴。哦，麻烦好像一下子都来了，我肩上扛着的担子好像是最重的，我爱贝思，我想她，我不能失去她。不能！不能！”说着乔又哭了。

劳里用手帕为她擦去眼泪，难过得嘴唇直抖，一句话也说不出来。很快，乔止住了哭声，劳里安慰她道：“我觉得她不会死，她那么好，我们那么爱她，我相信上帝不会把她夺走的。”

“可死的总是好人。”乔呻吟道。

“对了，我昨天已经给你母亲发过电报了，布鲁克先生说她马上回来，今天晚上就能到家，到时候一切就都好了。我这么做你高兴吗？”

劳里说得很快，兴奋得涨红了脸，这件事他没对她们说，怕伤她们的心，叫贝思难过。乔听完脸色变得苍白，从椅子上一跃而起，伸出双臂，搂住了他的脖子，快乐地喊道：“哦，劳里！哦，母亲！我太高兴啦！劳里，你就是天使！我该怎么感谢你？”

“让我再抱你一次，我喜欢这样。”劳里露出一脸坏笑地说道。

乔回到楼上，把这事跟梅格、汉娜说了。汉娜说：“劳里这小子真爱管闲事，但我原谅他了，马奇太太就要回来了。”说完松了一口气。

这一天，贝思始终没离开床，原本漂亮的头发散乱在枕头上，红润的脸颊也凹陷下去了，只是有时动动身子，张开干裂的嘴唇，喃喃道：“水！水！”冷风刮得正猛，时间过得好漫长，但夜晚还是来了，时钟每敲响一下，两姐妹都会相互看上一眼：母亲就要到了。

姐妹俩永远无法忘记那个夜晚，两个人守夜，谁都没睡，笼罩在心头的那种无力感想必各位都能感受到。

“如果上帝这回能放过贝思，我以后就什么都不抱怨了。”梅格低声说道。

“如果上帝这回能放过贝思，我就倾尽一生去爱她。”乔说。

十二点了，屋里还是死一般寂静，汉娜累了，正在沉睡。又一个小时过去了，还不见人来。是不是路上出什么事了？是不是华盛顿那边出什么事了？

两点，乔走到窗前看外面的暴雪，一扭头发现梅格正跪在母亲常坐的那把椅子跟前，一个恐惧的念头滑过她的脑际：“贝思死了，梅格不敢对我说。”

她慌忙来到贝思床边，伸手一摸，贝思的烧退了，那张可怜的小脸看着苍白而安静，让她忍不住吻了吻妹妹那湿漉漉的额头。“再见了，我的贝思，再见了！”

汉娜醒了过来，急忙来到床边看贝思，摸她的手，凑近她的嘴唇静听，然后用围裙盖住头，坐在椅子上前后摇动，压着嗓子说道：“烧退了，那孩子浑身湿乎乎的，睡着了，呼吸很均匀！感谢老天爷！

哦，感谢老天爷！”

姑娘们不知道贝思是好是坏，尽职的邦斯医生过来确认了这一点：“是的，我觉得这个可爱的孩子挺过去了，让她踏踏实实睡地吧，尽量别弄出声音，等她醒了，给她些——”

她们没有听到医生后面说的话，偷偷摸摸地去了起居室，高兴地握着彼此的手，心中充满了欢喜。等她们回来，发现贝思还像刚才那样安静地躺着，似乎真的睡沉了。

“母亲现在要是回来该有多好！”乔说。

“快看，”梅格说，“我摘了朵半开的玫瑰，我原本以为明天花到不了贝思手上，她就——离开我们了。但它在夜里开了，我要把它插到花瓶里，等她醒了，最先看到的就是这朵小玫瑰，还有母亲的脸。”

黎明到了，太阳升起来了，在梅格和乔看来，这个世界从未这么美好过。就在这时，楼下的门铃响了，老汉娜快活地低声说道：“姑娘们，她回来啦！她回来啦！”

第十七章

艾美的“遗嘱”

艾美在马奇姑婆家过得很惨。老婆婆见艾美比别的孩子懂礼貌、听话，就想方设法对她好，但用的方式却又不对，搞得艾美很烦恼。她拿出六十年前她母亲教育她的那一套，严格要求艾美，牢牢地控制她，让艾美觉得自己仿佛是一只投入大蜘蛛网的昆虫。

艾美每天早晨都要擦拭杯子，把旧式的汤勺、胖胖的银茶壶、玻璃茶杯擦得锃亮，还要打扫房间，不这样，马奇姑婆就不满意。桌子上、地上哪怕只有一个污点，也逃不过老太婆那双好使的眼睛，艾美只好耐着性子擦干净。苦工做完了，老太婆只给她一个小时让她放松，可艾美累得够呛，哪里还有力气放松？劳里倒是每天都过来看她，俩人要么一同散步，要么驾马车出去兜风。吃过晚饭，老太婆要睡觉，非让艾美为她大声朗读文章，只是读不上一页，老太婆就睡着了。最难熬的是夜里，马奇姑婆总给她讲自己年轻时的事，也不让她睡觉，真是烦死人了。等折腾完了，艾美终于可以睡觉的时候，老太婆又要她端一两杯热茶来喝下才算完事。

若不是有劳里和那个叫埃丝特的仆人，艾美能不能撑得下去还真不好说。老太婆家养着一只鹦鹉，总是故意跟她作对，把屋里弄得乱七八糟，害得她只得一遍又一遍地收拾。更要命的是，老太婆还养着一条大胖狗，能吃得不得了，一天要吃十二顿，每次想吃了就四脚朝天躺下，露出一副愚蠢可笑的样子，而且每次艾美上厕所时，它都冲着她乱吼乱叫，真是个讨厌的家伙！

埃丝特是法国人，和老太婆共处多年，没有她，老太婆还真活不下去。她对艾美好，总带她在大房子里四处逛，把老太婆的大衣橱打开，里头装的都是她年轻时穿戴的衣裳、首饰、好玩的东西。艾美最喜欢的就是这个，偷空就在衣橱、抽屉里乱翻，把漂亮的东西一样样拿出来，赏玩一番再放进去，很是得意。老太婆有个小盒子，里头放着结婚戒指，不过她的手指如今变胖了，再也戴不上了。

“如果她立遗嘱，小姐要选哪一件呢？”埃丝特看着一箱子无价之宝问艾美。

“我最想要钻石，我还喜欢项链，却没看到。”艾美答道，此时她的目光落在了一个拴着金链子，链子上串着乌木珠子的十字架上。

“我也喜欢这个，想做好的天主教徒，祈祷的时候就应该戴着这个。”

“你是说戴着这个东西祈祷吗？”

“是的，孩子。”

“你好像很爱祈祷，你祈祷完了，从楼上下来，我总看到你很平静、很满足。”

“如果小姐像我这样，也会获得内心的平静与满足的。”

“我这么做合适吗？”艾美问道。在孤立无援的时候，她真的渴望得到一些帮助。

“祈祷很好啊，我为你收拾一间屋子出来，你可别对老夫人说。等她睡着了，你偷偷进去坐下，想好的事情，为你的姐姐祈祷。”

“我在想等马奇姑婆死了，她那些好东西归谁？”

“据我所知，归你，还有你的几个姐姐。”

“哦，太棒啦！”艾美最后看了一眼那颗钻石美滋滋地说道。

从那天起，艾美就在小屋里虔诚地祈祷了。离开了温暖的家，她迫切需要一个更大的力量给予她支撑，而慈爱的天父正是她需要的。艾美年纪还小，有些教义还不太明白，但她却始终在竭力找到那条光明的路。她肩上的担子似乎变得十分沉重，可她试着忘记自己，保持乐观的心态，满足于做正确的事，虽然没有人看到她的努力或者为此表扬她。她努力做好事，头一件就是拟定一份“遗嘱”。

她花费几天工夫写好了“遗嘱”。那天，劳里来了，她让他坐下，一本正经地对他说：“劳里，我有件事要跟你好好谈谈。我写了份遗嘱，你给我读读，看看哪些地方还有问题。我死的时候，可不愿留有什么怨恨。”

劳里噘噘嘴，看着这个一脸忧虑的小朋友，开始读这份文件：

我的遗嘱

我，艾美·柯蒂斯·马奇，趁着心智还健全，将全部财产做如下安排：

我最好的画、地图、工艺品，还有一百元钱留给我的父亲。

除了那件带兜的围裙，将全部衣物及奖章留给我的母亲。

戒指（如果我能得到的话）、盖子上画着鸽子的绿箱子、项链及那幅素描画留给我的大姐梅格。

胸针、铜墨水瓶及我最珍爱的泥兔子留给乔。

玩偶、新拖鞋、领圈、小扇子留给贝思。

我用泥做的那些小玩意儿统统留给我的邻居朋友西奥多·劳伦斯。

盖子上有小镜子的紫盒子留给劳伦斯老先生。

纸盒子留给汉娜，她一直想要。

我珍贵的东西处置完了，我满意了，再没有任何怨言。阿门。

1861年12月20日

艾美·柯蒂斯·马奇

见证人：埃丝特·瓦尔诺、西奥多·劳伦斯

“你到底在想些什么啊？有人和你说贝思已经在分发自己的东西了吗？”劳里问。

“贝思？她怎么样了？”

“说了怕你难过，不过我还是要告诉你，她的情况不太好，要把小钢琴留给梅格，猫留给你，可怜的旧玩偶留给乔。她没什么可给大家的，很难过。”

“贝思不会真的有什么危险吧？”

“恐怕会有，但我们得往好里想，所以不要哭，亲爱的。”劳里像个大哥哥那样搂着艾美安慰道。

等劳里走了，艾美去了自己那座小“教堂”，坐在暮光中为贝思祈祷，泪水顺着脸颊哗哗往下流，心里像被刀子扎了一样痛。

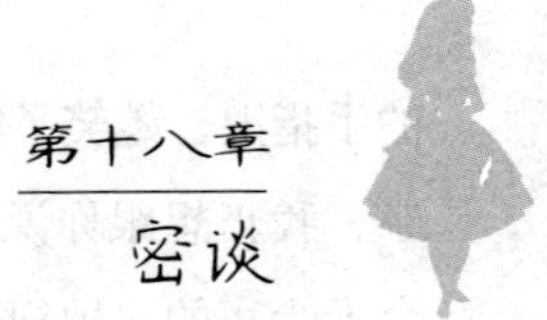

第十八章

密谈

母女团聚的情景美得难以描述，我就不多说了，留给读者去想象吧。梅格的愿望变成了现实：贝思醒来后，最先看到的果真是那朵玫瑰和母亲的脸。母亲抱着她，她还虚弱，说不了话，睁了会儿眼睛又睡着了，母亲搂着她，不肯松手。

汉娜忙着做早饭，梅格和乔听母亲低声说父亲的病情，布鲁克先生留在华盛顿陪护父亲，她路上遇到了暴雪，所以火车晚点了。

那真是奇怪而又愉快的一天！屋里很安静，就像过安息日，累了这些天，梅格和乔终于可以合眼睡了，马奇太太不离贝思左右，坐在椅子上看着她，抚摸她。

劳里驾马车把马奇太太回家的消息告诉艾美。艾美高兴极了，觉得是自己的祈祷应验了。这个冬天虽说寒冷，又下了暴雪，可她心情一好就想出门，于是打算让劳里带她出去玩，转眼一看，却发现劳里早已累得倒在沙发上睡着了。马奇姑婆拉下窗帘，慈祥的面容是她从未见过的。

天黑了，若不是艾美见到母亲高兴地叫喊起来，劳里还不会醒。听了女儿为自己、为姐姐祈祷的事，马奇太太说："我喜欢你这么做，亲爱的。生活太忙碌，我们的确要给自己找个地方不时安静地待一会儿。生活又太苦，不过如果我们可以向上帝祈祷寻求帮助，也就不会觉得太苦了。我想我的小女儿已经领悟到了这一点。"

母女两个说着话，过了一会儿，母亲的目光不经意地落在了艾美的手指上，她笑了笑，什么也没说，但艾美早就明白了她的意思。“母亲，我正想跟你说这事呢。”艾美一本正经地说，“这戒指是马奇姑婆今天给我的，她把我叫到跟前，吻我，说信任我，把这枚戒指戴到了我的手上。很漂亮，对不对？”

“是很漂亮，不过我觉得你年纪还小，戴着不合适。”

“我可不是虚荣，”艾美说，“我戴它是因为它能让我想起一些事来。”

“想起马奇姑婆吗？”

“不是，它让我想到不要自私。”

听女儿这么说，马奇太太不笑了，认真听她说。

“最近我想了很多事，觉得我最大的一个缺点就是太自私。贝思不自私，所以才有那么多人喜欢她，我也要像她一样。我戴着这枚戒指，它能时刻提醒我注意自己的这个缺点。母亲，我能戴吗？”

“能，不过我更相信你那座小教堂的力量。你就戴着它吧，尽力去做好的事。我得回去看贝思了，你要安下心来，亲爱的，不久后我们就接你回家。”

当天晚上，梅格正在给父亲写信，告诉父亲母亲已平安到家，乔溜到贝思的房间，发现母亲还坐在那把大椅子上，低声对她说：“母亲，我有点儿事要对你说。”

“说吧，什么事？”

“梅格的事。”

“你知道吗，去年夏天梅格在劳伦斯家丢了副手套，结果只找回来一只。劳里那天对我说是布鲁克先生拿了那只手套，放在了外套兜里。他一直留着呢，却不敢对梅格说，梅格那么年轻，他又那么穷。”

“你觉得梅格喜欢他吗？”马奇太太忧虑地问。

“哦，我可不知道情啊爱啊的事，我只在小说里读过，姑娘们恋爱了，眼睛会变得痴痴的，脸变红，人变瘦，做起事来就像傻瓜。可据我观察，梅格吃得香，睡得着，不像是恋爱了啊。”

“那依你看，梅格对约翰不感兴趣？”

“谁？”

“布鲁克先生，我现在叫他‘约翰’，我在医院就这么叫他，他也喜欢。”

“哦，我的天啊！我就知道你会袒护他：他对父亲那么好，你没把他叫走，就为了让梅格嫁给他，如果梅格愿意的话。哦，你做的这叫什么事啊！”

“亲爱的，你不要生气，实话跟你说了吧。约翰陪我去医院是劳伦斯先生安排的。他对你们的父亲那么好，我们不喜欢他都不行。他为人很坦诚，对我和你父亲说了喜欢梅格，不过人家也说了等有了舒适的大房子再向梅格求婚。他真的很不错，但我并不同意梅格这么早结婚。”

“她说她喜欢漂亮的眼睛，布鲁克先生的眼睛就很漂亮，俩人看对了眼，事不就成了吗？她每天读他发来的电报，读好几遍，就是你写来的那些信，我也没见她读那么勤过。他俩在一起真的挺好的，到时候布鲁克先生挣了大钱，就带着她远走高飞啦。母亲，你觉得这样不好吗？”

“倒也不是，梅格才十七岁，年纪太小，等约翰有了自己的房子，也得好多年以后了。我跟你父亲商量好了，等梅格到了二十岁再说。如果她和约翰是真心相爱，刚好可以利用这段时间检验一下他们的爱情。她做事勤恳、认真，我不担心约翰以后对她不好。我的漂亮、温柔贤惠的女儿啊！我希望她以后能过得幸福。”

“那你想让她嫁给有钱人吗？”

“钱不是坏东西，钱很有用，我并不希望我的女儿以后为了钱发愁。嫁个有钱、人品又好的人当然好了，可依我的经验看，真正的幸福只有在小户人家才能找到，干活儿挣吃的，虽说不富裕，日子却甜蜜。约翰是好人，梅格拥有了他的心会变得富足，比拥有金钱还好。”

“我懂了，母亲，也很同意你说的，可我本打算让她嫁给劳里的，一辈子过贵妇生活。这样不好吗？”

“他比她还小，你不知道吗？”

“就小一点儿，他个子高，有成人气派，有钱又大方，也喜欢我们。我是说这么一来，我的计划都给毁了。”

“你也不要有什么计划了，乔。以后看吧，这种事我们不好掺和的。”

刚说到这儿，梅格就拿着写好的信进来了。“写得不错，再加一句：代我谢谢约翰。”马奇太太看了一眼信说。

“你叫他‘约翰’？”

“是的，他就像我们家的儿子，我们都喜欢他。”

“听你这么说，我真高兴。他一个人在那边那么孤独。晚安了，母亲。”梅格说完温柔地吻了一下母亲去睡了。

“她还没有爱上约翰，不过快了。”马奇太太满足又遗憾地想道。

第十九章

劳里胡闹，乔调解

乔知道了姐姐和布鲁克先生的事后便整天装神秘。梅格也不问，因为她知道，她越问乔越不会说，最好的办法就是以静制动，等着乔主动开口。何况，家里的事多得很，没工夫顾及这种闲事，她也就慢慢地不放在心上了。乔一下没了兴致，艾美不在，只好去和劳里玩，可她又怕劳里，因为这小子爱戏弄人，乔怕他从自己嘴里把这个秘密套出去。

她想得没错，劳里果真发现她不对劲，就笑话她、威胁她、怪她、贿赂她，非得让她把藏在心里的秘密讲出来，她死活不肯说。后来，他通过旁敲侧击，终于知道了这事与梅格和布鲁克先生有关，这才满意了。“哦，原来如此，乔藏着掖着不跟我说，我非要她一下不可。”劳里想。

不知怎的，随着父亲回家的日期越来越近，梅格变得怪起来，做针线活儿的时候，脸上总透着一种羞怯与不安。母亲问她是不是哪里不舒服，她说自己好好的，乔问她怎么回事，她却让乔到一边去。

“她啊，感觉到爱情的滋味了，症状也对得上——易怒，不吃东西，不睡觉，一个人在角落里闷闷地坐着。有一回，我还听她像你那样说了句‘约翰’什么的，脸忽然就红成了大苹果。我们该怎么做呢？”乔对母亲说。

“我们什么都不要做，等着就是了。这种事急不得，你们的父亲一回来，一切就都解决了。”母亲说。

第二天，乔去外面的邮筒取信，拿回来一封，对梅格说："梅格，这儿有你的一封信。"然后就去忙自己的事了，可过了一会儿，就听梅格大喊道："怎么会这样？肯定是弄错了，这信不是他寄来的。哦，乔，你怎么能这么做？"说完就捂着脸哭了。

"梅格，我可什么都没做！我不知道你在说什么！"

梅格的眼睛喷着火，从兜里掏出来一张皱皱巴巴的纸扔给乔，说道："你自己看吧。这信是你写的，那个坏小子帮你写的。你怎么能这么无礼、这么卑鄙地对待我们？"

乔和母亲打开信，就见上面写着：

我最最亲爱的玛格丽特：

我再也抑制不住心中的激情，回来前迫切想知道我的命运。我现在还不敢对你父母说，但我想，他们要是知道我俩是真心相爱的，肯定会同意的。劳伦斯先生会帮我找到一份好工作，然后，我亲爱的姑娘，你就会让我快乐的。我求你不要对你家里说这事，如果你有意，就写一两句给我希望的蜜语，由劳里转交给我。

深爱着你的约翰

"哦，这个小浑蛋，我不跟他说，他就使这招。我去把他找来，狠狠地数落他一顿。"乔义愤填膺地说。

"别，孩子，你先得把你自己撇清，你搞过那么多恶作剧，我看这回又是你的鬼点子。"

"哦，母亲，这事跟我无关！我就没见到那封信，我敢对天发誓！"

"看着倒像他的笔迹。"梅格把这封信与手中的另一封信比对着说。

“哦，梅格，你没回吧？”

“我回了！”

“这个小王八蛋，我非得把他揪过来不可。”乔怒气冲冲地说着。

“小声点儿！这事比我想得要糟。玛格丽特，跟我说说事情的经过。”

“劳里那天交给我一封信，看样子他并不知道这件事。我知道你喜欢布鲁克先生，就没对你说。我就像书中写的那些傻姑娘，想把这个秘密保留几天，可是，母亲，我太蠢了，还以为别人不知道。唉，我再也无法面对他了。”

“你在回信中都说了些什么？”马奇太太问。

“我只说我年纪还小，谈婚论嫁还早，他有什么想法要和我父母说，我感谢他的好意，愿意长久地和他做朋友。”

马奇太太笑了，对女儿的做法很满意。

“然后，他给我回了信，不过语气大不一样，说从来没有给我写过什么情书，这事肯定是我那个爱惹事的妹妹乔搞的。”

梅格说完面露绝望地靠在椅子上，乔气得绕着屋子转圈，突然把两封信拿起来，仔细看了看，说道：“我认定这两封信都不是布鲁克写的，从头至尾都是劳里那臭小子在捣鬼，我没告诉他我的秘密，他就用这种手段报复我。这两封信都出自他的手！”说完乔就去找劳里了。

“孩子，你是怎么想的？你爱他吗？你是想等着他给你一个家还是暂时不考虑这事？”马奇太太问。

“我很害怕，又很担心，恐怕好久都不会考虑这方面的事了。约翰要是还不知道，就别告诉他，也不要让乔和劳里说出去。”

就在这时，乔把劳里叫过来了。俩人在客厅里说话，声音忽高忽低，说了半个来小时。然后，马奇太太叫他俩进来。

劳里满脸悔意地露面了，慌忙向梅格道歉。梅格原谅了他，得知布鲁克并不知道这件事，心里也安定了不少。

“我到死都不会和他说的，你要原谅我，梅格，为了表示我有悔改之心，我愿意做任何事。”劳里羞愧地说道。

乔站着不动，表情冷漠，不去搭理劳里。劳里看了她两眼，见她没有原谅自己的意思，自觉无趣，冲她鞠了个躬，回去了。

等劳里走了，梅格和母亲也上了楼，乔这才觉得自己刚才做得有些过分，内心挣扎了一会儿，拿起一本书，去了对面的大房子跟前。

“劳伦斯先生在吗？”

“在，不过我想他现在不太想见人。”仆人说道。

“怎么？他病了吗？”

“病倒没病，小姐，只是刚才和劳里先生大吵了一架。”

“劳里在哪儿？”

“一个人关在房子里不肯出来。”

“我去找他。”

乔马上去敲劳里的房门，门忽地开了，乔跳进去，见劳里的气还没消，就露出一副很温顺的模样，说道：“劳里，请原谅我刚才那么无礼。我来向你道歉，如果你不接受，我就不走。”

“好啦，别说啦，我原谅你啦。”

“谢谢你。你这是怎么回事？”

“我被人抓着身子摇晃了，有些受不了。”

“谁摇晃你了？”

“我爷爷。”

“他干吗摇晃你？”

“就因为我不肯对他说你母亲为什么叫我过去。我不肯说，他就勃然大怒，摇晃我。然后，我也生气了，就跑了。”

“这样不大好，不过我想他对你这样心里也过意不去。我帮你，去和他和解吧。”

“我死都不去！”

“要怎样你才去呢？”

“除非他先跟我道歉。”

“劳里，快别耍性子了，让这事过去吧。”

“不行。我不愿意。我要去华盛顿看布鲁克。”

“你开什么玩笑！我倒也想离家出走呢。”

“那我俩一起走。”

“我要是个男孩就跟你去了，可我是女孩，得待在家里。你不要引诱我，劳里。你这个念头太疯狂了。”

“疯狂才有意思嘛。”

“快别说了，我来这里是解决事情的，你可不要再让我做错事了。对了，我去和劳伦斯先生好好说说，让他跟你道个歉，这样你就不会跑了，对吗？”乔严肃地说。

“对，不过我想你不敢去。”

“我敢。”乔说完就去敲老先生的门。

“进来！”劳伦斯先生用粗哑的声音吼道。

“我来还书。”

“还有别的事吗？”

“有的，我想再借一本博斯维尔的书。”说完乔假装找书，心里却在想该怎么跟劳伦斯先生说他和劳里的事。

“那孩子到底是怎么回事？从你们家回来就怪怪的，我问他，一句话也不肯说。我知道他又淘气了。”

“他没事，我们都原谅他了，他做了保证，不会把那件事告诉任何人。”

“什么事？我可不想蒙在鼓里。”

“抱歉，先生，我真的不能说。母亲不让说，劳里道过歉了，我们也都原谅了他。如果您掺和了，这事就复杂了。”

“那好，你去叫那个臭小子下来，当面对我说没做什么坏事。要是做了，我就亲手撕了他！”

乔心里清楚老先生说得虽狠，不过也就是说说罢了。“劳里说先让你和他道歉，不然他就离家出走。”

老先生听了这话脸突然红了，猛地站起来，看着墙上劳里父亲的那张画像说：“他不会走的，他学习学累了，就拿这话威胁我。你去楼上叫他下来吃饭，跟他说没事了，不要让他摆出一副凄惨的模样，我受不了这个。”

“他不肯来，他说你不相信他，还摇晃他，让他受了很大的伤害。”

“这件事我确实做得不对，那小子要我怎样才肯下来？”

“您就写个条子，跟他道个歉。”

劳伦斯看了乔一眼，戴好眼镜，慢慢地说：“你真是个机灵鬼，不过我并不在意被你和贝思支配。快给我拿张纸来，让我把这件愚蠢的事情做完。”

道歉信写完了，乔拿着去了楼上。劳里一见她就说：“你真棒，乔。爷爷对你发脾气了吗？”

“没有，总的说来还挺和蔼的。”

劳里听完这话下楼去吃饭，最终和爷爷和解了。

这场小风波到此就算结束了，别的人都忘了，唯独梅格没有忘。此后，她常常想起那个人来，又做了很多梦。有一回，乔翻腾姐姐的抽屉想找张邮票，却发现了一张纸，上面用潦草的笔迹写满了“布鲁克太太”。她悲伤地呻吟一声，把纸扔进了火炉，觉得劳里的胡闹加快了那罪恶的一天的到来。

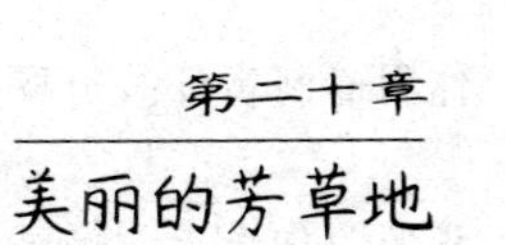

第二十章 美丽的芳草地

此后的几周如暴风雨过后的阳光，平安无事。马奇先生的病好多了，贝思也能整日躺在书房里的沙发上了，先是想起了心爱的小猫咪，而后想到了绣玩偶，都好些日子没做了，活儿落下不少。乔体格壮实，搀扶着她在房子里四处转。艾美成了那枚戒指的奴隶，把从马奇姑婆家拿来的东西分给大家。

圣诞节临近，天气数日晴好。圣诞节那天，汉娜说，今天的天气会好得不得了。她猜得没错，而且似乎事事都很顺当，先是马奇先生来信说，很快就回家与她们团聚，然后贝思那天的状态也好得出奇，乔和劳里又连续劳作几天，给贝思准备了一样大礼物。那是一个堆在花园中的雪姑娘，一只手里拿着一篮子水果，还有鲜花，一只手里拿着一大卷乐谱，肩上围着一条彩虹状的阿富汗披肩，嘴唇边贴着一张粉色的纸，上面写着一首圣诞颂歌：

愿上帝保佑你，亲爱的贝思女王！
愿你心中没有任何烦恼，
在这个圣诞日，
我们祝你健康、平安、幸福。

你累了，就吃水果，
你烦了，就闻花香；
你弹琴取乐，

你围着阿富汗披肩取暖。

我们为你送上一幅画像，
这画可是拉斐尔二世画的，
画画的人付出极大的辛劳，
才让它栩栩如生。

请收下这条红丝巾，
装点普拉尔小姐的尾巴；
梅格做好的冰激凌，
有桶装的勃朗峰那么大。

塑造我的人将最深的爱
放入我冰冻的心中；
接受它吧，阿尔卑斯姑娘，
从乔和劳里手里把它拿过去吧。

贝思见了哈哈大笑，劳里激动得上蹿下跳，乔兴奋得胡言乱语。

“我真快乐，如果父亲在，一切就圆满了。”贝思叹道。

“我也很快乐。”乔使劲儿拍着兜里那本终于得到的《水中仙女》说道。

“我确信我也很快乐。”贝思看着母亲送她的那幅框在相框中的《圣母与圣婴》说道。

“你们都快乐，我怎么不能呢？”母亲低头看着几个女儿用各色头发为她做的胸针满足地叹道。

如故事中所讲的那样，好事真的一件接着一件来，如果再有一件好事，这个故事就圆满了。也许真的是老天眷顾，半小时后，劳里隔着门探进半个头来，一脸兴奋地说道：“又有一份礼物送给马奇家。”

他的话还没说完，门口就出现了一位由人搀扶着的身材高大的男子：马奇先生回来了。有那么几分钟，屋里的人都傻了，谁都说不出话来。然后，她们回过神来，一拥而上，紧紧抱住他，用胳膊把他淹没了。乔兴奋得差点儿晕了过去，布鲁克先生忙中出错，把梅格的脸吻了个遍，艾美从凳子上滚下来，哭着说父亲的靴子都破了。最后，还是马奇太太先恢复了神志，低声说道："嘘！别忘了贝思！"

可一切都为时已晚，快乐的小贝思已经挣扎着从椅子上站了起来，迈着虚弱的两条腿扑进了父亲怀里。此后的事就不管了，这幸福的一刻把以往的艰辛困苦都给冲刷掉了。

老汉娜把火鸡肉烤得外焦里嫩，黄黄的，煞是可人，一家人连同劳伦斯先生、劳里、布鲁克先生围坐在大桌子旁边吃边说。马奇先生说早就想给家里个惊喜，还说医生劝他趁着天气好多出去走走，又说布鲁克先生是如何精心地照料他。

"就在一年前，我们还在抱怨圣诞节怎么过呢。你们想起来没？"乔问。

"是啊，整整一年了。"梅格一边捅火一边说。

"这一年过得真难。"艾美看着闪亮的小戒指叹道。

"还好一切都过去了，父亲终于回家了，我们又团聚了。"艾美依偎在父亲的膝头小声说。

"你们真的走了一条很艰难的路，孩子们，不过这条路的后半段更难走，但我想用不了多久你们肩上的担子就会落下。"马奇先生说。

"你怎么知道的？母亲告诉你的吗？"乔问。

"不是。我今天看到了几件事，领悟到的。"

"快说来听听。"

"比如这个，"马奇先生拿起梅格的一只手说道，"我记得以前这手又白又嫩，如今却变得粗糙了，手掌上又结了两三个硬茧。以前，这双手美，但现在我觉得它们比以前还要美。梅格，我亲爱的孩子，感谢你勤苦料理这个家。我握着这双手，觉得骄傲，希望不会有人那么快地请求我放开它们。”

“说说乔吧。”

“乔留了鬈发，不再像一年前我看到的那个假小子了。她现在把靴子收拾得十分整洁，不再像过去那样吹口哨，说脏话，趴在地毯上满嘴跑火车了。她瘦了，变温柔了，声音低沉了，我喜欢她现在的样子。她卖掉头发，挣了二十五块钱，翻遍整个华盛顿都找不到这么好的姑娘。”

“现在该说贝思了。”

“我不敢说她太多，怕她不好意思溜掉，不过她现在不那么害羞了。”马奇先生紧紧搂着差点儿失去的女儿说道，“你没事了，我的贝思，我要你平平安安的，我要你永远这样，感谢上帝。”

过了一会儿，他的目光落在了艾美身上，抚弄着她的头发说道：“我注意到刚才准备吃饭的时候艾美跑前跑后，端火鸡肉，耐心地服侍每个人，既没有发脾气，也没有照镜子，甚至都没提她手上戴着的那枚漂亮的戒指。于是我断定，她已学会了替别人考虑，决心塑造自己的性格。我看到她变得更好，感到欣慰。”

“你想什么呢，贝思？”等艾美向父亲说过了戒指的事后，乔问道。

“我今天读了《天路历程》，读到基督徒和心中怀有希望的人历经千辛万苦最终抵达了美丽的芳草地，那里一年四季盛开着百合花，他们在那里快乐地休息，就像我们现在这样。”贝思离开父亲的怀抱，坐在那架小钢琴跟前说道，“该唱歌了，我想演奏一首香客们听过的牧羊男孩的歌，曲子是我写的，献给父亲。”

贝思坐在小钢琴旁边，轻轻触摸琴键，用他们本以为再也不会听到的甜美的声音唱道：

卑微的人不怕摔倒，

卑微的人不会骄傲；
卑微的人，
永远用上帝做他的向导。

我满足于我拥有的一切，
不管多了还是少了，我的心始终如一；
主啊！我依然追求满足，
因为这是你护佑的。

他们背着重担，
继续走在那条香路上；
此生卑微，来世富足，
这是生生世世最好的安排！

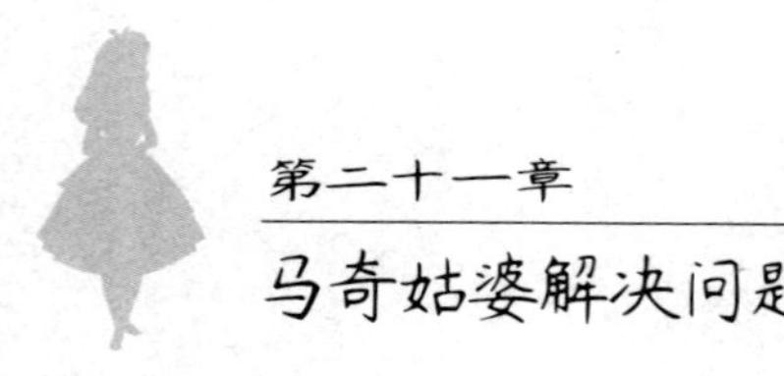

第二十一章

马奇姑婆解决问题

第二天，母女五人像蜜蜂一样围拢在马奇先生周围，将无尽的爱意送给他。屋里弥漫着浓浓的幸福的意味，汉娜坐在椅子上打瞌睡，不时抬起头来瞥一眼那个可敬的人。似乎什么都齐备了，什么都不缺了，然而还是缺一样东西。乔一脸严肃地看着布鲁克先生落在她家的那把雨伞，梅格做着手工活儿，听到门铃响会突然抬起头来。有人提到“约翰”这个名字，梅格的脸顿时就红了。艾美说：“好像每个人都在等着什么事情发生，好奇怪啊。”贝思什么都不知道，问邻居们怎么不过来玩了。

下午劳里过来了，看到梅格正痴痴地站在窗前，就戏剧性地冲她乱比画，单膝跪倒在雪地上，大力拍打着胸脯，撕扯头发，又可怜巴巴地攥紧两只手，不知在搞些什么。

“那小子干吗呢？”梅格笑着问。

“他在说你的那个约翰对你怎样怎样。”乔讥讽道。

“别说我的‘那个约翰’，我不是跟你说了吗，我不太喜欢他，我们只是朋友，还像以前那样。”

“他要是真的向你表白了，你会怎么说？”

“我就说：‘谢谢你，布鲁克先生，你真好，我同意父亲说的，我年纪还小，谈婚论嫁还早，请不要再提这件事了，让我们还像以前那样做朋友吧。”

“哼，我才不信你会这么说呢。就算你真的这么说了，他也不会死心，就像书中写的那样，还会缠着你的，然后你心一软，就答应人家了，对不？”

“我才不会呢。我就说我打定了主意，然后很有气派地从屋里走出去。”

梅格说完起身，似乎想要彩排一下很有气派地走出屋子是什么样子，刚走了一步，就听门铃响了，她慌忙坐回到椅子上。乔被她那个慌里慌张的样子逗笑了。来人正是布鲁克先生。

“下午好，我来拿我的伞——顺便看看你们的父亲怎么样了。”

“他在床上，我去告诉他，就说你来了。”乔说完溜了出去，给了梅格和布鲁克先生独处的机会。

“母亲一会儿就来了，你先坐，我去叫她。”

“别走。你怕我吗，玛格丽特？”布鲁克先生似乎很受伤地问。梅格脸红了，拢拢发卷，发现他叫自己玛格丽特叫得那么自然，那么甜蜜，要知道以前他可从未这么叫过自己。她摆正姿势，给自己鼓了鼓劲儿，感激地说：“你对我父亲那么好，我怎么能怕你呢？我只想当面谢谢你。”

“我现在能告诉你该怎么谢我吗？”

“哦，不，不——别，还是算了吧。”梅格害怕地说道。

“我不会让你担忧的，我只想知道如果你有那么一丁点儿地爱我，梅格，那么我想告诉你，我爱你爱得是那么多，那么热烈，亲爱的。”布鲁克先生温柔地说道。

梅格慌了，低着头，该说的话一句也想不起来了，只是答道：“我不知道。”她说得那么轻，害得约翰不得不弯下腰来听她说。

他笑了，对于这个回答显然满意。“你想试着去发现我对你的爱有多深吗？你要是不回答我，我根本没心思做事。”

“我还小。”梅格结结巴巴地说道，不知自己为何竟会这么紧张，然而她享受这紧张的一刻。

“我会等你的，你也会学着喜欢我的。这样做很难吗，亲爱的？”

“如果我学，就，就，就不难——”

“那就求你学吧，梅格。我愿意教你，这比学德语容易。”约翰握着她的双手说道。

不知为何，偏偏在这个时候，梅格想起了安妮·莫法特给自己上过的爱情课：千万不要让眼前这个男人轻易得逞。沉睡在这个最好的小妇人心中的爱的力量突然被唤醒了，让她有了一种奇怪的兴奋的感觉，在强烈的冲动的驱使下，她猛地撤回双手，无礼地说：“我不学。请你走吧，别再打扰我了。”

可怜的布鲁克先生一下子蒙了，焦虑地问道：“你不是说真的吧？”

“是真的。我不想再为这种事忧心了。父亲说我还小，结婚还太早。”

“也许你会改变主意的。我会等你的。不要要我，梅格，我想你不是这种人。”

“你不要再想我了。我真的希望你不要再想我了。”梅格考验着情郎的耐心和自己的魅力，美滋滋地说道。

他就像小说中的男主人公，脸变得严肃而苍白，却没有像那些男主人公那样抽打自己的额头，也没有难过地围着屋子转圈，只是站在那里热切、温柔地看着她，让她忍不住心软了。若不是在这个有趣的时刻马奇姑婆登场了，天知道接下来会发生什么好事。

老太婆早就忍不住要过来看自己的侄子了。一家人正在后院忙，她想给大伙儿一个惊喜，就一声不响地溜了进来。她的出现叫人没有一丁点儿的准备，吓得梅格以为撞见了鬼，害得布鲁克先生慌忙去了书房。

“哦，我的老天爷啊，这到底是怎么一回事？”老太婆叩了下拐杖说道。

“这是父亲的一位朋友。你怎么来了？”梅格结结巴巴地说道。

“父亲的朋友怎么会搞得你的脸那么红？这里头肯定有事。快说，你们刚才干吗了？”

“我们在说话，布鲁克先生来拿他的雨伞。”

“布鲁克？就是那个男孩的家庭教师？啊！我明白啦。乔在一次读你父亲写来的一封信时读漏了嘴，我让她把这件事跟我说了。孩子，你还没答应他，对吧？”马奇太太大声说道。

“你小声点儿！别让他听到。我叫母亲去吧？”

“别，先别叫。我有两句话要对你说，孩子。你得老实告诉我，你真的要嫁给这个叫库克①的小伙子吗？你要是真嫁给了他，休想再从我这里拿走一分钱，听懂了没？”老太婆一本正经地说道。

马奇姑婆说话真有一套，连性子最柔弱的人被她用激将法一激，也会变得执拗起来。恋爱的年轻人多数都这样，你要我做什么，我偏偏不去做。梅格也一样，老太婆要是跟她说，你就答应布鲁克先生算了，说不定她还不会同意，如今却劝她不要爱这个小伙子，反倒让她铁了心。

“我想嫁给谁是我的事，你的钱爱给谁给谁，我不稀罕。”梅格坚决地说。

“嗬！不听老人言，有你后悔的！在破烂的小屋里是找不到爱情的。”

“总比某些人孤苦伶仃地住大房子好。”

马奇姑婆没想到侄孙女会说这样的狠话，赶紧戴上眼镜端详起她来。“孩子，听我的话，理智些，我不想你刚开始生活就摔跟头。你应该嫁个有钱人，这样还能帮家里一把。你有责任嫁到有钱人家，这对你有好处。”

“父亲和母亲可不这么想。”

“他们俩就像小孩子，知道个啥。”

---

① 老太婆拼错了布鲁克的名字，下同。

“我乐意。”

“这个叫库克的没钱，亲戚们也都穷，对不？”

“是，可他有很多热心肠的朋友。”

“过日子可不能靠朋友，你等着瞧吧，日子长了，朋友的关系也就淡了。他还没什么正经事，对不？”

“劳伦斯先生说会帮他找工作的。”

“这也不是长久之计。詹姆斯·劳伦斯那个老家伙脾气怪得很，靠不住的。你嫁个没钱、没本事的人，将来可有你受的，你得拼命干活儿。我觉得你是个有脑子的姑娘，梅格。”

“约翰人不错，又聪明，有勇气，又肯卖力干活儿，每个人都喜欢他。他爱我，我觉得骄傲，我又穷又笨的——”

“依我看他是看中了你有有钱的亲戚才对你好的。”

“马奇姑婆，你怎么能这么说话？约翰不是那种卑鄙小人，你要是再这么说的话，我可就不搭理你了。”梅格生气地说道。

马奇姑婆看劝不动梅格也生气了。“我不管啦！我对你很失望，也没心思看你父亲啦！你要是跟这个叫库克的小伙子结婚了，休想再从我那里分走一分钱。从今往后，我是我，你是你，再没有任何关系。”

老太婆说完当着梅格的面重重地把门摔上，走了。一直躲在书房里的布鲁克先生终于可以出来了。“我忍不住听了两句，梅格，谢谢你为我说话，经马奇姑婆这么一闹，我发现你还真的有那么一点儿喜欢我的。”

“她说话那么难听，我不顶她两句，不知道她还会说出什么侮辱你的话来。”

“我能先不走吗？我想在这儿待一会儿，我能吗，亲爱的？”

“好吧，约翰。”梅格把头靠在布鲁克先生的马甲上说道。

马奇姑婆走后，又过了十五分钟，乔蹑手蹑脚地到了楼下，美滋滋地点着头想道：“她果真说到做到，把他赶走了。我听听，看看有什么动静没，等会儿好好笑一场。”

可怜的乔却永远没机会笑了，眼前的一幕把她惊得目瞪口呆：两个打得一团火热的年轻恋人听到脚步声赶紧转过身去，一眼就看到了她。梅格跳起来，整张脸上写满了羞涩和骄傲，乔口中的“那个约翰”吻了吻惊呆了的乔，冷静地说道：“乔妹妹，为我们祝福吧！”

这一切来得太快、太猛烈了些，让乔无法忍受，她慌忙冲到楼上，大声喊道：“快来人啊，约翰·布鲁克正在做坏事呢，梅格还喜欢他这么干！”

马奇夫妇赶紧跑到楼下，乔撞见艾美和贝思，把这事跟两人说了，两人倒觉得这事挺好玩，挺有意思。乔找不到倾诉的对象，一个人躲到阁楼上，和那几只小老鼠谈心去了。

那天下午，布鲁克先生当着朋友们的面说了以后的打算，描绘了要给梅格的幸福生活。两个年轻人看着那么幸福，乔都不忍心嫉妒人家了。约翰的一片诚心让艾美颇受感动，贝思离得远远的，脸上放射出快活的光，马奇夫妇满足地端详着两个人，马奇姑婆说他们是“一对不懂事的小孩子”，说得一点儿不假。谁也没吃多少饭菜，但每个人都很快乐。

“今年我们家真可以说是悲喜交加，”马奇太太说，“多数家庭都是这样的，一年到头都是事，不过结局还不错。”

“依照我的打算，再过三年一切就会好起来的。”布鲁克先生微笑着看着梅格说道。

“三年是不是太长了些？”艾美早就巴不得看姐姐办婚礼了。

“我要学的东西还有很多，对我来说三年好像并不长。”梅格脸上带着从未有过的甜蜜说道。

“你等着就是了，事情都交给我来做。”约翰说。就在这时，有人敲前门，原来是劳里来了。乔心想：“这下好了，我们终于可以好好说会儿话了。”

但乔想错了，只见劳里拿着一束花蹿进来，还美滋滋地一口一个

“约翰·布鲁克夫妇”叫着，显然觉得促成这段好事的正是他本人。

“我了解布鲁克先生，他这个人吧，有股子倔脾气，看准的事，不做成誓不罢休。”劳里献过花和祝福后说道。

“多谢美言，我诚心邀请你那天来参加我们的婚礼。”布鲁克先生安静地说道。

“我就是在天边也会去的。喂，乔，我怎么看你不大高兴啊，你这是怎么了？”

“我不太赞成这桩婚事，不过既然事情已经这样了，我就忍了吧，你不知道我失去梅格有多难受。”乔用颤抖的声音说道。

“你并没有失去她啊。你和她只是分开了。”

“那不一样。我失去了我最心爱的朋友。”

“不是还有我吗？我知道自己还不大好，不过以后你有什么事我都会支持你的，我会支持你一辈子的。我说话算话。”

“我知道你会的，你总是给我莫大的安慰，谢谢你。”乔握着劳里的手感激地说道。

“喏，我们不要再烦恼啦。梅格很快乐，布鲁克用不了多久就能安定下来了，爷爷会照顾他的，看梅格住在自己的小房子里该是多美好的一件事啊。对了，很快我也要上大学了，到时候我们去环游世界，你看好吗？”

“我倒是想，可谁知道三年中又会发生什么事呢？”

“你说得对。可你不愿向前看吗？不愿畅想一下到时候我们会有怎样的进步吗？我愿意。”

“我不愿看，我怕看到伤心事，大家都这么好了，还能好到哪里去呢？”乔把整间屋子扫视了一遍，看到了彼岸美丽的风景，眼睛不由得一亮。

读者们，《小妇人》的第一幕到此就结束了，幕什么时候再次拉起，就看各位有没有兴趣再看了。

Little Women

第二部

第二十二章
闲聊

说梅格的婚礼之前，我想先来聊聊马奇家的杂事。年纪大些的读者肯定会说，不要总说些情情爱爱的事，年纪小些的读者倒无所谓。借用马奇太太的一句话：“我有四个漂亮的女儿，隔壁又住着那么冒失的一个小伙子，不说情情爱爱，你还能指望我说什么？”

三年转眼过去了，仗打完了，马奇先生奋力写书，因为在战场上做过随军牧师，脾气好，性情安静，又有智慧，便做了一座小教堂的牧师。

世俗的成功离他越来越远，做牧师又没有多少钱赚，然而他却把大批的教众吸引到了身旁。有激情的年轻人发现这位年逾五旬的老者内心竟然像他们一样年轻；生活中遇到困惑的妇女纷纷找到他倾吐心事；做了错事的人去他那里寻求宽恕；智慧的人把他当作知音，就连世俗之人也都说他的信念是美好的、真实的。

在外人眼中，五个活力十足的女性似乎是一家之主，其实拿大主意的还是这个安静的学者。四个姑娘将心给了母亲，将灵魂给了父亲，父母恪尽职守，努力工作，让她们爱他们爱得深沉而热烈，这个家里始终弥漫着浓浓的爱的气息。

约翰·布鲁克为劳伦斯家辛苦工作了一年，不慎受伤，只好回家养病。病养好了，劳伦斯主动提出借给他一笔钱做点儿事业，他谢绝了，找到了一份簿记员的工作，薪水虽然不多，却都是辛苦赚来的。

梅格耐心等待着，家务事做得更利落了，人也更漂亮了。此时，奈德·莫法特与萨莉加德纳结婚，人们都说他们的婚礼办得多么奢华、气派，住的房子多么大气，坐的马车多么豪华，让她不免有些伤心，但一想到约翰为她付出的辛劳，对她坚贞不渝的爱，嫉妒与不满的心态顿时就消失得无影无踪了。

乔再没去马奇姑婆家，老太婆发现几个姑娘当中数艾美最好，就把她接过去照顾自己。艾美不愿做得太辛苦，于是老太婆放松了规定，要她上午干活儿，下午玩，这样艾美就高兴多了。贝思的身体虽说好多了，却已经不能和过去相比，身子还很弱，红润、健康的面色绝不会再回来了，但她依然充满希望，还是那么快乐、安静，就像天使，陪伴着她爱的人们。

《展翅飞翔的雄鹰》发表在报刊上，乔赚了一块钱，不过她说这篇文章是“垃圾”，想沉下心来写伟大的作品，藏在墙壁窟窿里的精心修改的手稿慢慢多起来，希望有朝一日会给她带来盛名。

劳里遵照爷爷的意愿去上大学了。因为有钱，有教养，又有天赋，自然成了宠儿，不过若不是爷爷的教诲和马奇夫妇的看护，他早就被宠坏了。

布鲁克先生果真为梅格准备了一栋小房子，屋后有小花园，四周有草坪，却只有手帕那么大。梅格打算挖个喷泉，种些灌木，再种些花。喷泉倒是挖了一个，看着却像个破水缸，灌木和花也种下了，但能不能活还不知道。房子外面虽破，里面却很温馨，上到阁楼，下到地下室，挑不出一点儿毛病。

房子盖好了，接下来就得装饰了。劳里陪梅格和约翰去集市上买东西，几个人谁都没有经验，难免闹笑话，不过却很快乐。忙了一段日子，新房子总算收拾好了。

“你还满意吗？有没有家的感觉？你觉得住在这里会快乐吗？”马奇太太问女儿。

“满意，十分满意。母亲，谢谢你们帮我，我的快乐难以言表。”

“要是再有一两个用人就更好了。”艾美说。

“我和母亲谈过这事了，房子小，我一个人满可以对付，我要是整天待着可就变懒了，还会想家。”

“萨莉·莫法特家有四个用人呢。”艾美又说。

“梅格要是有四个用人，这房子装都装不下。”乔说。

“萨莉男人家不穷，有四个用人也正常，但我觉得梅格住这栋小房子会像住大房子一样快乐。我刚结婚那会儿总想把新衣服穿破，自己来补。我喜欢缝缝补补的活儿。”

“你干吗不像萨莉那样偶尔去厨房瞎忙活找找乐子呢？”梅格问。

“我那样做过，不过总把事情搞得一团糟，饭菜也做不好，还是汉娜教会我做菜的。今天想来我觉得很欣慰，因为亲自下厨为女儿们做饭是一件幸福的事，就算以后穷了，雇不起用人了，我自己还可以上场。梅格，亲爱的，即便约翰以后有钱了，能雇得起用人了，你自己也要学着做事。”

“我会的，母亲。”

几个人正闲聊，就听乔说：“劳里来了。”

三年的时间，劳里已长成了个大个子，宽宽的肩膀，留着平头，迈着大步，轻轻跨过篱笆墙，来到门口，停都没停推开门就进来了。

“我回来了，一切都办妥了。”劳里说完把一个棕色纸袋子递给梅格，和每个人一一握手，然后大家又聊开了。

“约翰呢？”梅格担忧地问。

“取明天要用的文件去了。”

“对了，劳里，最后那场比赛哪个队赢了？”乔都十九岁了，却依然对男子运动那么感兴趣。

“当然是我们队啦。你真该去现场瞧瞧。唉，可累死我了，乔，你送我回去吧。”

劳里站起身，乔扶着他朝外走。“对了，劳里，明天梅格结婚，你可得答应我，不能出什么乱子。”

“行。”

“也别说什么可笑的事。”

“不说。倒是你有时候管不住自己的嘴。”

“举行婚礼的时候，你也不要看我，不然我会忍不住笑的。”

“你也不要看我，我想到时候你肯定会哭个稀里哗啦的。”

“我才不会呢。”

“劳里，你以后不要再留这么短的头发了，行吗？看你那样子，简直像个职业拳击手。”

“留短头发好打理，有助于学习。”

“对了，乔，上次来我家的那个叫帕克的小子好像对艾美挺有意思的。他总提她，还给她写诗，说月亮啊什么的，我觉得很不对劲儿。这家伙是不是在白日做梦啊？”

“那可不。梅格嫁人了，我们家好多年都不会有谁嫁人了。”

“可时间过得很快啊，你现在年纪是不大，但我估计下一个结婚的就是你。”

“你可别吓我，我不是那种招人喜欢的女孩，没人要我的，我当老处女得了。”

“你也从来不给别人机会啊。你总表现得那么强势，温柔的一面总藏着，说话又带刺，谁敢搭理你啊。”

“我现在还不想搞这些事，我忙得很，哪有心思搞这些烂事。你也不要再说了，梅格明天就要结婚了，我们这些天说的都是情啊爱啊的可笑的事，我的脑子都快炸了，我们还是换个话题吧。”

俩人到了门口，分别的时候，劳里低声吹了个口哨，终于把憋在心里的话说了出来：“记住我的话，乔，下一个结婚的就是你。”

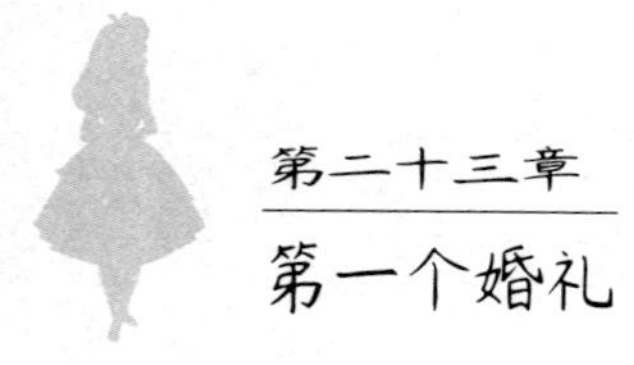

第二十三章
第一个婚礼

那天早晨，房子前面六月里的玫瑰，在明媚的阳光照耀下，像一丛丛友善的小邻居快乐地开放着，因为激动而羞红了脸在微风中轻轻摇动，相互低语，有的还偷偷地跑到了厨房的窗户里头朝里面窥探，屋里的人正在装扮新娘。见此情景，上至开得最艳的那些，下到含苞待放的那些，都纷纷送上了各自美好的祝愿。

梅格那天就是一朵怒放的玫瑰，她早已把最美、最甜蜜的东西装进了自己的内心和灵魂中，这些东西似乎正在她的脸上开放。她不想要蕾丝、丝裙或者橘色的鲜花。她说："我不想让自己怪模怪样的，也不想要时髦的婚礼，只想和我爱的人在一起，做熟悉的自己。"

她的婚纱是自己亲手缝制的，几个妹妹为她盘好头发，唯一的饰物就是"她的约翰"最中意的铃兰。

"你看着还像我们那个亲爱的梅格，只是更漂亮了。"艾美快活地说道。

"你这么说，我就满意了。快来吧，别怕弄脏我的婚纱，我要你们挨个抱我、吻我。"梅格说。

几个妹妹过去拥抱姐姐，吻她，然后梅格说："我去帮约翰系领带，再和父亲单独坐一会儿。"

趁此机会我要简单说两句几个姑娘今天的变化。

乔的头发变长了，棕色的脸颊上多了几分青春的气息，眼睛里闪烁着温柔的光，说话轻声轻气的，不再那么冒失。

贝思长高了些，身材还是那么纤瘦，只是更安静了。隐约的病痛依然折磨着她，但她从不抱怨，总说“好多了”。

艾美可以说是家里的一朵美艳的鲜花，十六岁的年纪已有了成熟女人的气质，并不是说有多漂亮，而是有了成年女性的那种优雅。一举手一投足，裙子的摆动，下垂的头发——一切的一切无不透出一种和谐的美感。艾美还是抱怨自己的鼻子不够好看，嘴巴又太大了，不过这些缺点倒赋予了她一种性格。

姐妹三个穿的都是银灰色的裙子（这是她们夏天最爱穿的衣裳），头发上别着玫瑰花，个个显得极富青春活力，个个心里都是那么快乐，个个的眼神中都透出一种期待，想见证女人一生中最美的这一刻。

马奇姑婆到了。看到没有仪式，一切都是原来的模样，叫道：“哦，还真是像模像样的啊！”

梅格听了她的话，说道：“姑婆，我又不是什么展览品，让人家围着看，我愿意这样，不在乎别人说三道四。喂，约翰，亲爱的，给你锤子。”说着就帮约翰去干活儿了。

布鲁克连句谢谢也没说，接过锤子，到门后面却偷偷地吻了自己的小新娘子一下。谁知马奇姑婆眼尖，瞧见了这一切，不知怎的鼻子一酸，落下一滴泪来，慌忙用手帕擦干了。

就在这时，劳里领着一帮表哥表弟表姐表妹闹哄哄地进来了。

“可别叫那个大个子孩子挨我那么近，我都烦死他了。”

“不会的，姑婆，他答应我今天老老实实的。”

仪式开始了。屋里一片寂静。马奇先生和一对新人各就各位，母亲和几个妹妹围在旁边。做父亲的说话时声音有些抖，却给仪式增添了几分美感与庄重。梅格注视着丈夫的眼睛，说道：“我愿意！”声音是那么温柔，脸上又表露出了那么多的信任，害得马奇太太的心雀跃起来，马奇姑婆一直大声地抽鼻子。

乔的确没有哭，不过也快顶不住了。劳里一脸滑稽地看着她，贝思将脸伏在母亲怀里，让阳光照射在她那洁白的额头和插在头发里的鲜花上。

仪式办完了，梅格吻过母亲，一家人开始收拾东西，准备吃午餐。午餐吃得简单却快乐，吃完饭大家三三两两地来到房子外面，享受阳光。梅格和约翰碰巧站在草坪上，劳里见状心中涌出一个念头，也算是给这场朴素的婚礼画上了一个完美的句号。

“在德国，凡是结过婚的人，去参加别人的婚礼，都要手拉着手围着新人跳舞，我们都是单身，就一对对地在草坪外面跳吧！”劳里说完就抓起艾美的手在小路上兴致勃勃地跳起来，他跳得真好，引得众人也都过去跳了，就连腿脚不便的马奇姑婆也把拐杖夹在胳膊底下，拉起别人的手，和大伙儿转着圈子高兴地跳起来。

跳了一会儿，大伙儿累得喘不过气来，也就不跳了，开始纷纷离场。

“我祝你过得幸福，孩子，不过我想你会后悔的。”马奇姑婆上车时对梅格说，然后转过身来，对搀着她的新郎说，“小伙子，你今天得了宝藏，知道吗？瞧瞧你得到了一个多好的姑娘。”

“虽说这婚礼一点儿都不时髦，可不知为什么，我反倒觉得这是我参加过的最美的婚礼，奈德。”乘马车离开时，莫法特太太对自己的丈夫说。

“劳里，下次你再掺和这种事，找个姑娘帮你吧，这样我就满意了。”忙活了一上午，劳伦斯先生坐在椅子上说道。

“我尽量让您满意，先生。”劳里说着把乔插到他扣眼里的那朵玫瑰小心地拿掉了。

小房子不远，婚前，约翰和梅格从老家出来，常常安静地走在这条去新家的小路上。这次，全家人都出来送她了，围在她身旁，和她道别，就好像她要出远门似的。

“别觉得我和你分开了，妈咪，也别觉得我爱约翰那么多，爱你就少了，”她满眼含泪看着母亲说，“我每天都会来的，父亲，虽说我结婚了，可还是希望你们在心里给我留个位置。贝思常过来陪我，艾美和乔也要不时来看我，看我在家务活儿上闹出的笑话。谢谢你们为我举办婚礼，我很开心。再见了，再见了！”

他们站在那里看她远去，个个脸上洋溢着爱、希望、温柔与骄傲，梅格双手捧花依偎在丈夫的臂弯里，六月的阳光映照在她幸福的脸上——她的婚姻生活开始了。

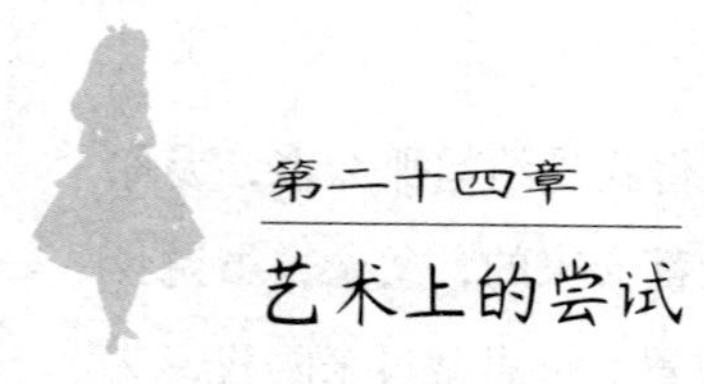

第二十四章
艺术上的尝试

分辨天赋与才能是件难事，对激情澎湃的年轻人来说更是这样。艾美先学钢笔画，画得既有品位，又有技巧，但过了段日子，她嫌眼睛痛，不画了，转攻烙画。

这下可坏了，家里每天都弥漫着一股烧木头的气味，艾美躲在阁楼上，烟气从门缝里朝外猛冒，一家人的心都提到嗓子眼儿里，老汉娜最担心，常把一桶水放到门口，起火的时候好有个防备。

艾美搞了一阵子烙画，腻了，又开始学油画。她的油画画得蛮有特色，其实更确切地说应该是怪异，比如把闪电画成橘色，把雨画成棕色，云彩画成紫色，正中间，高远的地方，应该是天空了，却被她画成一团土豆色的爆炸性的东西。

艾美不画油画了，又开始画炭画，为全家人画像，画好之后，一幅幅挂在墙上，家里人都说“画得像”。

在此之后，艾美休息了一阵子，开始疯狂地写生。她坐在湿乎乎的草地上画石头、蘑菇、“天国中的云”。夏日里，她也不怕晒黑，跑到河边，在太阳底下研究光的明暗，害得她鼻子上都生出了一道皱纹。

如果真的像米开朗琪罗说的，天赋就是不懈的努力，艾美倒是有这股劲头儿，她遇到了很多的障碍、失败，心灰意冷，但都坚持了下来，她深信总有一天她会创作出“高雅的艺术”。

学艺术的同时，她也做着别的事。她知道如何不费一点儿力气取悦别人，说的话都是别人爱听的，大家都喜欢她。但她也有弱点，其中一个就是老想着进入上流社会。她喜欢钱，喜欢地位，喜欢奢华的生活，却还不懂得钱并不能买来高雅的素养，地位并不总等于尊贵，就算物质条件差了些，地位低了些，却依然可以让自己变成一个真正有教养的人。

一天，她郑重其事地对母亲说："母亲，我有件事要跟你说。"

"说吧，孩子，什么事？"在母亲眼里她依然是个长不大的孩子。

"我们的绘画班下周就解散了，姑娘们都去度夏，我想邀请她们来我们家玩一天。她们很想看那条小河，画那座破败的桥，再临摹一些我书上的画。她们都有钱，就我穷，却依然对我很好。"

"那你想怎么做？"

"我想下周请她们来我们家吃午饭，再雇辆马车带她们出去兜风，为她们办一个有点儿艺术气息的小派对。"

"听着很不错。那午饭你打算让她们吃什么？我们有蛋糕、三明治、水果，还有咖啡。"

"哦，光这些东西可不行，我们还要有鸡肉、法国巧克力和冰激凌。"

"有多少人来？"

"我们班有十几个人，不过我敢说不会都来。"

"哦，孩子，那你得雇辆公共马车才行。"

"哦，母亲，你怎么会这么想？我估计也就来六七个人吧，因此我要雇辆旅游马车，再跟劳伦斯先生借辆蹦蹦车（汉娜常把敞篷大马车说成蹦蹦车）。"

"那肯定要花不少钱呢。"

"也花不了太多。这钱不用家里掏，我自己出。"

"亲爱的，你想过没有，那些女孩子整天坐大马车，吃好的，穿好的，你再这样招待她们，她们肯定会腻烦的。不如换个花样，简简单单地招待她们一下就行了。再说了，法国巧克力、冰激凌那些东西我们家没有，还要去买，大马车我们家也没有，还要向别人借，不是欠人家情吗？我们要量力而行。”

“可是，这样的话，还不如不让她们来。”

马奇太太明白多说无益，还不如让她试一次。

“好吧，艾美，如果你非要这样做，我支持你，但不能太劳神，浪费太多的钱和时间。”

“谢谢你，妈咪，你总对我这么好。”

梅格听了这件事当即表示赞同，说愿尽一切努力帮助她，小房子可以让她用，最好的汤勺也可以让她用，但乔皱着眉头，发表了不同意见：“你这是要干吗？那些姑娘睬都不睬你，你花这么多钱，还要让全家人陪你忙活，你图个啥？我觉得你太虚荣了，看到哪个姑娘穿法国长靴、坐小汽车就狠命巴结。”

“我才不巴结呢！她们喜欢我，我也喜欢她们，这有什么错？我可不像你，根本不在乎别人怎么看自己。你把鼻子翘得高高的，谁都不搭理，这就是你所谓的独立！”两个姑娘在这种事上始终不对眼。

请柬发出去了，几乎每个人都说要来。接着就是一通忙活，汉娜做家常菜还行，上档次的就做不来了，她的鸡肉总烤得太过，巧克力做得也不大好，还有，艾美本想着买蛋糕、雇马车花不了多少钱，结果却超出了预算，贝思又病了，整天在床上躺着，梅格有客人来访，也抽不出身来，乔根本不帮忙。

“如果母亲不帮我的话，我看这事就泡汤了。”艾美郁闷地想道。

如果周一天气不好，姑娘们就周二来。周一早晨，老天爷的脾气时好时坏，下一阵雨，出一会儿太阳，又刮一会儿风，真是烦死人了。艾美早就起来了，别人正睡觉，被她硬拉出来，陪她忙活。客厅有些破烂，艾美拿过几把椅子，很巧妙地遮住了破的地方，墙上有些污渍，她挂了几幅画，也遮盖好了，又摆上几盆花，让屋里有了一种艺术的氛围。

午餐做好了，艾美看过觉得很满意，马车也订好了，专等着客人来。约定的是十二点，可十一点，又下了一阵雨，艾美的心就凉了一半，再等一会儿吧，十二点了，却连个人影也没看到。等到下午两点，全家人都饿疯了，沐浴着阳光，风卷残云般把一桌子菜吃了个精光。

“今天天气好，她们肯定来。”第二天，艾美起床后看到太阳出来了，说道。

“我去买几只龙虾，光有牛舌可不行。”马奇太太进屋后对艾美说。

“不如我去吧。”乔说。

“还你去，得了吧！你净耍我，我自己去！”艾美怒道。

艾美戴好黑色面纱，拎着一只篮子出发了。到了市场上，好不容易买齐了想要的东西，累了，打算坐公共马车回来。等了一会儿，上了马车，发现只有一位乘客，是个老妇人，正打瞌睡。艾美觉得无聊，就计算自己那些钱都花在什么地方了。就在这时，一个声音说：“早上好，马奇小姐。”她慌忙抬起头来，一看才知道是劳里班上那个举止最优雅的男生，俩人就兴奋地聊了起来，完全忘了放在脚边的篮子。

老妇人要下车，不慎碰倒了艾美的篮子，那只大龙虾就掉了出来。老妇人没注意到，下车走了。

“哦，天啊，她忘了午餐！”男生嚷着把龙虾装回到篮子里就要下车去追那个老妇人。

“别——别——这是我的。”艾美结结巴巴地说道，脸几乎红得像那只龙虾一样了。

“哦，真的吗？真对不起。这只龙虾看着真棒啊，是不是？”

可算到家了，这件趣事艾美对谁都没说。十二点整，一切都准备好了，想着昨天的失落情绪，艾美今天决定把事情做得漂漂亮亮的，于是坐着蹦蹦车去接客人。

“我听到马车声了，她们来啦！我去外面迎迎她们，这孩子忙活了两天，真够可怜的，今天终于如愿了。”马奇太太说着就站了起来，可随即又坐下了，原来马车上只坐着艾美和另外一位女士。

艾美领着唯一守信的客人艾略特小姐进来了，摆了十二个人的盘菜，结果只来了一个人，那种可笑的景象可想而知。但艾略特小姐吃得很开心，吃完了饭，艾美又带着她去看了自己的工作室，参观了花园，俩人又热情地探讨对艺术的看法，然后雇了辆小马车（哦，那豪华大马车啊！）把人送走了。

“今天玩得很不错吧，亲爱的？”听马奇太太的口气就好像十二位客人都到齐了似的。

“是啊，艾略特小姐人很好的，我想她玩得很开心。”

“你能分我些蛋糕吗？我真的想要一些，家里来了那么多客人，我自己可做不了这么棒的蛋糕。”梅格说。

“都拿去吧，家里只有我一个人爱吃甜食，等会儿我们把剩下的东西包起来，给胡梅尔家送去。我真傻，浪费了这么多东西，还以为人家会来呢。”艾美一边抹眼泪，一边说。

“我很难过你今天失望了，亲爱的，不过我们都使出了最大的力气，想让你满意。”马奇太太说。

“我很满意，我做了自己能做的一切，她们没来，并不是我的错。”艾美用略微颤抖的声音说道，“我感谢你们帮助了我，如果接下来至少有一个月你们不提这件事，我还要更加感谢你们。”

此后的好几个月都没有人提起这件事，但艾美生日那天，坏坏的劳里送给了她一只可以挂在表链上的用珊瑚做的小龙虾。

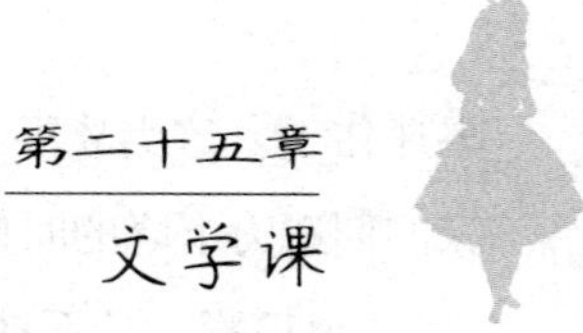

第二十五章
文学课

命运突然对乔露出了笑容，将一枚硬币扔在了她的小路上，虽说不是金的，却比赏给她五十万元还要好。

乔一连数周藏在阁楼上写小说，每一部一旦开了头，就非写完不可，否则就觉得不踏实。她觉得自己并不是天才，一旦有了创作的冲动，便全身心投入，无论天气如何变幻，都影响不到她的激情。她往往忘记了吃饭，喝咖啡，觉也睡得少了，完全陷入了一种燃烧自己的状态。努力没有白费，多部小说从她的笔端流了出来，她想，就算到头来这些作品连一分钱也卖不了，那些创作的日子也是值得纪念的。

一天，刚写完一部小说，克洛克小姐邀请她陪自己去听演讲课。演讲内容是关于金字塔的，乔很感兴趣。她俩很早就去了，来的人还不算多，乔的左边坐着两个已婚的妇女，额头很大，戴着帽子，正在谈论妇女权益问题；前面是一对情侣，紧靠在一起在吃零食；右边则是一个小伙子，正在专心读报纸。

乔的好奇心上来了，就看报纸上印的那些插画。上面好像画着一个身着战服的印第安人，旁边的一间牛棚里捆着两个小脚、大眼睛的年轻人，地上还躺着一个头发乱乱的女人，嘴巴大张着。小伙子看完了一页，刚要翻，却看到有人在看他的报纸，便扭过头去，对乔说：“想看吗？这故事一级棒。”

乔笑笑，接过报纸，很快就被这个充斥着爱情、神秘、凶杀的故事迷住了。这类故事不是严肃文学，是那种很通俗的文学，也就是作家的创造力下降的时候随便写的那类东西。

“很精彩，是不是？”小伙子问。

“我觉得吧，你和我要是想的话，也能写出这样的东西来。”乔没想到小伙子会对这类垃圾文章感兴趣，就这样说道。

“我要是能写出来，老天爷算是对我特殊关照了呢。写文章的这个女作家靠着写这些东西赚了不少钱呢。”男孩说完指了指作者的名字。

“你认识这个人吗？”

“不认识，但她写的东西我都读过，我认识一个朋友，在报社工作，她的小说都是在那儿出版的。”

“你刚才是说这个女作家靠着写这些东西赚了大钱吗？”乔问。

“那还有假？读者喜欢什么，她就写什么。”

演讲开始了，可乔一句也没听进去，而是偷偷地把报社的地址记了下来，决定写一个这样的烂故事，投给报社，看能不能真的像小伙子说的可以赚到钱。

乔回到家，跟谁都没说这件事，第二天就开始疯狂创作，母亲见了她“燃烧自己”的样子，有些担心。她以前可没写过这种东西，幸好读过不少杂书，也“演过好几年戏”，这下可以派上用场了。她把小说的地点设定在里斯本，故事里充斥着绝望、冒险和难以自持的激情，末了还来了一次大地震，看样子倒也合情合理。手稿寄出去了，还附上了一张便条，说如果不能得奖，就随便给点儿钱算了。

六周的等待时间可真够漫长的，就在乔开始绝望的时候，一封信寄到了她家。乔打开的那一瞬间，一张百元支票“唰”的一声落在了她的膝盖上，让她激动得几乎没了气息。信封里还有一张字条，写的无非是些鼓励的话。乔看着，就像在看一条蛇，看了足足一分钟。对她来说，这张字条的意义远远大于那张百元支票。

世上再也见不到比她更骄傲的女人了，等她安定下来，一只手拿着信，一只手拿着支票向家人宣布自己得奖了。大家自然为她高兴，故事登出来的时候，全家人都读了，都夸她写得棒。父亲读过之后表示，语言用得好，冒险的经历写得也新鲜，悲剧十分令人震撼，然而末了他又摇摇头说："你能写得更棒，乔。你要写最棒的东西，别考虑钱的事。"

"我倒觉得赚钱最棒。你打算用这笔钱做什么？"艾美说。

"我想让母亲和贝思去海边玩一个月。"

"哦，好棒啊！不过我不能去，我不能那么自私。"贝思拍着一双瘦弱的手说。

"你要去，我写小说赚钱就是为了让你出去玩。如果我只想自己的话，就写不出这样的小说来。你去吧。还有，妈咪也要出去透透气，她会陪你的。"

全家人又商量了一番，贝思这才同意去海边玩。回来的时候，贝思的状态好了很多，马奇太太说感觉自己年轻了十岁，乔看到自己赚的钱有这么大的用处，感觉很满意，于是更加热情地创作小说。数部小说都获了奖，一部小说的奖金付了肉铺的账单，一部小说的奖金买了块地毯，还有一部小说的奖金为全家买了食物和衣服。

财富是一种非常好的东西，但贫穷也有好的一面。历尽艰辛，终于获得回报，那种真正的满足感是有钱人体会不到的。乔体会到了，从此以后也不再羡慕那些有钱人家的姑娘，因为她知道，自己可以靠双手赚钱买想要的东西，无须再向别人开口索取。

她的小说没有引起别人的注意，却赢得了市场。她决心大胆冲一下，写一部可以让自己名利双收的长篇小说。耗费了很多心血，小说写出来了，修改过四遍，给亲密的朋友一读再读，最后紧张不安地寄给了三家出版社。出版社回信表示同意出版，但条件是将作品长度删减三分之一，也就是删除掉她最中意的那部分。

“名气很好，但钱更实用，这件事太重要，开个家庭会议讨论一下吧。”乔想。

“不要做任何的改动，孩子。小说的构思很好，先等等吧，成熟了再出版。”父亲提议。

“我觉得还是照出版社的意见去做，与其等着，倒不如早赚些钱实惠。”马奇太太说，“有人提批评意见是好事，这说明作品有好的地方，也有不足之处，这能让乔下次写得更好。我们的意见都太片面了，外人的褒贬才有用。”

“没错，”乔皱着眉头说，“母亲说的正是我心里想的，其实我也不太知道这部小说写得是好还是坏，找个外人看看，听听人家的意见。”

“我觉得你要是删了，就把小说毁了。要是没有解释说明的那部分，读者读起来也会是一头雾水。”梅格认定这是她读过的最精彩的小说。

“但艾伦先生说要我删掉这部分，让故事短些，更有戏剧性些，让人物把这个故事讲出来。”

“那就依照他说的做，他知道什么样的作品能卖钱，我们不知道。等你慢慢有了名气，就可以在故事中运用心理描写和各类比喻手法了。”

“我想看着它早点儿印出来。”贝思笑着说。她的声音中流露出一种期待，让乔的心顿时冷了下去，害怕起来。她好像预感到了什么事情，决定砍掉这部小说的一部分，让它早点儿出版。

小说终于出版了，乔赚了足足三百块，名声有了，赞誉也来了，却让乔有些手足无措。

“母亲，那则批评意见帮我获得了成功，可作品出来，好多的意见都是相反的，我也不知道谁说得对，谁说得不对。这个说这部小说写得真实，纯净，富有美感，且充满激情；那个却说作品写得很差劲儿，充斥着很多病态的幻想，人物描写得也很不自然；这个说这是美国历史上最伟大的小说之一；那个却说尽管作品富有原创性，写得很生猛，富有激情，却是一部很危险的书。我真希望把全本书印出来，要么干脆不出版，我恨别人误解我的意思。”

家人和朋友纷纷给予她安慰，但生性敏感、高傲的乔着实困惑、难受了一阵子。她原本想把书写好，结果并未如意，不过别人的批评意见对她也有好处，要知道，对一位作家来说，最重要的就是别人的批评。最初的懊恼过后，乔终于可以坦然面对别人对自己作品的褒贬了。

“我又不是济慈那样的天才，随它去吧。我从实际生活中汲取的素材被人家认为荒唐又可笑，幻想出来的东西却被人家认为‘极富魅力、自然、温柔而真实’。唉，不管了，他们爱说什么就说什么吧。”乔安慰自己道。

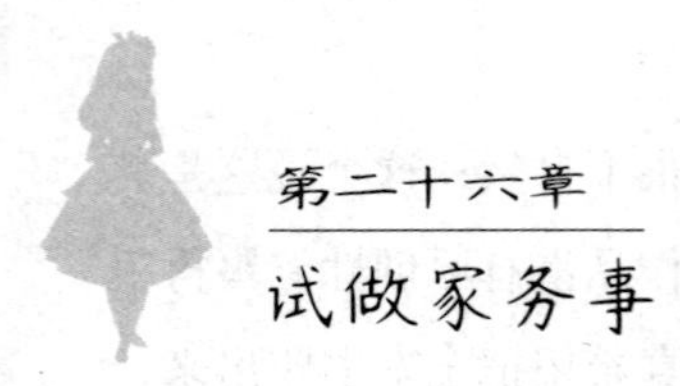

第二十六章 试做家务事

梅格也像大多数刚结婚的姑娘一样想成为模范主妇。她想让约翰发现这个小家如天堂般美好，每天都能看到她的笑脸，吃得饱，吃得好，不用为缝纽扣这样的小事忧心。她爱做家务，倾注了很多的热情，虽说有时做得差些，但最后总能成功。她有时也累，笑都不想笑，但每天的饭菜都做得很丰盛，害得约翰总说要吃点儿简单的。她偶尔也会发脾气，怪约翰太粗心，丢掉的纽扣不知放到了哪里，看他笨手笨脚地缝扣子，气就不打一处来。

慢慢地，两人发现光靠爱是不能过日子的，然而他们依然生活得很快乐。梅格还是那么漂亮，依然对他微笑，每天早晨出门，他总说："亲爱的，我要不要叫人送些牛羊肉来家？"小房子早就不是港湾了，而是变成了真正的家。梅格围着大围裙整日忙活，约翰出门做事，感觉到肩上的担子越发重了。

梅格买了本大菜谱，学着烧菜，有时做得太多，吃不了，就让家里人过来帮她吃；有时菜做砸了，就偷偷叫洛蒂过来，把东西包好送给胡梅尔一家。晚上，和约翰看账本时，梅格常常会突然想出省钱的法子，比如这次，就想买几个罐子做腌菜。

先做果酱。她让约翰买十几个小罐子，再买一大堆糖，园子里种的葡萄刚好成熟，可以马上派上用场。约翰没听她的，只买了几个漂亮的，又买了半袋糖，还叫了一个小伙子来家帮她摘葡萄。梅格撸起袖子，又摘、又煮、又过滤，忙活了一整天做果酱。她尽力向邻居请教，又努力回忆汉娜是怎么做的，于是又把葡萄煮了一遍，加了些盐，又过滤了一遍杂质，但无论怎么看，那堆烂东西都不像果酱。

她真想跑回家让母亲帮帮她，可她和约翰说过，尽量不要去麻烦别人。就这样，在炎炎夏日的那一天，梅格一直忙活到下午五点才进屋，坐在厨房里，看着脏兮兮的两只手，放声痛哭。

约翰晚上带了个叫斯科特的同事来家里，想让他见识一下自己新婚妻子的高超手艺。俩人来到门口，发现门紧闭着，约翰觉得奇怪，因为这门以前总是大开着的。再仔细看，发现门不仅关着，还上了锁。“我担心出什么事了。你先去花园待一会儿，我去找布鲁克太太。”

绕着房子转了一圈，约翰闻到了一股糖烧煳了的气味，就顺着气味过去了。

厨房里乱七八糟。地上放着一个罐子，炉子上架着一个，还有一个罐子里的半成品果酱正沿着罐身朝下流。小洛蒂踏踏实实地吃着面包，喝着葡萄汁，梅格用围裙包住脑袋，在伤心地哭泣。

“哦，我亲爱的姑娘，这是怎么了？”约翰问道。

“哦，约翰，我累坏了，天气又热，我好心烦！忙活了一整天，东西都做砸了。”

“快跟我说说，到底哪里没做好？”

“我也不知道，反正我做的东西根本不像果酱。”

约翰听完哈哈大笑，斯科特先生听到两个人说的话，也笑了，梅格伤心死了。

“不就这么点儿事吗？快别烦恼了，把这东西扔了吧。你要是真想吃这东西，我给你买一大堆，不过你可千万不能着急、发脾气。”

梅格紧握双手，绝望地瘫倒在椅子上，又气又恼又伤心地说道：“请人家来家里吃饭，一切都弄得乱七八糟，哪里有这样的事啊！”

“嘘！他还在花园里呢！我看这果酱算是无可救药了。”

“你应该提前跟我说一声的，这下人家白来了。”

“我是在路上碰到他的，下次我再也不随便请别人来我们家了。”

“快带他走吧，晚饭还没做呢。”

“我叫人送来的牛肉和蔬菜呢？还有你说的要做的布丁？”约翰说着朝放食物的柜子走去。

“我没时间做，我本想去母亲那边吃的。真对不起，真对不起。”

约翰脾气是好，可累了一天，回到家一看连口吃的也没有，怎能不发脾气。“我看是乱套了。行了，你也别哭了，把冷肉、面包拿出来吧，我们先吃点儿，果酱就不要了。”

本来是句开玩笑的话，梅格却听在心里，生气地说：“你把那个叫斯科特的领到我父母那里去吃吧，就说我不在，病了，说死了也行——我不想见他，省得你们笑话我。”说完就气恼地回自己屋了。

事后，梅格从洛蒂口中得知，两个大男人吃着冷肉、面包，蘸着果酱，吃了个不亦乐乎，吃完就走了。梅格静了静，把厨房收拾好，穿上漂亮的衣裳，等着约翰回来原谅她。

约翰送走斯科特，在街上转了转回来了。他知道，虽说梅格把果酱做砸了，却是出于一片好心。梅格也知道自己做得有些过了，盼着约翰回来，抱抱她，吻吻她，这事就算过去了。可约翰进门的时候，不知怎的，她却坐在摇椅上，一边做针线活儿，一边若无其事地哼歌曲。约翰见她这样不免有些失望，索性倒在沙发上，拿起一张报纸读起来。其间，俩人说过几句话，说着说着就觉得很没意思，也就不说了。俩人看着都很坦然，但都感觉很不舒服。

“哦，亲爱的，”梅格想道，“母亲说过，婚姻生活很考验人的耐性，得有足够的耐心才能过好日子。约翰人是不错，但也有缺点，你要包容他。如果是你的错，大大方方承认就是了，也没什么大不了的。千万别赌气，说难听的话，误解对方，只会造成悲伤和遗憾。今天的事我有错，我要道歉，免得后悔。”想到这里，梅格俯下身来，在丈夫的额头上吻了一下，这个吻胜过千言万语，做丈夫的自然消了气，满天的阴云随即散了。

“我以后再也不笑话你的果酱做得不好了。我保证。”丈夫说。

不过他笑话她了，而且笑话了数百次，梅格也笑了，俩人都说这是他们吃过的最棒的果酱，因为和美的家庭生活都封在那个小小的罐子里了。

事后，梅格让约翰再请斯科特先生来家里做客，打算做顿像样的饭，好好招待人家。斯科特来了，一边品尝美食，一边对梅格的厨艺赞不绝口，还说约翰找了这么好的一位姑娘真是幸福死了，而自己还是个可怜的单身汉，凡事都要自己张罗，真是够难的，说到伤心处又不断地摇头。

秋天，梅格又有了新的烦恼。萨莉·莫法特有时来看她，有时邀请她去自己家里做客。梅格整天忙，除了做针线活儿、看书、忙于琐事，再没有别的快乐，碰上天气不好，心情就变得很坏，所以也想出门散散心。萨莉家的房子好大，陈设也好，摆放的东西都是很贵的。萨莉对她很好，常送她些小东西，她每次都不要，生怕约翰不喜欢，不过与接受人家的施舍相比，这个傻傻的小妇人接下来做的事让约翰更不喜欢。

她知道丈夫挣多少钱，丈夫信任她，把钱交给她保管，她想用了随时都可以拿。见识了萨莉的贵妇生活，再看看自己的，梅格有些伤心。她不愿被萨莉看扁了，不愿可怜巴巴地接受人家的东西，就从丈夫每月的收入中偷偷拿出一部分买漂亮的衣服穿，以寻求内心的平衡，但每次这样做了都会有一种负罪感。

虽说花的都是小钱，但日子不可长算，到了月底，花在买衣服上的钱总共算下来，着实吓了她一大跳。约翰那个月很忙，接着又出差，第三个月回来后打算把账目拢拢。可就在这个紧要关口，梅格又做了一件可怕的事。萨莉总在买丝绸做裙子，梅格早就想买条新的了，她倒是有件黑的，可参加派对未免太沉闷了些，就想做条颜色稍亮些的。每逢新年，马奇姑婆总会给几个侄孙女每人二十五元的压岁钱，可算下来还要等上一个月，梅格等不及了。店里的丝绸正在打折，算一算，除了马奇姑婆那二十五元，还要从家里拿这么多，才能买下她中意的那块紫罗兰丝绸。萨莉怂恿她赶紧买下，钱不够可以先借给她，以后再慢慢还。店主拎着那条漂亮的丝绸说道："太太，这价格真的很便宜了。""那好，我买了。"梅格说完付了钱，还微微一笑，就好像这不是什么大不了的事似的。

做贼般地坐车回到家，梅格拿出料子，这才发现这块料子不像刚才看到的那么漂亮了，而且也不适合她，"五十块钱"这几个字像图案一样印在上面，慌得她赶紧收起来。当天晚上，约翰把账目拿出来时，梅格的心沉到了最低点。

"约翰，最近我太浪费了，买了好多东西。我和萨莉出去，没衣服穿可不行，那天，她让我买，我就买了。"

约翰一笑，把她搂在怀里，幽默地说道："别躲，就算你买了双漂亮的靴子，我也不会打你的。我老婆的脚长得美，花几块钱买双靴子，没什么大不了的。"

"比靴子贵多了，我买的是丝裙。"

"那总共花了多少？"

梅格翻开账本，指了指那个数目，同时摇了摇头，一时间屋里的气氛顿时静了下来。

"不知道五十块钱买条裙子是不是贵了，你还要买些花边装饰一下吧。"

"还没做呢。"

"用二十五码[①]丝绸做条裙子，裹着我的新娘子，我想你穿了足以比得上奈德·莫法特的老婆。"

"我知道你生气了，约翰，可我控制不住自己。我没想花你的

---

①1 码相当于 0.9144 米。

钱，也觉得这些小东西不值这么多钱。萨莉见什么买什么，我不愿接受她的施舍。我想满足于目前的生活，却很难做到，我厌倦了过穷日子。”

最后这几个字她说得很小声，以为他没听到，然而他听到了，并且受到了深深的伤害。他颤抖着声音说道：“我怕的就是这个。我会尽力的，亲爱的。”听了这话，她伤心透了，比他说她两句或者抓住她摇晃她几下子还让她伤心。她跑过去，扑倒在他怀里，哭道：“哦，约翰，我亲爱的、善良的、辛苦工作的男孩，我不是这个意思！我太坏了，太虚荣了，太不知道感恩了，我怎么能说这种话！哦，我怎么能说这种话！”

他心肠好，没有责备她一句，原谅了她。她以前答应过，无论日子过得是穷还是富，她都会爱他，如今她拿着他辛苦挣来的钱胡花乱花，还怪他穷，她怎么变成了这样的人？更让她伤心的是，约翰以后再也没有提起过这件事，就好像根本没发生过似的，只是在城里待的时间晚了些，夜里，她哭着睡着的时候，他还在努力工作。梅格难过了一个星期，差点儿病了，这时又得知约翰把前些日子订好的那件大衣退了，让她更加伤心起来。面对她的询问，约翰只是说：“大衣太贵了，我买不起，亲爱的。”

梅格再也没说什么，几分钟后，他发现她在过道里将脸埋在他那件旧大衣里伤心地哭泣。

那天夜里，俩人说了很久的话。梅格对他的爱似乎让他成长为一个真正的男人，给了他突破贫困现状的勇气与希望，并且让他学会了用温柔与耐心去包容、抚慰他所爱的人的正常的渴望与失败。

第二天，梅格去了萨莉家，把事情的原委对她说了，求她帮自己个忙，把这块丝绸买下。萨莉心好，二话不说就掏钱买了。梅格拿着钱，直接把约翰退掉的那件大衣买回了家。晚上，约翰回来，她把大衣穿在身上，问他自己买的新睡裙漂不漂亮。不说各位也能猜得到，约翰是怎么回答的。从此以后，约翰再也不那么晚回家了，梅格也不四处闲逛了。

转眼就是仲夏。梅格又经历了一件事，这是女人一生中所能经历的最深切、最温柔的事。

周六那天，劳里偷偷去了梅格家，看老汉娜高兴得手舞足蹈，就问："新妈妈怎么样了？"

"高兴得就跟女王似的！人都在楼上给她祈祷呢。你先去客厅，我叫他们下来。"

过了一会儿，就见乔得意地拿着一个法兰绒包裹下来了，神情有些严肃，但眼睛很亮，说话的声音还有些怪。

"闭上眼睛，伸开胳膊。"乔命令道。

劳里吓得退到一个角落里，恳求道："还是算了吧，交给我，我会摔着孩子的。"

"你要这样的话，可就见不着你的外甥了。"

劳里没办法，只得乖乖照做。等了一会儿，感觉有什么东西塞到了自己怀里，就在这时，众人都哈哈大笑起来。劳里觉得不对劲，慌忙睁开眼睛一看，哇，原来怀里有两个小孩！

"天啊，原来是双胞胎！快些，赶紧叫人抱过去吧！我一笑可就摔着他们了。"

约翰把孩子抱走了，乔笑得眼泪都流了下来。

"这是这个季节最棒的玩笑，对不对？我故意没告诉你，就是想给你个惊喜。"

"我这辈子还没碰到过这么吃惊的事呢！都是男孩吗？叫什么名字？"

"一个男孩，一个女孩。怎么样，漂亮吧？"约翰爸爸骄傲地说道。

"男孩打算叫约翰·劳伦斯，女孩打算叫玛格丽特。"艾美说。

"还是叫戴茜和戴米吧——就这么定啦！"乔拍着手喊道。

直到本书结束，这两个孩子还叫戴茜和戴米呢。

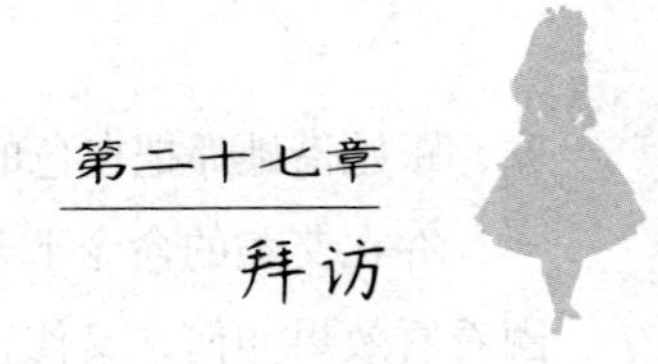

第二十七章 拜访

“喂，乔，该走啦！”艾美喊道。

“该走啦？”

“你不是答应过我今天要和我一同去拜访六户人家吗？”

“六户？天啊，一户就够我受的了，还六户。”

“你可说好了的，不能反悔。”

“我怎么觉得今天天气不大好啊。”

“好得很。不会下雨的。你要陪我去拜访别人，然后接下来的六个月我就不再打扰你啦。”

乔正在试衣服，七月的热天气，她把一套盛装穿在身上，听妹妹这么说，拿起手套，戴好帽子就要出门。

“哦，你可不能这样出门！”艾美看着姐姐叫道。

“怎么不行？路不好走，我穿严实点儿哪里不对？人们看重的是我这个人，不是我的衣裳，他们要不愿看，我还不稀罕呢。”

“哦，乔，人家以前经常来我家，我们也得去拜访拜访人家，这叫礼尚往来嘛。你要穿得漂漂亮亮的，说话好听点儿，表现得尊贵点儿，我为你骄傲，知道吗？陪我去吧，就算帮我个忙，我一个人不敢去。”

“好吧，听你的。”

“真是个乖孩子！我跟你说，去哪家该说什么话，该怎么表现，你可都得听我的，这样才能给人家留一个好印象。你把头发收拾得漂亮点儿，帽子上插朵玫瑰，找双浅颜色的手套戴上，等会儿去梅格家，跟她借她那把白色的遮阳伞。”

乔在艾美的命令下开始打扮，好不容易打扮好了，艾美叫她转几圈看看效果如何，又修正了几处不完美的地方，这才满意了。老汉娜看到两个人，夸赞她们就像“画上的人儿”。

她俩先去拜访切斯特家。跟切斯特太太及她家的几个小姐聊天时，乔依照艾美说的一动不动优雅地坐着，平静如海，又像雪堆和狮身人面像那般冷酷、生硬。切斯特太太说她的小说写得“很迷人”，几个小姐聊着派对、野餐会、歌剧，还有各类时髦的事物，她却从不开口，只是笑一下，点一下头，以冷面示人。艾美偷偷用脚踢她，想让她“说话”，她却完全没感觉到。

“马奇大小姐好冷酷啊！”她俩出门刚走，切斯特家的一位小姐就说了这么一句。乔乐得不行，艾美却很气恼，没想到刚拜访了一家就搞得这样尴尬，自然怪起姐姐来。

“你怎么能误解我的意思呢？我是要你表现得得体、安静，没要你像石头一样蹲在那里。等会儿到了兰姆家，你可要多说话，不管他们聊什么无聊的事，你也要装得有兴趣，那儿都是贵人，我们认识了没坏处，我可不想给人家留下不好的印象。”

“那好，我就哈哈笑，说些乱七八糟的事，尽量装得像个‘迷人的姑娘’，看兰姆家的人到时候会不会说：‘哎呀，乔·马奇小姐还真是个活跃、可爱的姑娘啊！’”

艾美担心了。乔变得十分怪异，俨然变了个人，兴冲冲地从这间屋子窜到那间屋子，吻各位小姐的脸，冲着年轻的先生们微笑，热络地同人聊天。艾美喜欢兰姆太太，俩人正聊着，这时又过来三个小伙子，争着抢着插话。艾美顾不上姐姐了，只是偶尔竖起耳朵听她在说什么。

“她骑马骑得那么棒——谁教她的？”艾美听到一个小伙子问姐姐。

“没人教她。她小时候经常爬树，在树上放个旧马鞍，抓住缰绳，就当是骑马。她现在什么都敢骑，根本不知道‘怕’字怎么写。她最爱骑马，我跟你们说，她以后就是什么都不做，当个驯马师就能生活。”

艾美听了乔的话有些不安，这不就是说自己是个很冒失的姑娘吗？这和她想要示人的文静形象完全不符嘛。可她又不能过去干涉，因为切斯特太太说得正起劲儿。

“是的，艾美那天疯了。好马都跑了，只剩下一匹瘸腿的，一匹瞎的，剩下的那些脾气又倔，她控制不了。”

“那她最后选的哪匹？”

“哪匹也没选。她听说河对岸的农舍里有匹壮年马，决心试一把，因为那匹马长得精神。我家里的人都不愿帮她把马弄过来，她就只好扛着马鞍子过河去了，我老爹见了别提多吃惊啦！”

“那她骑上那匹马了吗？”

“骑啦。我原本以为她会头破血流地回家，可没想到她骑得还真不赖。”

“艾美，我得说你好勇敢呀！”兰姆家的一位年轻小姐说道。

艾美的脸红了，说不出一句话来。但更糟糕的还在后头呢。就听一位女士问乔那天她去野餐时戴的那顶漂亮的帽子是在哪儿买的。搞笑的乔没说旧帽子是两年前在哪儿买的，反倒夸口道：“唉，什么哪里买的呀，是艾美画的。这种颜色的帽子哪儿都买不到，我们就挑喜欢的颜色涂上去。有一个当艺术家的妹妹真是一件幸事啊。”

“这办法倒是头一次听说，对不对？”兰姆小姐发现乔还蛮有意思的，就大声说道。

“这算啥。就没有什么事是那孩子不能做的。那天，萨莉办派对，她想要双蓝靴子，就把她那双脏兮兮的白靴子拿出来，涂上了天蓝色，看着真的像绸的一样。”乔摇头晃脑地细数着妹妹的成就，搞得艾美真想把名片盒扔到她脸上。

“那天我们读了你写的一篇小说，写得很精彩。”兰姆家那位年纪稍大些的小姐说。她想夸奖一下这位女作家，因为直到目前为止，还没看出乔有一丁点儿的文学家的气质。

乔最烦别人提自己的作品了，唐突地说道：“哎呀，真遗憾，你没找到更好的作品来读。我写的都是垃圾，只有普通人喜欢。今年冬天你打算去纽约吗？”

乔稍后才感觉到自己这么说有些不妥，于是还没等她旁边的那三个人说完话就站起身来对妹妹说：“艾美，我们得走啦。再见啦，亲爱的们，回头去我家玩啊。”

“我表现得棒不棒？”俩人朝外走的时候乔问妹妹。

“简直糟透啦！你说我扛马鞍子、涂帽子和靴子的事干吗？”

“人们喜欢听啊。他们知道我们家穷，知道我们家雇不起马夫，一季买不起三四顶帽子，我就投其所好，和他们扯呗。我们千万不要装。”

“你呀，干吗跟他们扯那些鸡毛蒜皮的小事？连什么该说，什么不该说都不知道。”

“那你这回打算让我怎么做？”俩人来到第三家门前时，乔问道。

“我不管啦，你爱说什么就说什么吧。”

“这样最棒啦。装优雅搞得我好难受。”

这家人有三个小伙子在，还有好几个漂亮小孩，乔一进门就和几个小孩子玩上了，艾美和女主人、都铎先生坐着聊天。聊了一会儿，艾美才知道都铎先生的叔叔娶了一位英国小姐，而这位小姐是一位在位勋爵的远亲。艾美马上对这家人表示出了莫大的尊敬，她就喜欢有贵族气的人。

该走了，艾美不情愿地离开了这户尊贵的人家，出屋去找乔，生怕她做出什么有损马奇家声誉的事来。艾美抬头一看，发现乔正坐在草地上，身旁围着和她年纪差不多的几个小伙子，一条狗，爪子脏兮兮的，正躺在她的裙子上睡大觉；一个小男孩，正用乔借来的那把伞捅一只乌龟的屁股；还有一个把面包放到乔的遮阳帽里，正吃得爽；第三个吧，戴着乔的手套正在玩球。这帮人玩得正高兴，乔见妹妹出来了，慌忙捡起自己的东西，过来了。

“这帮小伙儿怎么样？很棒吧？跟他们玩了一趟，我觉得自己年轻了，也快活了。”

“你怎么总躲着都铎先生？”

“我不喜欢他。他爱装模作样，瞧不起他的姐妹，又让父亲担心。”

“可你也得对他有基本的礼貌才对啊。你冲他就那么冷冷地一点头，这会儿却跟这个叫汤姆的玩爽了，汤姆的父亲就是一个开食品店的。”

“汤姆是穷，可人好，又聪明，我喜欢他。”

“不和你说了。”

俩人到了金家，门锁着，看样子出远门了。又到了第五家，却被告知姑娘们有约。

“我们回家吧，反正该拜访的都拜访了，回头再去马奇姑婆家。”乔高兴地说。

“你要不想去，就先回吧，反正我得去。”

“我讨厌马奇姑婆，当着她的面难免会说些不中听的话。”

“那你就忍着点儿。”

“我尽量吧。”

俩人来到马奇姑婆家，进屋一看，除了老太婆，卡罗尔婶婶也在。乔一见老太婆，怎么也高兴不起来，但艾美不一样，想方设法讨两个老太婆欢心。

“亲爱的，你想帮着搞那个义卖会吗？”等艾美一坐下来卡罗尔婶婶就问。

“当然了。切斯特太太问过我是否愿意帮忙，我说到时候我照看张桌子，我有的是时间。”

“我可不愿意，”乔插嘴道，“切斯特家搞那么个高贵的义卖会，就想让我们白出力，得到好处的却是他们。”

“我愿意出力。他们要我帮忙，我很欣慰。义卖会只要初衷是好的，我就愿意帮忙。”

“孩子，你说得对极了。我喜欢你有一颗感恩的心，我们愿意出些力，帮助穷人，可有的人吧，不愿这么做，真够烦人的。”马奇姑婆的目光越过眼镜上方，看着坐在摇椅上、摆出一副闷闷不乐的样子的乔说道。

“我不喜欢要人家东西，搞得自己像个奴隶似的。我喜欢凭自己的双手赚钱，过独立的生活。”

“哼！”卡罗尔婶婶轻轻咳嗽一声，看了马奇姑婆一眼。

“怎么样？我说得没错吧？”马奇姑婆冲着卡罗尔婶婶点点头说道。

“孩子，你懂法语吗？”卡罗尔婶婶抚摸着艾美的手问道。

“懂得很，多亏了马奇姑婆，让我尽可能多地和埃丝特聊天。”

“你咋样？”卡罗尔婶婶又问乔。

“我啥都不懂。我受不了法语，我觉得法语油腔滑调的，是一种愚蠢的语言。”

两个老太婆又对视了一下。马奇姑婆对艾美说：“孩子，我觉得你现在身体很强壮，对不对？眼睛没事了吧？”

“我感觉好得很。明年冬天打算好好做点儿事，到时候去趟罗马。”

“真棒！你应该去。”马奇姑婆说。

俩人走的时候，乔和两个老太婆一一握手，艾美却亲吻了她们。两个姑娘走了，给两位老人留下的，一个是阴影的印象，一个是阳光的印象，这两种完全不同的印象让马奇姑婆立即说道：“你最好赶紧去办这件事，玛丽，钱我来出。”

“没问题，如果她父母同意的话。”卡罗尔婶婶很坚决地答道。

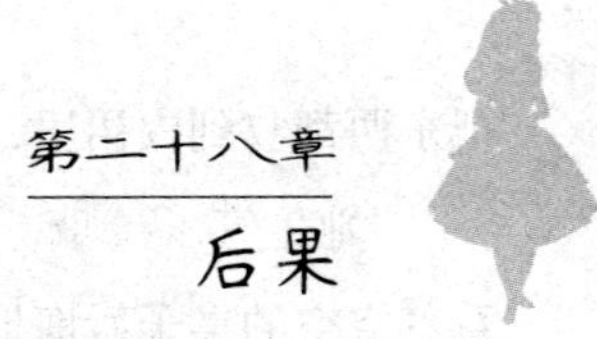

第二十八章 后果

切斯特太太想把义卖会办得高雅、上档次，这个社区的小姐们都觉得受邀照看桌子是一种荣幸。艾美自然获邀了，乔却没有，人家说她“自大、没意思”。艾美有绘画天赋，又有品位，切斯特太太就让她照管卖艺术品的那张桌子。

义卖会开幕的前一天出了件小事。叫梅·切斯特的那位姑娘嫉妒艾美的钢笔画比她彩绘的花瓶漂亮，比她更招人喜欢，就向母亲提议让艾美不要照看那张桌子了，由她代替。做母亲的自然向着女儿，就对正在忙着装饰义卖桌子的艾美说：“亲爱的，那些小姐都想让我把这张桌子交由我的女儿照管，这张桌子最显眼，也最吸引人，义卖会卖不卖钱就靠它了。我知道你对这次的活动很感兴趣，要你忍痛割爱恐怕会让你很失望，不过这也是没办法的事，你再换张桌子吧。”

艾美觉得这件事背后肯定有隐情，却猜不出是什么，于是冷冷地说道：“还不如不要叫我照看桌子了。”

“哦，亲爱的，别气恼，这次的义卖会是我办的，我的女儿自然要起带头作用，这张桌子她们照看最合适了。那张卖花的桌子也不错，不行你去照看那个吧。你完全可以把它装扮得漂漂亮亮的。”

“好吧，切斯特太太，我马上挪地方去照看那张花桌。”

“如果你愿意，也可以把你的作品放在上面。”梅觉得良心上有些不安，说道。其实，她这么说也是好意，但艾美误解了她的意思，气呼呼地说道：“我懂你的意思，你是说我的东西碍事，对吗？”说完就把东西都收到围裙里，走开了。

“她生气了。哦，妈妈，早知道这样，我还不如不说那句话。”梅看着空空的桌子后悔地说道。

照看花桌的几个小姑娘见她过来纷纷和她打招呼，见大家这么热情，艾美的心里稍稍宽慰了些，马上动手干活儿。这时天已经晚了，她又累了，做什么事都不顺心。那几盆花的成色很差劲，刚刚从艺术品桌上收到围裙里的那些作品也都破了，害得她十分伤心。

回到家，母亲听说了这件事，说这是在侮辱人，又夸艾美做得对。贝思表示不会去义卖会，乔义愤填膺地对艾美说，干吗不把她的那些好东西都拿回来，让那些烂人自己搞去吧。

“她们坏，但我不能这样。她们伤了我，我并不愿表现出来。这比我说她们两句难听的更让她们难受，对吗，母亲？”

“你说得对，孩子。以德报怨并不容易做到。”马奇太太说。

第二天，艾美尽管心里不痛快，可还是去了义卖会。她和几个小姑娘耐心地把花放到花篮里，装饰桌子。那天，她随身带去了一本小书，一边忙活，一边抽空看两眼书，刚好看到了这样一句话：“你要像爱自己那样爱你的邻人。”

“我应该这样，可我做不到。”艾美想道。艾美站在桌子后面，翻动着手里的小书，心中慢慢地涌现出了一种美好的感觉，让她对这句话的领悟更深了一些，她决定将自己的感悟付诸实践。

一群姑娘围在梅的桌子旁，纷纷赞赏着那些漂亮的小东西。这时，就听梅难过地低声说：“太糟糕了，时间紧，除了这些，我再也找不出别的来了，我又不想随便拿些破东西胡乱摆上。这张桌子就快弄好了，这下可倒好，都毁了。”

“我敢说，你要是让她把那些东西拿过来，她肯定愿意。”就听一位姑娘小声说。艾美知道那姑娘说的正是自己。

“我该怎么办呢？”梅刚开口说话就听艾美在那边对她喊：“你要是

想，就都拿去吧。我刚才还在想把它们送回去呢，它们本来就是你那桌上的，不是我这边的。昨天晚上要是我说话说得急躁了些，希望你不要在意。”

艾美说完就把东西送回去了，点点头，笑了笑，转身回到自己的桌子旁。

“她真好。”一位姑娘说。

“我倒不觉得。她知道东西摆她那里卖不出去，所以就做了好人。”另一位姑娘冷笑道。

事情就是这样，我们做了好事，都想让人家说句好听的，可这位姑娘的话让艾美着实有些伤心，让她懂得了好心不一定有好报。但过了一会儿，她就慢慢想通了：自己付出了就够了，至于别人怎么说是别人的事，那几位姑娘人都很好，只有一个对自己有误解，就让她说去吧。说来也怪，就是这个小小的举动似乎把笼罩在艾美心头的阴霾驱散了。

那天漫长而艰难，几个看桌子的小姑娘早就不知道跑到哪里去了，艾美一整天都在桌子后面站着。时值夏日，有谁愿意买花呢？

摆艺术品的那张桌子旁整天都围满了人，东西卖得快，卖的钱也多，艾美看着对面，目光中透着期待，真想跑过去，在那里，她才会感到家的温暖，才会快乐。

那天天黑了她才回家。她面色苍白，一句话也不说，家里人都猜到她今天过得不大顺利。母亲为她端来一杯茶，贝思帮她梳头，乔也对她表示出了少见的关怀，还暗示要把那几张桌子踢翻。

“哦，乔，你可不能莽撞行事，求你了。我可不想惹什么麻烦，这事就让它过去吧。”第二天早早就起来的艾美恳求道。她想找几盆好看些的花，装饰一下她那张可怜的桌子。

“你别慌，我叫几个人去，围在你桌子周围晃荡，劳里和他的伙计会帮忙，到时候就有我们忙活的了。”乔靠着门看着对面的房子说道。

不一会儿的工夫，劳里出来了，乔过去把艾美的麻烦对他说了，劳里当即表示："我的伙计来了不少，一会儿我们驾车过去。我保证，艾美的桌子还没摆好，那些花就被抢购一空啦。"

"艾美那些花不咋样，有没有好看点儿的？"乔厌恶地说道。

"海因斯没告诉你啊？我们家的花园里不是有吗，你看哪棵好挖就是啦！"

"好，真有你的。"

这天果不出所料，艾美桌子上的花都卖完了。乔晃了一圈，来到梅小姐的桌子跟前，看到她手绘的那个花瓶还没卖出去，就想替艾美报仇，谁让这个梅小姐侮辱自己的妹妹呢。

"喂，艾美的画呢？我想买一幅送给父亲。"

"艾美的画早都卖光了，赚了不少钱呢。"梅说，"对了，乔，那天的事我母亲做得不对，我说话也有些不中听，我向艾美道歉，希望她别往心里去。"

乔看梅态度很好，也就没说什么，转回身跑到艾美那边，把她的东西都卖光、赚了不少钱的事对她说了，还说梅小姐说话好听，态度很不错，艾美听了很受感动。

"先生们，我桌子上的买完了，也该买别的桌子上的了。"艾美说道。

一群人拥到梅的桌子旁，买这个买那个，不断给钱。让梅高兴的是，劳里把她手绘的那个花瓶买了，别的人也都抱着千金藤、彩绘扇子及其他有用的工艺品走了。

卡罗尔婶婶也来了，听了这件事，显得很高兴，低声对马奇姑婆说了几句什么。马奇姑婆脸上露出满意的表情，既骄傲又焦虑地注视着艾美，不过几天后，她高兴的原因才为人知晓。

义卖会办得很成功。梅和艾美道完晚安，满怀深情地吻了她一下，又用友善的目光看着她，那意思仿佛在说："忘了不愉快的事，原谅我吧。"艾美感觉很满足。

回到家，乔对她说："艾美，你慷慨大方，能容忍他人，比我想的还要棒。你举止得当，我真心尊敬你。"

"是的，我们都喜欢她，她那么愿意原谅别人。付出了那么多的心血创作了那么美的作品，就这么给卖了，换作我，肯定舍不得。"

"哦，姑娘们，你们快别夸我了，我只是做了应该做的事。我想做真正的优雅女人，就像母亲那样。跟她比，我还差得远呢。"

一周后，艾美的善心果真获得了回报。卡罗尔婶婶写来了一封信，马奇太太读的时候快活得满脸放光，急得乔和贝思赶紧让她说是怎么回事。

"卡罗尔婶婶下个月就要出国旅行了，想带着——"

"带着我同她一起去！"乔兴奋得难以自持，从椅子上蹦起来喊道。

"不是的，亲爱的，不是你，是艾美。"

"哦，母亲，她年纪还小，我都想去国外很久了，这回就让我去吧。"

"恐怕不行，婶婶说要带艾美一起去。"

"总是这样。艾美总玩，我总在工作。这不公平！"

"人家没让你去，恐怕部分原因在你。婶婶那天向我抱怨你举止粗鲁，个性太独立，何况又不会讲法语。艾美性格温顺，是陪弗洛旅行的好伴侣，路上也能帮婶婶的忙。"

"哦，都怪我乱说话！我怎么就学不会喜怒不形于色呢？"

艾美进屋了，听了这个喜讯兴奋得在屋里直转圈，当晚就开始收拾东西、选画笔、包铅笔，至于其他的琐事，比如买衣服、筹钱、办护照什么的都交给别人去办了。

"这次我去罗马不是玩，是为事业去的，如果我真的有绘画天赋，到那儿一试就知道了。我一回来就办个绘画班教别人画画养活自己。”

“恐怕不行吧。你怕吃苦，还是嫁个有钱人过锦衣玉食的生活实际些。”

“你说的有时还挺准的，不过这次够呛。我确信这次我能行，就算做不了艺术家，我也要帮那些能成为艺术家的人。”艾美笑道，因为和当个穷绘画老师相比，她还是喜欢做贵妇人。

准备的时间不多，全家人为艾美这次出国旅行紧着忙活。船开的时候，乔躲在阁楼上放声痛哭，最后把眼泪都哭干了；艾美则搂着劳里，呜咽着对他说：“哦，一旦出了什么事，你可要替我照顾好他们——”

“我会的，亲爱的，我会的。”

艾美坐船去探寻那个古老的世界了，在她那双年轻的眼睛里，那个世界总是新的、美丽的。父母站在岸边看她远去，衷心希望好运降临在这个快乐的姑娘身上。她向他们挥手，直到他们再也看不到她，唯有夏日的阳光照射在海面上，闪烁着炫目的光。

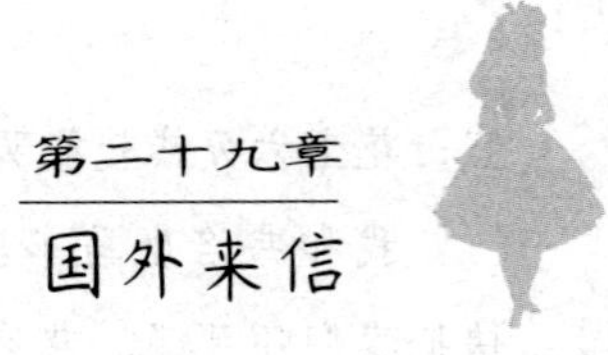

第二十九章
国外来信

最最亲爱的人们：

此刻我正坐在贝思旅馆的窗前给你们写信。这地方算不得豪华，数年前，叔叔在这里住过，我们不想去别的地方。哦，你们不知道我这一路上过得多么愉快，又写又画的开心死了。

先是有些晕船，后来就好了。人们对我都好，特别是那些军官。还是让他们为别人做些事吧，省得没事就到甲板上抽烟。

我看到了爱尔兰海岸，真是美如天堂。现在还早，但我已经起来了。海岸上散落着些棕色的小木屋，山上有废弃的房子，山谷里有绅士们坐的椅子，公园里有小鹿，头顶上是玫瑰色的天空，这一切都令我难以忘怀。

我们只在利物浦停留了几个小时。那地方又脏又乱，还好我们及时离开了。若是不抓紧点儿，就没空写伦敦的事了。去伦敦的一路上，就像进入了一条漂亮的画廊。我喜欢看那里的农舍，屋顶都是茅草搭的，门口有胖胖的女人，还有脸色红润的小孩子。那里的牛好像比美国的温顺，母鸡满足地咕咕叫，似乎从来不烦忧。草葱绿，天空蔚蓝，稻谷金黄，森林黑暗——事物的色彩搭配得真棒，我都看迷糊了。

到了伦敦自然下雨了。除了雾和雨伞，看不到别的。我走得匆忙，好多东西都没来得及带，玛丽婶婶去商店给我买了一顶白帽子，一根蓝色的羽毛，还有一条平纹细布的裙子。这里的东西好像很便宜，花上六分钱就能买一码漂亮的丝带。

我和弗洛坐马车出去玩，赶车的那位先生让马跑得那么快，都快把我们吓死了。弗洛赶紧要我叫那人停下，可我离他那么远，根本看不到他，叫他又听不见。最后，就在我开始绝望时，猛一抬头看到车顶上有扇小窗户，赶紧打开冲那人喊，那人这才听到，瓮声瓮气地问："怎么了，小姐？"

我说慢点儿走。那人就让他的马放慢了速度，可也太慢了吧，就像去参加葬礼似的，于是我又让他快点儿，他又像当初那样飞奔起来。哎呀，没办法，我们的命就交给他吧。

今天天气好，我们去了海德公园。德文郡公爵就住在附近。我经常看到他的随从在后门闲逛。惠灵顿公爵住得也不远。英国姑娘挺漂亮的，却都是一副半睡半醒的模样，戴的帽子也古怪；士兵们穿着短短的红夹克，歪戴着帽子，看着好可笑，我真想把他们画下来。

下午我们去了西敏寺修道院，我只能说那地方太神圣！晚上，我们又去看了费切特的演出。这一天，我过得无比快乐。

午夜

夜已经深了，说完昨晚上发生的事再搁笔。我们在海边玩的时候你们猜谁过来了？劳里的双胞胎英国朋友弗雷德·沃恩和弗兰克·沃恩！我好吃惊，以前我只在照片上见过他们。俩人都是高个子，都留着小胡子，弗雷德很帅，弗兰克好多了，只是还有点儿跛。他们陪我们去看戏，我们玩得很好。

婶婶敲墙三遍了，我不能再写了。我的房间里摆满了漂亮的东西，我满脑袋都是公园、剧院、新睡裙、骏马，哎呀，我感觉自己就像个奢侈的英国小姐。渴望见到你们，不要理我说的这些废话。

你们永远最爱的艾美　伦敦

亲爱的姑娘们：

我在上封信中说过沃恩两兄弟待我们多么多么好。他俩带我们逛了好多地方，还为我们举办派对。英国人虽说不是见面熟，但日子久了，认可了你这个人，就会把你当真正的朋友看待。特别是弗雷德，更是热心肠，这不，我们刚到巴黎，还没安定下来，他就又跟来了。

他说来这里度假，之后去瑞士。他的法语说得好棒，就像地道的法国人。叔叔会的法语词加到一起都不会超过十个，我和弗洛本以为自己的法语说得还可以，可到这儿一看，根本不是那么回事。多亏了弗雷德，才让我们能够顺畅地与人沟通。

我们去逛了卢浮宫。里面的画好多好美，乔听我这么说肯定会翘起她那个高傲的鼻子，她不懂艺术，我懂，我知道那些画伟大在哪里。说起这些画，我能说好几个小时，算了，回头再说吧。

我们住的旅馆临街。弗雷德是我见过的最棒的男子——除了劳里，但他比劳里更优雅。沃恩家有钱，出身尊贵，虽说他们家的人都是黄头发，我却挑不出毛病来，我的更黄。

下周我们要起身赶赴德国和瑞士，时间紧张，我只能说个大概的情况。父亲让我随身带着笔记本，我听了他的话，尽量做到准确、清晰地描述发生的事。我的速写本也带着呢，图画比文字更能形象地描述我的旅行见闻。

温柔地拥抱你们。

你们的艾美　巴黎

亲爱的妈妈：

动身去伯恩前，我有些事要对你说，因为很重要。

那天在科布伦茨，弗雷德和他认识的几个学生来到我们租住的旅馆下面。那是一个月明之夜，都凌晨一点多了，几个人站在楼下唱小夜曲。那是我见过的最浪漫的场景——小河，舟桥，对面就是巨大的堡垒，月光洒满大地，还有应景的音乐，足以融化最冷酷的心。

第二天，我们去泡温泉，泡得很舒服。弗雷德丢了些钱，我说了他两句。叫凯特的那位姑娘说他最好赶紧结婚，得有个人照顾他才行，我表示认同。法兰克福很漂亮，我看到了梵高住过的房子。

接下来就是重要的部分了。弗雷德人好，又阳光，我们都喜欢他。在他们唱小夜曲的那天晚上之前，我只是觉得他是我旅途中的玩伴。然而在这之后，我才意识到我们在月光下的漫步、倾心的交谈及每天的玩乐对他意味着更多的东西。母亲，我可没和别人打情骂俏。不过，若是有人喜欢我，我想我并不能控制得住。我已下了决心，弗雷德要是向我提那件事，我就答应他。他年轻、帅气、聪明，又有钱——甚至比劳里家还有钱。那天我去他家了。那房子好气派，家里堆满了珍珠宝贝，用人都是上年纪的，墙上挂着乡村油画，外面有漂亮的花园，还有漂亮的马——这一切正是我想要的。我们姐妹四个，必须有一个嫁得好。梅格没能嫁个有钱人，乔不愿嫁给有钱人，贝思又不能，所以只有我才有这个机会。我可不是见人家有钱才想嫁给他，就是再有钱，要是我不喜欢，也不嫁。弗雷德虽说不是我的白马王子，可他人好，日子长了，他要是对我好，我想我也会喜欢上他的。他喜欢我，虽然没直接说，可我从小事上都能看出来。

对了，昨天日落的时候我们去了古堡参观，弗雷德去取几封信，然后与我们会合。我喜欢古堡里的一切，我就像故事中的女主角，等着心上人的到来。我没觉得害羞，而是很冷静，稍稍有些兴奋。

我听到了弗雷德的声音，他急匆匆穿过拱门来找我。他一副很忧虑的模样，我完全忘掉了自己的事，问他出什么事了。他说弗兰克病了，一个小时以后他就得走。我为他难过，走的时候他和我握手，对我说："我会很快回来的，你不会忘记我的，对吗，艾美？"

我没回答，只是看着他，他似乎很满足。我知道他心里是怎么想的，不过从他的某些暗示中，我也察觉出来他老爹担心他会冒冒失失地娶个外国姑娘回家。我们很快就会在罗马再见，那时候，如果我心依旧，他说“你愿意吗？”的时候，我肯定会说“我愿意，谢谢”。

这件事自然很私密，可我还是希望你知道。别担心我，我不会贸然行事的。尽可能多地把你的意见告诉我，如果我能，就会采用。期待与你长谈，妈咪。请爱我、相信我。

你永远的艾美　海德堡

第三十章
心事

“乔，我有些担心贝思。”

“母亲，担心她干吗？梅格的小宝宝出生后，她的身体好像好得出奇。”

“我说的不是她的身体，我说的是她的心。我总感觉她有心事，你帮我查查。”

“你干吗这么想？”

“她总一个人待着，这段日子和父亲说话也少了。那天，我看到她冲着那两个孩子哭。她和以前不一样了，我担心她。”

“你没问过她吗？”

“我试过一两次，她要么不肯说，要么难过得让我不忍心问。孩子们的心事我从来不过问的。”

“我觉得贝思长大了，她今年都十八岁了，可我们还把她当小孩子看待。”

“是啊，你们都长大了。”

“妈咪，这种事你也不用烦恼，鸟儿们长大了，该出窝了。我不走远，陪着你们。”

“乔，有你在，我就心安。梅格嫁人了，贝思身子太弱，艾美又太年轻，指望不上，只能靠你了。”

“我不怕辛苦，家里总得有个主事的人，艾美在国外，有什么事就交给我吧。”

“贝思的事就交给你了，她有心事更愿意和你说。你要留心，不要让她觉得我们在观察或谈论她，希望她能再强壮、快乐起来。”

从此以后，乔就注意观察贝思。她在一旁写作的时候，经常偷看妹妹。贝思坐在窗前做针线活儿，安静得出奇，盯着沉闷的秋景发呆。突然，有个人从窗前走过去了，嘴里吹着口哨，还大声说：“万物静寂！今晚见！”

贝思一惊，朝前俯下身子，点点头，又笑了笑，看着那人迈着轻快的步子过去，然后自言自语道：“那个可爱的男孩看着好壮、好健康、好开心啊。”

乔依然在盯着妹妹的脸，妹妹脸上那愉快的表情来得快，去得也快，她的笑容很快就消失了。然后，一滴泪水滴到窗台上，贝思轻轻擦掉，扭头去看姐姐，乔显然还沉浸在写作中。

“哦，贝思爱上劳里了！”她回到自己屋里这样想道，“我根本没想到。母亲知道了会怎么说？他要是不爱贝思该怎么办？不行，他不爱我也得让他爱。”

那天，劳里又过来了。贝思还像平时那样躺在沙发上，劳里坐在旁边的矮凳上和她说笑话逗她。说着说着聊到了板球赛，各种名词术语贝思肯定是不懂的，但她还是耐心地听劳里说。劳里的表情也变温柔了，声音时高时低，也不像平时那样动不动就大笑了，还把围巾摘下来，盖住贝思的脚。

“这种事谁又能说得清？”乔一边在屋里瞎忙活，一边想，“如果两人真心相爱的话，他有了她，脾气就能变温顺，她有了他，日子也会变得轻松、快乐。如果没人挡路，他肯定会爱她的。没人挡路？现在挡路的人不就只有我一个吗？不行，为了妹妹，我要做出牺牲。”

屋里的那个旧沙发是大家的最爱，大家都喜欢坐在周围聊天。沙发上的那个枕头是乔的“私有财产”，没她的允许，别人不能动。劳里知道，若是枕头倒立着，他就可以靠近，若是平放着，谁都不能走近一步！乔就在这上面动了心思。

那天晚上，劳里过来，一屁股坐在了沙发上，满足地叹道：“好爽的地方。”

“老实说话。”乔突然说道。

“哦，乔，快收收你的脾气吧。我累了一周，瘦了整整一圈，也该找个人陪陪我了。”

“贝思会陪你的。”

“不行，她烦我，你还可以，对不对？别对你的男孩发火，行吗？”

“这周你总共送了兰黛尔小姐多少束花？”

“一束也没送，我敢发誓。她订婚了。”

“真棒，那些你根本瞧不上的姑娘，送两束花就打发了。”

“可我喜欢的姑娘也不给我机会送啊。我的感情也需要‘出口’。”

“别瞎扯，母亲不喜欢人家和我们打情骂俏，就算是闹着玩也不行。”

“唉，不就是玩嘛，又没有什么坏处。”

“你和别人玩去吧，我可不行。”

“瞧瞧艾美，人家就很擅长干这个。”

“她是很擅长，不过我想说的是，有些人不需要努力就能讨人喜欢，有些人却总是在错误的地点做错误的事、说错误的话。”

“我很欣赏你不和别人胡闹这一点，你不知道，有些姑娘多叫人恶心，她们要是知道了我们在背后是怎么说她们的，肯定会改过自新的。”

“她们在背后也会说你们蠢，你们要是行得正、做得对，她们也会这样。你喜欢她们傻一点儿，她们就傻给你看，可反过来你们又说她们。”

“你知道的还真不少呢。我们说的都是那些不怎么样的姑娘，从来不说那些漂亮、正派的姑娘的坏话。”

“那你就找漂亮、正派的姑娘去吧，就别在愚蠢的姑娘身上浪费时间啦。”

“你说的是真的？”劳里忧虑又快活地问道。

“当然啦。等你毕了业再说吧。你现在还不行，正派的姑娘看不上你。”

“我是不行。”劳里仿佛受了侮辱，气鼓鼓地说道，同时无意地拿起乔的围裙，用上面的绳子缠住自己的手指。

“我们不要再说下去了，这种事怎么能说得清。快给我唱个歌听。”

“我宁可待在这儿。”

“这儿没地方，你块头又那么大，净碍事。我想你并不想让哪个姑娘围裙上的绳子缠住你的手吧？”

“那得看是谁的了！”

“你走不走？”乔说着抄起了枕头。

劳里气鼓鼓地赶紧逃了。

那天晚上，乔很久都没能睡着，刚有点儿睡意，突然听到贝思在低声呜咽，她慌忙走到妹妹床边，问她出什么事了。

“我还以为你睡了呢。”贝思说。

“是不是哪里又不舒服了，亲爱的？”

“不是，是新的病痛，但我还能忍受。”

“快跟我说说，我给你治。”

“你治不了。”

“我去叫母亲吧，行吗？”

贝思没说话，暗夜中将一只手放在胸口上，似乎是那里痛。“别去叫她，别告诉她，我一会儿就没事了。”

乔没动，伸手摸着妹妹滚烫的额头和湿漉漉的眼睑，知道她心里堵得慌，想说话。“你是有什么烦心事吗？”

“是的，乔。”贝思过了好久才说。

“跟我说说吧，说了也许会好受些。”

“现在不行。”

“那好，我就不问了，不过你要记住，母亲和我随时都愿意倾听你的烦恼，帮助你。”

“我知道。”

“现在你感觉好些了吗？”

“嗯，好多了。你总是给我莫大的安慰，乔！”

“那就赶紧睡吧，亲爱的，我陪着你。”

她们脸贴脸地睡了。第二天，贝思好像恢复了以前的模样，十八岁的年纪，头痛和心痛都不会持续很久的，一句爱的言语就能胜过世上最好的药。

乔思索再三，还是把这事对母亲说了。

“母亲，那天你问我的愿望是什么，我现在就跟你说一个。这个冬天我想出去散散心。”

“为什么，乔？”

“我想尝试新的生活，想学新的东西，看新的事物，做新的事。我总在为琐事烦忧，我需要一点儿刺激。”

“你想去哪儿？”

“纽约。柯克太太那天不是给你写信了吗？她说想找个正派的人教孩子们读书、做针线活儿。这份工作不错，我想如果我努力的话，会得到的。”

“哦，亲爱的，去那座那么大的家庭旅馆伺候人！”马奇太太吃惊地说道，却并没有露出任何不高兴。

“其实也不是伺候人。柯克太太是你的朋友——世上最善良的人——她不会让我吃苦的。我会诚实工作，别为我担心。”

“那你写作的事怎么办？”

“换个环境对写作反倒有好处。见些新的事物，找些新的灵感，就可以为我那些垃圾小说提供素材了。”

“这个我倒没疑问。你突然想走，不会只是因为这个吧？”

“不是，母亲。”

“那别的呢？我能知道吗？”

乔看看屋顶，又低头看看地板，脸上的颜色突然变了，她慢慢地说：“我这么说也许有些自恋，也许说得并不对，不过我担心——劳里很喜欢我。”

“你不喜欢他这样吗？”

“不喜欢。那孩子是挺招人喜欢的，我也以他为傲，可有些事让我没办法喜欢他。”

“亲爱的，我喜欢听你这么说。我觉得你俩并不是太合适，你俩各方面都太像了，做朋友还好，做恋人的话恐怕不行。”

“我的感觉正是这样。我觉得欣慰，他现在也是刚刚喜欢我。”

“你确定他喜欢你吗？”

“恐怕是这样的，他没明说，可表露得很明显。我想在事情还没走到那一步之前躲一躲。”

“我觉得你做得对，亲爱的。”

“我们先不要把这件事告诉劳里，等我走了再说。”

这件事拿到家庭会议上讨论了，大家一致同意乔去纽约。柯克太太了解了情况，很高兴，答应给乔提供一个舒适的家。教书也不累，闲的时候她可以写作。一切都安排好了，乔很高兴，总在逼仄的家里待着对她放荡不羁的个性是一种折磨，她早就想出去闯荡闯荡了。

乔离去的头天晚上，贝思显得很快活，希望姐姐这次离家可以有好的收获。

“对了，贝思，我走以后有件事要你特别照料一下。”

“你是说你那些文稿吗？”

“不是，是我的那个男孩，你要好好对他，行吗？”

“我当然会啦，不过我没法填补你的空缺，他会很想你的。”

“没事的，你待他好就是了。”

“我尽力吧。”贝思答应着，却还不知道乔为何用那么奇怪的眼神看她。

第三十一章 乔的日记

纽约，十一月

亲爱的妈咪、贝思：

要说的话很多，我就多说几句吧。见不到父亲那张苍老的脸了，我有些难过，若不是路上有个爱尔兰女人带着四个孩子太吵闹，我早就哭了。

柯克太太待我很好，旅馆虽大，却有家的感觉。她分给我一间小阁楼——她就一间，不过里面有炉子，还有一张靠窗向阳的小书桌，我想写东西了就坐在那儿写。我要教的那两个女孩长得都很漂亮，一见面就喜欢上了我，我觉得我可以把这份家庭女教师的工作做好。

说到吃饭，我可以和柯克太太她们一起吃。但不管别人信不信，我都是个害羞的姑娘，和人家一起吃总觉得有些不好意思。

“亲爱的，到这儿就像到家了，”柯克太太对我说，“你也知道，开旅馆整天忙死忙活，孩子交给你，我就放心了。我的房间从来不锁，你想什么时候进都可以，晚上的时间都是你的，旅馆里也有些不错的客人，你想说话了就找他们去说。”

我下楼的时候看到了一件有趣的事。我住的这栋房子很高，楼梯又长，站在三楼朝下一看，有个年纪轻轻的女侍者正朝上爬，我就等着。这时，我看到一位先生跟在她后面上来了，从她手里把重重的煤斗接过来，一路帮她拎上三楼，放在一个房间门口，然后冲我友好地点点头，说：“这孩子年纪这么小，拎这么重的东西怎么能行。”

他好不好？我喜欢这样的事，就像父亲说的，琐事看人品。那天晚上，我向柯克太太提起了这件事，她说："那人肯定是巴尔教授了，他总做好事。"

柯克太太告诉我，巴尔教授来自德国，知识渊博，人品又好，只是穷得要命，靠给人家上课支撑自己和两个小外甥的生活。小外甥是他姐姐的，他姐姐嫁了个美国人，后来死了，丈夫也死了，根据她的遗愿，要两个孩子在美国受教育。这故事不浪漫，让人伤心。柯克太太还对我说她有时会把自己的客厅让给巴尔教授，便于他教那几个学生。柯克太太的客厅和保育室只隔着一道玻璃门，我可以偷窥到他，然后告诉你们他长什么样子。妈咪，他都快四十了，但我不在乎。

喝过茶，我和我的新朋友安静地说了会儿话。我会按时写日记的，每周寄一次。晚安吧，其余的话明天再说。

周二晚上

上午和两个孩子疯闹了一会儿。吃过午饭，那个小姑娘带她们出去玩，我刚想做会儿针线活儿，就听客厅的门开了，从里头传出一阵歌声。我知道偷窥别人不对，却忍不住。巴尔教授正在整理书，我就多看了两眼。他是标准的德国人的长相——很壮，棕色的鬈发乱乱的，盖住头顶，胡子浓密，大鼻子，眼神无比温柔，大嗓门。他总穿得破破烂烂的，手也大，看遍整个脸也看不出哪个地方好看，除了牙齿。虽然上衣扣子掉了两个，皮鞋上还补着块补丁，但看着却像个绅士。他哼着歌曲来到窗前，把蓝紫色的灯打开，抚弄着一只小猫咪，那小东西看到他就像看到了一位老朋友。这时我听到有人敲门，一看原来是一个小孩子，手里拿着一本大书，站到了门口。

"我想找我的巴尔。"

"你的巴尔在这儿呢，快进来吧，我的蒂娜。"教授说完微笑着把那孩子举得高高的，害得她不得不低下头来吻他。

“现在我们该学习啦。”巴尔教授把小女孩带来的那本大词典打开，递给她一张纸和一支铅笔，她就写起字来。巴尔先生抚摸着小女孩的头发，目光中满是慈爱，不知道的，还以为那孩子是他的亲生女儿呢，逗得我差点儿笑出声来。

过了一会儿又来了两个姑娘，看样子也是跟他来学习的，一个说话时总感觉在卖弄风情，一个结结巴巴地说着德语，口音很重，我看这回有巴尔教授受的了。

两个姑娘似乎都在试探他的耐心，因为我不止一次听他大声说：“哦，不是这样的，你没认真听我说话。”还有一次，我听到啪的一声，就像是他狠命地用书拍打了一下桌子，接着就是绝望的一声叫喊：“哦！今天可都完蛋啦！”

好可怜的人啊。等那两个姑娘走了，我偷眼观瞧，发现他累倒在椅子上，闭着眼睛，一直到两点钟才睁开。然后他很小心地把此刻已在他怀里睡熟的蒂娜抱起来，放到别的地方，然后赶紧起来，匆匆把书装进兜里，看样子又要去给别人上课了。我想他一定过得很辛苦。五点钟，柯克太太问我愿不愿意下楼和别的房客一起吃饭。我对吃饭倒没有多大兴趣，就想看看吃饭的都是些什么人。大桌子旁坐满了人，有男有女，教授坐在一头，一边大口吃喝，一边大声回答旁边一个耳聋老者的提问，还抽出空来和另一旁的一个法国人聊哲学。我喜欢看人们大口吃东西，这个可怜的人教了那帮傻瓜一整天，需要多吃些才行。

吃完了饭，上楼的时候，我看到两个小伙子正在镜子跟前戴帽子，就听一个对另外一个低声说：“那个新来的是谁啊？”

“女教师吧。”

“她干吗和我们一起吃饭？”

“听说是老太太的朋友。”

“人倒还算聪明，只是没什么风度。”

“一点儿也没有。借个火，我们走吧。”

我起初觉得很生气，后来就不在乎了。女教师怎么啦？和书记员一样体面。就像那两个体面的大烟鬼说的，我有脑子，而这是有些人没有的。我恨平庸之辈！

周四

今天无事。我的小屋里有灯，有火，很舒服。我教两个孩子功课，做了会儿针线，又写了些东西。旅馆里的小孩子都喜欢巴尔教授，柯克家的两个也喜欢他。年轻的房客拿他的名字开涮，给他起各种外号。他脾气好，从不发火，整天嘻嘻哈哈的。

昨天晚上我正在客厅坐着，巴尔先生拿着报纸进来了，说是要找柯克太太，人没在，那个叫米妮的小个子老太婆就把我向他做了介绍：“这位姑娘是太太的朋友马奇小姐。”

我俩相互鞠躬，然后就都笑了，我觉得这一幕好滑稽。

“啊，我听说我那两个小淘气惹你生气了，马奇小姐，再这样的话，叫我一声就是了，我一定赶到。”

说完这话他就走了。今天我路过他的房门前，手里的雨伞不慎碰了他的门一下，门就开了。我看到他穿着睡衣，一只手拿着一只大蓝袜子，一只手拿着针，正卖力地补着，似乎并未觉得有什么丢人的。我和他解释了一下，匆匆走了。我知道德国男人会绣花，可绣花和补袜子不一样，见他过得这么辛苦，我有些难过。

周六

今天没什么可写的。回保育室的时候，我听到客厅里一阵喧闹，伸头一看，才知道巴尔先生又在跟几个孩子玩闹呢。看到我，他说：“要是我们闹得太厉害，吵着你了，你就跟我说，我们就小点儿声。”

妈咪，我好喜欢写东西，如果不是考虑到写长信花邮资多，我愿把信写得很长很长。劳里学习还努力吗？替我照顾好他。告诉我两个小宝宝的近况。

永远爱你们的乔

亲爱的贝思：

这封信写得很潦草，因为是写给你的。告诉你我的近况：我竭力做好自己的事，周六下午，巴尔教授的两个外甥弗朗茨和埃米尔会过来，他们身上混合了德国人和美国人的优点，我很喜欢。如今，我们已成了好朋友，我也开始上课了。这件事不是我能左右的，我要把原因和你好好说一下。

一天，我路过巴尔先生的房间，看到柯克太太正在里面乱翻东西，看到我，便把我叫住了："亲爱的，你见过这么乱的窝吗？快过来帮我把这些书码起来。前些日子，我给了他六块手帕，如今都找不到了。"

我进门一看，哇，果真像个窝。忙乱了一阵子，六块手帕只找到三块。"哦，好邋遢的一个人啊！"柯克太太笑道，"屋里脏乱得可怕，不过这也情有可原，他一个大男人，没人照顾，又整天和那些小孩子闹。我答应过为他洗衣、缝补衣服，可他总不把脏衣服给我，我也常忘了跟他要，所以他有时就没个干净样子。"

"衣服什么的我来补吧，"我说，"我不介意，他人好，经常帮我取信，还借书给我看。"

我就悄悄地把他的衣物补好了，什么也没说，希望不要让他知道。不过上周有一天，我干活儿的时候被他发现了。"啊！"他说，"我偷看你，你偷看我，这样也不错，不过，你想学德语吗？"

"想，可你太忙了，我又太笨了。"我红着脸结结巴巴地说道。

"时间我来安排，你尽管放心。我欠你的，马奇小姐，"说着他用手一指我手里的活儿，“我为你上课，付我的欠账吧。”

我自然不能说别的。我们商定好了，我每周上四节德语课。巴尔教授很有耐心，但我很快就被语法难住了。他有时见我不开窍的样子脸上会露出轻微的绝望，搞得我哭笑不得。我笨得无药可救的时候，他会把书扔到地上，大步走出门外。我感觉自己被抛弃了似的，但我不怪他，我就拿起课本，冲到楼上，狠命摇晃自己的脑袋，这时候他会到我的屋里来，笑容满面地对我说：“我们再尝试一个新办法吧，你和我读读这些有趣的童话，那些课本太枯燥，把它们扔了吧。”

他就那么好地打开《安徒生童话》，而我这个时候别提多窘迫了。我很费力地读完第一页，喘气的间隙，他就快活地拍手，说：“读得真棒！这个办法真好！”

后来，我就学得好了些，读文章也能读得很顺畅了。我想圣诞节送他份礼物，却又不能给他钱。你帮我出出主意，送他什么好呢？

一月

祝全家人新年快乐！你们不知道我收到那个大包裹有多高兴。你们写的那封信是上午到的，我看到只有信，没有别的，还有些失落。喝完茶，我在屋里坐着，那个大包裹就到啦！贝思做的小围裙真棒，汉娜烤的姜饼是我的最爱。妈咪，我要穿上你寄来的漂亮的法兰绒衣服，还要认真地读父亲做了标记的书。感谢你们，我要把很多很多的爱送给你们！

说到书倒让我想起来我的藏书又多了些。新年那天，巴尔先生送给我一部漂亮的莎士比亚的作品。他很钟情于这部书，我也常想拿来看看解解渴。

“你常说想拥有一座图书室，我就先送你一本吧。好好读，对你有帮助。书中人物的刻画会让你懂得世情，会让你更逼真地描述这个世界。”

我对他的感激无法言说，我和他聊到了我的图书室，就好像我已经有了一百本书似的。我以前从不知道莎士比亚这么伟大，还是巴尔先生告诉我的。你喜欢他，我感到欢喜，希望有一天你可以认识他。

我的钱不多，不知道他喜欢什么，就买了几份礼物，想偷偷放在他的房间里，给他个惊喜。我买的都是漂亮、实用的东西，要么就很可笑——我买了一个新墨水台，一个小花瓶，还有一个放风箱的支架，这样他就不会把手帕烤煳了。他人真好，尽管穷，却始终惦记着旅馆里的人们，上到尊贵的诺顿小姐，下到侍者、孩子、洗衣妇，他一个人都不会忘记，只会忘记自己。我喜欢他这样的人。

大家在除夕夜举办了化装舞会，我本不想去，因为没衣服，可到了最后，柯克太太想起来家里还有旧锦缎衣服，诺顿小姐又借给我一些蕾丝和羽毛，我戴好面具，就跑到人群里去了。没人认出我，我伪装了声音，谁都不会想到沉默、自大的马奇小姐竟会跳舞、打扮，还会说些搞笑的话。我喜欢这次的化装舞会，摘下面具的那一刻，别人看我都看呆了，他们那副傻样子真好笑。

这个新年我过得很快乐。我回到房间，思想这一切，虽说生活中遇到过很多的失败，可我还是有一点儿进步的。如今，与过去相比，我对别人有了更多的兴趣，对此我感到满意。祝你们都好！

永远爱你们的乔

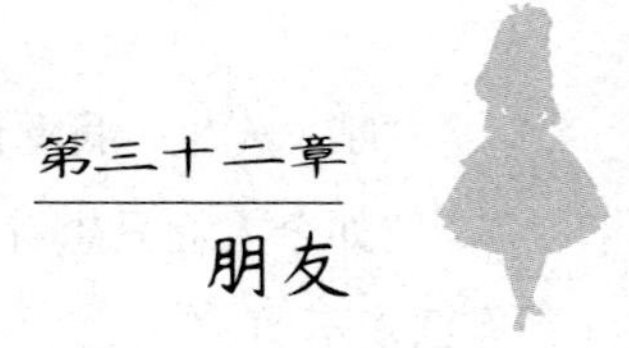

第三十二章 朋友

虽说事务繁忙，但乔还是能抽出空来写作。她慢慢懂得了钱可以带给她很多东西，有了钱，才能有地位，而只有地位和金钱才可以让她实现多年的梦想——做慈善。

那部获奖的长篇小说似乎一度为她打开了一条路，但公众的褒贬意见让她吃尽了苦头，于是她打算写惊悚类的东西。那个年代，世道黑暗，就连最高雅的美国人也读垃圾作品。她写了一篇，跟谁都没说，想亲自交给《火山周报》的编辑达什伍德先生。

她穿上最好的衣裳，来到街上，找到报社地址，爬上两段又黑又脏的楼梯，来到一个杂乱的房间跟前。屋里烟雾缭绕，几个人正在大口抽雪茄，个个脚跷得比脑袋还高。乔在门口犹豫片刻，说道："抱歉，打扰了，我要找《火山周报》的达什伍德先生。"

脚跷得最高的那个人听到这话把脚放下来，两根手指小心夹住雪茄，冲乔点点头，看样子似乎没睡醒。乔把手稿递过去，红着脸说："我的一位朋友托我来投一篇小说——还只是尝试，您能抽空看看吗？看合不合适。"

达什伍德用脏手指捻着手稿，胡乱看了看，说："我们这儿这类东西实在是太多了。行吧，你留下吧，一周后听信。"

再来的时候乔高兴地发现屋里就达什伍德先生自己，这次他好像比上回清醒了许多。"这东西我们要了，只是需要改几个地方，文章太长了点儿，得删掉一些。那些说教的东西可要可不要。"

“哦，先生，我觉得每篇小说都有说教的意味在里面。”

“如今人们只想看个热闹，不想被人家说教，知道吧，说教性的东西卖不动。”

“你觉得删掉这部分就行了吗？”

“是的，情节很新颖，语言也好。”

“那，那——报酬——怎么说？”

“这种东西二十五块到三十块不等。登了就能拿钱。”

“那好吧。”

“你回去告诉你的那位朋友，让她把东西弄短点儿，也就是要弄得短小精悍、刺激点儿，懂吗？千万不要写道德说教性的东西啦。对了，你的那位朋友要署什么名？”

“她不想署名。”

“那好，下周就印出来啦。到时候我们给你寄支票，还是你上门来取？”

“我自己来取。”

从此以后，乔就像多数的新写手那样，把自己小说当中故事发生的地点都设定在了外国。她的故事里充斥着匪徒、吉卜赛人、修女、伯爵夫人等，她知道读者并不在意语法上的问题，只要情节真实准确就可以。达什伍德先生看她写得不错，主动邀请她写专栏。慢慢地，乔的钱包鼓了起来。

她知道父母不会同意她写这类东西，她自己倒觉得没什么。小说有人看，写的又不是什么丢人的东西，自己又挣了钱，岂不是挺好的事？后来，她也尝试过其他的题材，但达什伍德不喜欢，只要她写惊悚类的小说。素材写完了，她就去搜集。从报纸上找各类突发事件，去图书馆找毒药方面的书，到街上研究别人的面容，研究好人、坏人，又钻到故纸堆里面寻找可以用的足够老的东西。她自认为做得很好，暗中却在腐蚀自己的好品质。

不知道是不是因为读了莎士比亚的缘故，乔开始将目光转移到身边人的身上。起初，乔搞不懂巴尔教授为何那么招人喜欢。乍看起来，他又穷又没地位，年纪又那么大，人长得也不帅，从哪方面看都算不上迷人，也称不上有多聪明，然而他就像一堆火，将人们都吸引到了自己的身旁。乔经常观察他，想看看他的魅力到底在什么地方，最后终于明白了。巴尔先生总是以阳光的一面示人，虽说岁月已经在他的额头上留下了痕迹，但他却毫不在乎，只想着如何对别人好。他总说好听的话，总在大笑，眼神既不冷酷又不生硬，同人握手时，别人都能感觉到他的手是那么温暖，那么有力。他的衣着也显露出了他的这种性格。他总是穿得很随意，喜欢穿休闲服饰，马甲宽大，肥肥的裤子上有很多兜，小孩子把手伸进去，总能掏出东西，他的靴子透着一股“善意”，领子都是软软的那种。还有，他从不谈论自己，只是他的一个老乡过来看他，和诺顿小姐聊天时，乔才知道他在老家是一个很受尊敬的人，又是柏林的知名教授。

一天晚上，巴尔教授过来给乔上课。他头戴着一顶纸糊的高帽子，是淘气的小蒂娜给他做的，他忘了摘下，就戴着进来了。“晚上好，马奇小姐。”巴尔教授说完就安静地坐在椅子上，完全没有意识到乔的异样表情，开始给她读《华伦斯坦之死》。她什么也没说，只是听他读书，偶尔笑眯眯地抬头看他一眼。最后，巴尔教授终于觉察出这位女学生今晚有些不对劲儿，便问道：“马奇小姐，你笑什么呢？今天晚上你学得很不好，对我没有一点儿尊敬，到底是为什么？”

“哦，先生，你戴着那么高的一顶帽子叫我怎么尊敬你呢？”

这个粗心的人一抬手，把小帽子摘了下来，哈哈笑道：“是蒂娜那个小家伙给我戴上去的！”说完晃晃脑袋，端详了一下帽子，面色突然变了。“希望这种报纸不要拿到家里来，小孩子们看了不好，年轻人读了也不行。这东西太坏了，我受不了写这些东西的人。”他把叠帽子的报纸摊开，看着上面的一幅图说道。

乔瞥了一眼那报纸，看到了一幅色彩很鲜艳的图，上面画着一个疯子、一具尸体、一个流氓，还有一条毒蛇。她也不喜欢，但内心的一股冲动让她翻了一下报纸，竟然是《火山周报》！她的脸不由得红了，虽然配图的文章不是她写的，但她的这个举动与表情还是出卖了她。

“我觉得年轻的好女孩不该读这些东西，看着很好看，其实是垃圾，我不会让我那两个外甥碰的。”

“也许并没有你想得那么坏，只是写得有些可笑。有人想看，我觉得这也没什么大不了的。有很多正派的人就靠写这些所谓的惊悚小说挣钱的。”

“也有人想喝威士忌，但我觉得你和我都不会卖这种东西。如果正派人明知道自己这么做有很大的危害还要昧着良心去做，我觉得他就不能算是正派人。”巴尔先生说完拿起报纸，扔到了火炉里。

乔看到这一幕心中暗想：“我写的那些不一样，只是有些荒谬可笑，却并不害人，所以用不着觉得有任何不安。”然后她拿起书，摆出一副好学的样子，说：“好了，先生，我们接着学吧。我现在的状态很棒。”

巴尔先生用友善而严肃的目光看着她，让她觉得《火山周报》那几个字似乎放大了，正贴在她的额头上。

回到屋里，乔拿起自己写的那些东西反复看，觉得它们真的就像巴尔先生说的那样很坏、很差劲。“都是垃圾，如果我继续写下去的话，不知道会写出什么更垃圾的东西来呢。我被金钱蒙蔽了眼睛，伤害了自己，也伤害了别人。别的时候还罢了，清醒着的时候看这些东西真是辣眼睛，真让我觉得羞耻，要是在这儿有人看到了，或者巴尔先生碰巧拿到了，结果会怎样？”

她不敢再想下去了，把整捆手稿统统塞进火炉里，烧了。从此以后，她不再写惊悚小说，而是选择了一门文学课程，改写富有道德教育意义的文章或者布道类的东西。后来她又尝试写儿童文学作品，结果却并不如意。“我什么都不知道，但我不愿硬写，写不出好的就先不写。”她这样想。

思想上的转变让她忙碌起来，她有时会显得很严肃或者有些悲伤，外人看不到她的变化，却都被巴尔先生看在了眼里。他猜到她放弃了写作，因为她的手指上不再沾有墨迹，而且下楼的时间变长了，不再朝报社跑了，也比以前有了更多的耐心。

他在很多事上帮助她，向她证明自己是她真正的朋友。乔变得快乐了，除了德语，她还学到了别的东西。

那个冬天漫长而有趣。六月份，她就要离开柯克太太回家去了。每个人都很伤心，孩子们很难过，巴尔先生用力扯自己的头发，他每次烦的时候都会这样做。

“这就走了？有家可归，真好。”

因为第二天一大早就得走，她挨个和他们道别。走到巴尔先生屋里，她温柔地说：“先生，去我们那边的时候你会去看我们的，对吗？如果你不去，我一辈子都不会原谅你，因为我想让他们都认识认识我的这位朋友。”

“真的？我能去吗？”

“当然。劳里下个月就毕业了。”

“就是你说过的你那位最好的朋友吗？”

“是的，我以他为傲，想让你认识他。”

说完，乔抬起头看他。他脸上的某种表情让她突然想到，劳里并不只是她“最好的朋友”，她想掩盖这一点，脸就开始红了，而且越掩盖越红。若不是蒂娜正在她的大腿上坐着，她真不知道接下来该怎么做。她抱起蒂娜，想盖住自己涨红的脸，不要他看到，但他还是看到了。随着脸上瞬间浮现出的忧虑重归平静，他友好地说道：“恐怕到时候我抽不出空来，不过我还是祝你那位朋友一切顺利，祝你们全家幸福。愿上帝保佑你！”说完一握乔的手，把蒂娜扛在肩上，出去了。

不过等孩子们都睡了，他一个人坐在炉火旁，又喃喃地说着："家，家。"他想起了刚才小蒂娜坐在乔大腿上的那一幕，想起了乔温柔的面庞，不由得双手抱住头待了一会儿，然后突然起身围着屋子转圈，就好像在寻找某个并不存在的东西。

“不是我的，我别想了。”他对自己说道，然后近乎呻吟似的轻叹一声，走到床边，低头吻了吻那两个孩子的额头，拿起好久都没有抽过的烟斗，打开了那部柏拉图的著作。

第二天，他早早就起了，去车站送乔。他送给她一束紫罗兰，列车开动的时候，他又冲着她微笑，让她心里甜甜的。她想："嗯，冬天过去了，我没有写书，也没有挣钱，却交到了一位值得拥有的朋友，我要让他一辈子做我的朋友。”

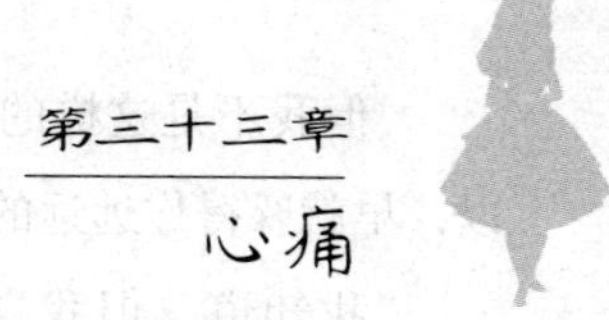

第三十三章 心痛

劳里以优异的成绩毕业了。毕业那天，劳伦斯先生和马奇一家都去了。“我今天晚上和同学吃饭，明天一早回去。”劳里把马奇家的人送上马车后说道。乔从他的眼神中看出，他就要对自己说那件事了，这让她感到恐慌。

第二天，乔去了梅格家，出来的时候，路上碰巧遇到劳里，劳里冲她打了个招呼。换作平时，乔肯定会挽着他的胳膊，但这次她没这么做。劳里走得很慢，说话总是停顿，让乔更觉得不安。“毕业了，该好好玩玩了吧？”她问他。

“我是想好好玩玩。”

他坚决的语气让乔抬头看他，发现他正热烈地注视着自己，她一阵心慌，赶紧说道：“不要，劳里，不要这样。”

“不这样不行，我有件事要对你说，说得越早对我们越好。”

“那你说吧。”

“我从认识你那会儿就喜欢上你了，你对我那么好。我想表达我对你的爱，但你不给我机会。今天你要给我一个答案，再这样下去我会疯的。”

“我想对你说的是，我——我以为你懂——”乔这时才发现把心里的话说出来有多难。

“我懂你的意思，但有些女孩明明喜欢对方，嘴上却不说，以折磨对方为乐。”

“但我不是这样的姑娘。我从未想过要你这么喜欢我，如果我可以，早就躲得你远远的了。”

“我知道，但我喜欢你。我努力读书，想取悦你，你不喜欢的事，我都不去做，我耐心地等待，从不抱怨，因为我想让你爱我，尽管我还不够好——”

“可你对我太好了，我感激你，也以你为傲，却无法喜欢上你，我试过，但无法改变我的这种感觉。我不能欺骗自己。”

“真的吗，乔？”

“是的，亲爱的。”

他们此刻已来到果园中。劳里的头靠在长满苔藓的木柱上，一句话也不说，让乔有些害怕。

“对不起，劳里，真的很对不起。我不想让你这么难过，你知道，硬生生地让一个人去爱一个不喜欢的人有多难。”乔拍着劳里的肩头哭道。

“但有时候，有些人就是这样做的。”

“可我不愿这样。”

一阵长久的沉默。这时，一只青鸟落在河岸边的柳树上快活地唱歌，风吹动高高的青草，发出沙沙的声响。“劳里，我有件事要告诉你。”

“不要，乔，我现在听了会受不了。”

“你知道我要说什么吗？”

“你爱那个老头子。”

“哪个老头子？”乔问道，以为他指的是他爷爷。

“你信中常常提到的那个坏教授。如果你说你爱他，我想我会疯的。”

乔想笑，却控制住了。“劳里！他哪有那么老，人也不坏，他是好人，也是除你之外我最好的朋友。我想表现得友善，不过如果你再污蔑我的教授，我就生气了。至于你说我爱他，我却一点儿感觉也没有。”

“你现在不爱，以后会爱的，到时候我怎么办？”

“你也会爱上别的姑娘，忘掉这一切的。”

“我不可能爱上别的姑娘，我永远不会忘记你，乔，永远不会！永远不会！”

“我有些心里话始终没对你说，你坐下，听我讲，因为我真的不想让你这么难过。”

劳里在她的话中觉察到了一丝希望，坐在了草地上，一脸期待地看着她。

“母亲说得对，我们并不合适，我脾气冲，性格倔强，如果我们真在一起了，只会让双方痛苦——”

“那我们就不结婚。如果你爱我，我会成为圣徒，你想让我怎样，我就怎样。”

“不行的，劳里。我不能拿自己的幸福做赌注。我们脾气不合，就做一辈子的好朋友吧，千万不可做傻事。”

“别让我们失望，亲爱的。每个人都想让我们在一起，爷爷整天想这件事，你们家的人也都同意，没有你，我支撑不下去。求你了，让我们在一起幸福地生活吧！”

“我不能这样，你慢慢就会发现我做得对，而且还要因此感谢我——”乔严肃地说道。

“我绝不会这样！”劳里气呼呼地从草地上蹦起来叫道。

“等过段日子你就会找到一个好姑娘忘掉这一切的，她爱你，做你那栋漂亮房子的女主人正合适。我不行。我只是个普通女孩，脾气怪，年纪又大，我们会经常吵架，给你丢脸——我不喜欢上流社会的生活，你则不同，我喜欢乱写乱画，缺了这个不行。我们在一起会很不开心，事事都不会如意。”

“还有吗？”

“没了，除了我觉得我永远不会结婚。我太喜欢自由了，绝不会轻易放弃自己，把自己交给别人。”

“说得真好！你现在这么想，但以后你还是会爱上别人，你为他活，你为他死，你甘愿为他献出一切。我知道你会这么做的。”

“够啦！作为朋友，我会始终喜欢你，却绝不会嫁给你，你越早明白这一点越好！”

谈话到此为止。乔看着劳里远去，长出了一口气，心里想道：“把事情挑明了反倒对他更好。我现在就去他家，当面向劳伦斯先生细说这件事，让他善待这个可怜的孩子。”

劳里疲惫地回到家，老先生若无其事地迎接了他。过了一两个小时，劳里在暮光中弹奏忧伤的钢琴奏鸣曲，乔和贝思正在花园散步，听到了这琴声。

“这曲子弹得真好，只是太忧伤了，弹首欢快些的，孩子。”劳伦斯先生说道。

劳里开始疯狂弹奏，琴声狂暴如暴风雨，害得老先生喃喃道：“哦，我受不了这个。”然后走到孩子身旁，两手搭在他的肩膀上，用女人般温柔的口气安慰他道：“孩子，我知道了，我都知道了。”

劳里一时无言，然后生冷地问道：“谁告诉你的？”

“乔。”

“那就彻底完了！”

“还没有完。我想对你说件事，然后这一切才算真的完了。也许此刻你并不想在家里待着，对吗？”

“我不想逃避。我不想走。”

“我对这个结局感到失望，不过这也是没办法的事，你现在应该做的就是暂时离开一段时间。你想去哪里？”

“哪里都可以。我不在乎自己变成什么样子。”

“你要有个男人样，不要做蠢事。你不是一直说想去国外转转吗？”

“是，可我不想一个人去！”

“我并不是要你一个人去。有个人愿意陪你去任何地方。”

“谁？”

“我。”

“可是你都这把年纪了，我不能让你去。”

“我真的想出去看看，活动活动这把老骨头，这对我的身体有好处，况且现在旅游几乎就像在椅子上坐着一样容易。”

“那好吧。我在伦敦、巴黎都有朋友，想去看看他们，到时候，你可以去德国、瑞士旅行，想去哪里都可以。我并不想给你增加负担，爷爷。”

“很好。”

他们两个走的时候，马奇一家人去送他们。马奇太太像母亲那样吻他，又在耳边叮嘱了几句，乔向他挥手，他转过身来向她走去，拥抱她，问：“哦，乔，你真的不能——？”

“是的，亲爱的，我多希望我能。”

劳里愣了片刻，说道：“没事的，别介意。”然后再也没有说什么，猛地转身走了。乔觉得自己冰冷的言语像一把刀子扎透了最亲爱的朋友的心，她知道这个叫劳里的男孩再也不会回来了。

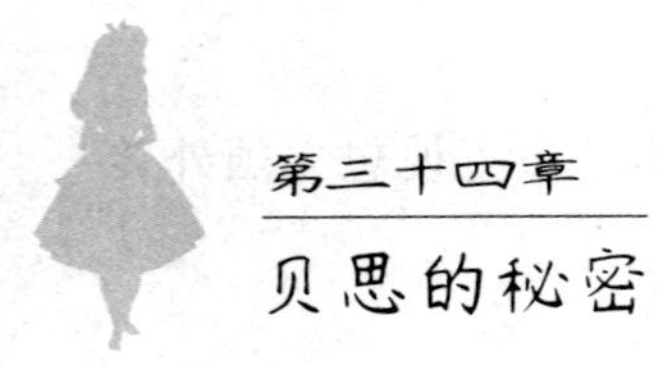

第三十四章 贝思的秘密

那年春天乔回到家后，贝思的容貌着实吓坏了她。贝思的面色依旧苍白，只是瘦了些。她的面容似乎变得透明了，柔弱的肉体在消失，却浮现出了一种永恒的悲伤的美。乔看到了这种变化，也感觉到了，当时并未和别人提起。贝思似乎终日都显得很快乐，所以也就没人怀疑她的身体是否真的正在好转。

乔攒了些钱，想带贝思去山里转转，贝思感谢她的好意，却说不想离家太远。母亲常去照顾梅格的两个孩子，分不出身来，乔只好又带贝思去了海边。

她们住的地方不算豪华，游客很多，贝思不愿与人接触，多数时候总和乔在一起。乔也不想去人多的地方，就尽可能多地陪着妹妹，旁人见到这姐妹俩，一个强壮，一个瘦弱，都隐约觉得她们不久后就会长久地分离。

一天，乔看贝思安静地躺着，以为她睡了，就放下手里的书，看妹妹苍白的脸颊，渴望找到她康复的迹象，却一无所获。她慢慢地就难过起来，哭了，泪水模糊了双眼，可这时就听贝思说："乔，亲爱的，我很高兴你知道了。我一直想告诉你，却开不了口。"

乔没说话，妹妹抱着她，用自己的脸贴着她的脸，在她耳朵边低声说着安慰的话。

"我早就知道了，亲爱的，如今我早已习惯，也没觉得那么难受了。你不要为我担心，这样的结局是最好的，真的。"

“我不想你这样，我想让你好起来。”

“我也想，也试过，却总觉得一天不如一天，就像潮汐，在慢慢退去，再也不会回来。”

“不会的，潮汐还会回来的，你还年轻，只有十九岁，我不能让你这么早就走。上帝不会那么残忍，从我身旁把你夺去。”乔大声哭道。

真诚、朴素的人很少谈虔诚，虔诚更多地体现在行动上，而不是口头上。贝思也不知道支撑她的这股巨大的力量与耐心从何而来，她只是在快乐地等待死亡的临近。她就像个深信别人的孩子，从不多问，只是把一切交给了天父，她知道天父会让她懂得此生与来世的意义，让她变得坚强。她紧紧搂着深爱着她的乔，紧紧抓住人类之间的这种深深的爱，她知道天父从不会让这种爱褪色，但也正是通过这种爱，天父才让我们更加靠近他。

过了一会儿，贝思安静地问：“乔，我们回到家，你要不要和他们说这件事？”

“我想就是我不说，他们也会看出来的。”乔叹道。

“也许不会。我听人说最爱你的人是看不见这些的。他们要是没看见，你就替我告诉他们，行吗？我不想保守秘密，让他们有个准备更好。梅格有孩子和约翰给她安慰，你要替我照顾好父母，行吗，乔？”

“如果我可以，我会这么做的。可我并不想放弃你，不想让你觉得这件事是真的。”

贝思躺了一会儿，安静地说：“我也不知道该怎么说，只是觉得我并不愿活太久，我不像你们对未来有打算，我从未想过长大后要做什么，也从未想过结婚。我没有幻想，我只觉得自己永远是那个笨笨的小贝思，除了整天待在家里收拾屋子，再没有别的用处。我不想走，只是不愿离开你们。我不怕死，只是觉得即便到了天堂，我也会想你们的。”

乔好几分钟都没说话，除了风的叹息和海浪的拍打声，再也听不到别的声音。一只白翼的海鸥飞过，阳光照在它那银色的胸脯上，闪了一下，贝思看着它消失，眼里充满了悲伤。这时又有一只灰羽毛的小鸟在沙滩上走过来了，看样子似乎很享受阳光和大海，走近贝思时，友好地看了她一眼，站到一块温暖的石头上晾晒自己那湿湿的羽毛，就像在自己家里一样闲适。贝思笑了，感到了安慰，这只小鸟似乎在向她表达善意，让她想起这个美好的世界还是值得享受的。

“那只小鸟好可爱！看啊，乔，它多温顺。它性子不野，却很漂亮，很快乐，只要一点点的东西就很满足。去年夏天，我和母亲来这里时，总给母亲说这鸟像我，母亲也说看到这种鸟就会想起我。乔，你身体强壮，性子狂野，就像海鸥，喜欢暴风雨，喜欢飞到大海的上空。梅格像斑鸠，艾美就像她笔下的云雀，总想飞到云彩中，却总是掉回到窝里。亲爱的小姑娘，她有莫大的激情，但她人很好，性情温柔，无论飞多么高远，总忘不了她那个家。我希望可以再见到她，却总觉得她离我那么远。”

“春天她就回来了，到时候你就能见到她、和她玩了。我要把你照顾得好好的、健健康康的。”

“亲爱的乔，我看没希望了。我不会再好了。但我们不要悲伤，要珍惜当下的日子。我想有你在我身旁，我的生命的潮汐会退去得容易些。”

乔低下头吻那张平静的脸，就是这沉默的一吻，她已把她整个的肉体和灵魂献给了贝思。

她猜得对：她们一回到家，父母就清晰地看到了贝思的变化。贝思累了，立即上床躺下，还说回到家里真好。乔等她睡了，下楼来见父母，看到父亲站着，头倚靠在壁炉台上，母亲朝她伸出双臂，似乎在寻求帮助，她什么也没有说，走到母亲身旁安慰她。

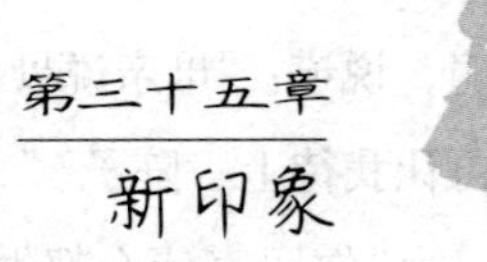

第三十五章
新印象

圣诞节那天下午三点钟，在法国尼斯的一条漂亮的人行道上，有一个年轻人背着手慢慢走着。他长得像意大利人，穿得像英国人，却又带着美国人的自由、独立的气质，惹得很多女人向他投去爱慕的目光，但他似乎有些心不在焉，不时朝四下看，寻找着金发蓝衣的女子。这时，一辆小马车过来了，车上坐着一位年轻女子，金发，穿着蓝色的衣服。他盯着那女子，脸上突然显出神采，慌忙朝马车跑了过去。

“哦，劳里，真的是你吗？我还以为你不会来呢。”艾美叫道。

“我在路上耽搁了，想过来和你一起过圣诞节。”

“你爷爷好吗？你什么时候到的？你住哪里？”

“好——我昨晚刚到——现在住沙文旅馆。”

“我有很多话要对你说，却又不知道从何说起。快上来，我正愁没人陪我一起出去玩呢。弗洛正在为今晚养精蓄锐。”

“怎么？有舞会吗？”

“今晚我们酒店举办圣诞晚会，有很多美国人，都想庆祝这个节日。你也会去的，对吗？你去了，婶婶肯定很高兴。”

“多谢。那我们现在要去哪里？”

“我先去取信，然后去城堡山喂孔雀。你去过那里吗？”

“常去，不过那是很久以前的事了，我不介意再去一次。”

俩人边走边聊，过了一会儿，艾美把信拿到手，急切地看了一遍，说道："母亲说贝思的状况很不好。我总想回家看看，可他们都说再让我待上一阵子。"

"你回家什么都做不成，你过得快乐就是对他们最大的安慰，亲爱的。"

艾美听到这话，原本紧张的心顿时放松下来，她知道有劳里在身旁，自己在异国他乡再遇到些什么难事，就不用独自硬扛了。

"这个圣诞节我会过得很快乐，我上午收到礼物，下午收到信，又见到了你，晚上还有派对。"艾美说道。

古城堡的废墟中有很多孔雀，一见他们都围过来跟在他们身后，等着吃东西。俩人慢慢走着，劳里不时看艾美，发现她依然优雅，充满青春活力，而且衣着、神态中增添了几分高贵，让他欢喜。逛了一个多小时，他们依旧坐车回旅馆，劳里向卡罗尔太太问过好，答应晚上过来就走了。

必须要提的是，艾美那天晚上故意将自己好好打扮了一番。她看到昔日的男孩变成了英俊的男子，心中怎么不爱？她知道她的优点在哪里，就竭力表现，只是有两个地方依旧让她不满意：鼻子和嘴巴。"我的鼻子和嘴巴要是能长得好看些，一切就完美了。"

打扮妥当之后，她匆匆来到舞厅，坐在枝形吊灯下等劳里。坐了一会儿，她又去了舞厅那头的窗户旁边，头半歪着，一只手提着白裙，纤细的身段靠在红色的窗帘上，远远看过去宛如一尊漂亮的雕像。

劳里默不作声地出现了。"晚上好，戴安娜！"他开玩笑地说道。

"晚上好，阿波罗！"她也快活地回应他。

"这是送你的花，我自己弄的。"艾美一看那花的托架，正是她每天路过卡迪亚商店在橱窗里看到的那个，她早就想买了。

"你真好！我要是知道你今天来，早就给你准备礼物了，虽然没有你送我的这么好。"

在场的每位姑娘都能想象得出艾美那天晚上“登场”时的心态。她知道自己看上去很美，她喜欢跳舞，天生就是跳舞的料。乐队奏响第一支乐曲时，她兴奋地涨红了脸，眼睛里射出亮光，双脚不耐烦地踩踏地板，劳里见状，平静地对她说：“你想跳舞吗？”

“来舞厅自然要跳舞啊。”

“我是说我可以邀请你跳第一支舞吗？”

“那边那位伯爵早就说好和我跳了，他跳得无比好，不过我们是老友，我先陪你跳，让他等等吧。”艾美说道。她希望“伯爵”这两个字可以产生好的效果，让劳里明白不是哪个男人都有资格和她跳舞的。

“看着还不错，只是矮了些。”劳里淡淡地说。

两人跳完第一支舞，劳里就去陪弗洛了。艾美有些不高兴。几支舞过后，劳里慢吞吞而不是匆忙地走近艾美，想再次与她跳舞，却被那个伯爵抢了先，害得他又回到了婶婶身旁，不过看样子他并不失落，反倒显露出了几分轻松。

艾美见他这样彻底生气了，再不关注他，只是跳舞的间隙偶尔和他说上一两句话。她的气恼果真产生了好的效果，让劳里的目光始终随着她转。她跳得优雅又有活力，享受着轻松愉悦的时刻，劳里自然认真地端详起她来，这个跳舞的夜晚刚过去一半，他就认定小艾美注定会出落成一个非常有魅力的女人。

艾美和几个男人跳过了舞，有些累了，回到座位上休息。劳里慌忙为她端来了晚餐，她满足地笑笑，心中暗想：“让他忙活忙活吧，就算是惩罚他一下。”

“你的样子真漂亮。”劳里一手为她端着咖啡，一手为她扇着扇子说道。

“是吗？”

“你管这东西叫什么？”劳里摸着拂过他膝盖的她裙子上的一个褶

皱问道。

“幻觉。”

“这名字好。很漂亮——是新的时髦装饰，对吗？”

“早就老掉牙了。你在那么多的姑娘身上见过，现在才发现它漂亮——好笨啊！”

“我以前从未见你佩戴过这种饰物，所以才看错了。”

“净说好听的，快给我咖啡。”

劳里把身子挺得直直的，接过空空的托盘，不知怎的，小艾美让他做这做那，反倒让他感到了一种满足。艾美已丢掉了羞怯，心中涌出一种不可遏制的折磨他的强烈冲动，就像男人表露出一丝一毫的臣服时女人们所做的那样。

“这些东西你都是从哪里学的？”

“‘这些东西’？你能好好解释一下吗？我听不懂。”

“就是气质、穿衣的款式、镇定自若的样子，还有——呃——呃——你刚才说的幻觉。”劳里笑道。

艾美心里很满足，不过自然没有表露出来，而是装出一副很正经的样子答道：“一个人在国外生活自然会影响到她的气质，至于你说的穿衣的时髦款式——小饰物都很便宜的，花束又是白拿的，我很擅长废物利用。”

最后这句话刚一脱口，艾美就有些后悔了，因为她担心这有损她的高尚品位，但劳里反倒因为她这一点更喜欢她了。她不知道他为何会那么友善地看她，不知道在那个晚上余下的时间里，他为何那么贴心地为她忙前忙后，其实，导致这种可喜的变化的冲动，正是双方在无意识中给予与接受对方的新印象的结果。

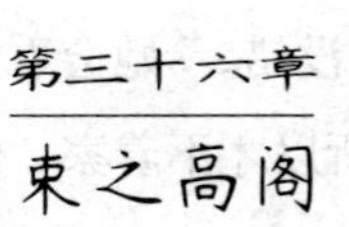

第三十六章 東之高阁

美国女人婚前崇尚自由、独立，婚后以家庭为中心。不管她们是否承认，一旦结了婚多数人都会成为“弃物”。正如一位漂亮的女人那天说的：“我还是那么漂亮，只是因为结了婚，男人们就不看我了。”

梅格不是美女，更谈不上时髦，两个孩子一岁前，她自认为更招人喜欢、惹人羡慕，可等孩子过了一岁，她就体会到了我上面说的女人的这种苦恼。

初为人母的梅格把全部的心思都放在了孩子身上，约翰白天忙碌一整天，晚上回到家想安心休息，却做不到。家里雇了个做饭的爱尔兰女人，叫基蒂，总让他做琐碎的事，搞得他不得安生。他每天早上出门，还要听从梅格的吩咐，带各种吃的、用的回家。他有时想抱抱她，她却叫他不要吵着熟睡的孩子。他有时想娱乐一下，她又说会惊扰到孩子。他有时暗示她一起去听演讲或者音乐会，她就用责怪的眼神看着他说：“什么？扔下孩子不管，自己去潇洒？绝对不行！”他晚上睡觉总被孩子的哭声吵醒，害得他总做噩梦。

约翰好可怜，孩子把他的妻子夺走，家变成了保育室，一进入孩子的“领地”，妻子就会“嘘”他，好像他成了闯入者。他忍受了六个月，实在扛不住了，就常去刚结婚的斯科特家待上一阵子。梅格起初还觉得这样很好，丈夫有时间休息，吵不到孩子，自己也不用和他发脾气，不过等孩子睡了，她静下心来的时候，就会想约翰。

“没错，”她会看着镜子这样说，“我老了、丑了，约翰不喜欢我了，所以才不着家，但两个孩子不嫌我丑，不嫌我瘦，不嫌我没工夫打理头发，总有一天，约翰会发现我为孩子牺牲了多少。”

那天，母亲过来看她，发现她眼中含泪，问她出了什么事。

“母亲，这种事我只能跟你说，约翰要是再这样的话，过不了多久我就成寡妇了。”梅格一边抹眼泪，一边说道。

“到底出什么事了？”

“他白天不在家，晚上我想见他了，他却总去斯科特家待着。我做得这么辛苦，一点儿空闲娱乐的时间也没有，这不公平。男人都是自私的，多好的男人都这样。”

“女人也一样。你先不要怪他，在自己身上找找原因。”

“他不搭理我，这样就不对。”

“你搭理他了吗？”

“哦，母亲，我整天都要忙死了，哪有工夫？”

“这样看来问题出在你身上，梅格。”

“我不懂。”

“你犯了多数女人都会犯的错误——只管孩子，不管丈夫。犯这样的错误很自然，也是可以原谅的。孩子应该让你们的关系变得更亲密才对，而不是变得更疏远，约翰不看孩子，只能挣钱养家。那天我就看出你们有问题了，只是没说，我在等待合适的机会。”

“我让他待在家里，他会说我嫉妒斯科特的妻子长得漂亮，可我又不想说伤他的话。他应该能看出来我需要他，唉，我真不知道该怎么跟他说。”

“他喜欢这个小家，因为有你在。可你整天在婴儿房里忙活，他看不到你的影子，这个家也就不是家了。”

“我不该这样吗？”

“不能总这样。总闷在屋里会让你的神经变得紧张，让你对一切事情都感到无所适从。你只顾孩子，不顾他，这样不行，你也要让他帮你做些事，他不会，你可以教他。孩子不只是你一个人的，婴儿房不只有你一个人可以进，他也可以，何况，孩子们也需要他。他会乐意帮忙的，这对你俩都好。”

“你真的这样想吗，母亲？”

“是的，梅格，这是我的亲身体会。你们小的时候，我也像你这样一心照顾你们，不要你父亲帮忙，你父亲就整日写书。乔性子最野，不好看管，搞得我都快累死了，你身体又不好，总生病，最后我累瘫了，你父亲就过来帮忙，那时我才发现自己错在哪里。他把事情料理得很好，没有他，我一个人是无法把你们四个养大的。在外面，很多事情都需要一个人去做，但在家里，我们要团结合作，永远都要这样。”

“这些我懂，可我具体要怎么做呢？”

“如果我是你，我会让约翰帮着照管戴米，男孩子需要锻炼，越早越好。我以前不是总跟你说叫汉娜过来帮忙吗？她照顾孩子是把好手，你完全可以把心爱的孩子交给她，她没问题的。你不能总在家里闷着，多出去活动活动，保持快乐的心情。还有，你要多和约翰聊天，看他喜欢什么话题，让他为你读点儿东西，报纸、书、杂志都可以，然后交流彼此的看法，对你们双方都有好处。你是女人，不要总把自己锁在小‘监狱’里，多问世事，这样才不会和世界脱节。”

“可约翰那么敏感，我问他政治方面的事，他会觉得我太蠢的。”

“我想他不会这样。他是最爱你的人，你不问他，问谁？试试吧，看看你们亲切的交谈是否比得过斯科特家的美味晚餐。”

“我会的。约翰好可怜！我觉得我真的把他完全忽略了，还以为自己做得对呢，他却什么都没说过。”

“我想他并不是自私的男人，只是很伤心。两个人结了婚，有了孩子，关系就疏远了，大多数的年轻夫妇都这样。其实，养育孩子的那几年对两个人的感情才是最关键的，也是作为父母一生中最美好、最珍贵的一段时间。不要让约翰在两个孩子眼中变成陌生人，因为在这个充满了诱惑与痛苦的世界上，他需要他们，有了他们，他才会快乐，才会觉得心安。亲爱的，照着我说的去做吧，愿上帝祝福你们。”

梅格好好想着母亲的话，觉得有理，于是开始施行。最初自然施行得不太顺利，戴米脾气倔强，要什么就得给什么，不给就又哭又闹，梅格拿他没办法，只好惯着，约翰则不一样，有时会给他立规矩，不是什么要求都满足他。

几天后，梅格想单独和约翰吃顿烛光晚餐，于是订了饭，把客厅、餐桌收拾干净，穿上漂亮的衣裳，早早地就打发孩子上床睡了。戴茜倒还听话，一会儿就睡着了，但戴米躺在床上，怎么都不肯合眼。可怜的梅格给他唱歌、讲故事，尝试了每一种哄他睡觉的办法，他却始终把眼睛睁得大大的，盯着灯光。

“妈妈下楼去给爸爸倒杯茶，戴米乖乖的，好好躺着，行吗？”

“我也要喝茶！”

“这可不行，我给你留块蛋糕，你明天早晨吃，行吗？”

“好的！”小戴米说完闭上了眼睛，看样子是要睡了。

梅格趁此机会慌忙下楼，约翰一看她的样子，便问：“今天晚上咱家是要来客人吗，亲爱的？”

“没有，就你一个，亲爱的。”

“是谁过生日、庆祝什么周年纪念吗？”

“不是，我整天穿得邋里邋遢的，都快烦死了，想改变一下。你不管有多累，每次吃饭都打扮得很整洁，我今天有了空，为什么不能学你那样呢？”

“我那是出于对你的尊敬，亲爱的。”老派的约翰答道。

“我也是因为这样，布鲁克先生。”梅格笑道。她喝着茶，冲他点点头，看着又年轻漂亮了。

“我今天真高兴，就像从前一样。我们为你的健康干一杯，亲爱的。”约翰快乐地抿了一口茶，刚把杯子放下，就见婴儿房的门把手转了一下，小戴米奶声奶气地说道：“妈妈，我来了。”

“哦，这孩子真调皮，我都让他睡了。”

“现在都早上啦，我来拿我的蛋糕。”

“哦，宝宝，还没到早上呢，快去睡吧，明天你就能得到那个加糖的小蛋糕了。”

“我爱爸爸。”

“快给他一点儿吃吧，不然的话，他就没完没了了。”

梅格果真给了他些糖，然后哄他躺下，说明天还要给他好吃的。

“好的。”小戴米满足地吃着糖说。

梅格转身下楼，晚饭送来了，看着真香，正要吃，就见小家伙又出来了，嚷着叫着还要吃糖。

“不行，这个办法不行，”约翰说，“你把他惯坏了，简直成了他的奴隶，这样下去不行，得给他点儿教训，让他一个人去屋里待着，别理他。”

“不行的，我不在他身边，他睡不着。”

“我来管他。戴米，快到楼上去，乖乖上床睡觉，听到没？”

“就不。”

“你不能这样和爸爸说话。你要是不走，我拎你上去。”

“我不爱爸爸啦。”小戴米说完赶紧朝梅格怀里钻。

约翰抓住他，拎着到了楼上，硬让他在床上躺下，可他哪里肯听话，刚从这边上了床，就又从那边滚下去了。每次朝门口跑去，约翰都会把他拎回来，他就气呼呼地大吵大闹，用力踢约翰，最后约翰实在忍不过，大声训斥他。梅格听到丈夫的喊声，再也坐不住了，慌忙跑到楼上，恳求道：“让我看他一会儿吧，约翰。他听我的话。”

“不行，亲爱的。我都跟他说了让他睡觉的，他要是不睡，我就在这里守一晚上。”

“可他又哭又闹的，会生病的。”

“不会，等他折腾累了，自然就睡了。别管他。”

“他是我的孩子，你不能对他这么狠。”

“他也是我的孩子，我不能这么惯着他。”

约翰的话让梅格无法反驳，她说：“那让我亲亲他总可以吧？”

“好。戴米，和妈妈道晚安，她累了，让她去睡吧。”

梅格亲了亲孩子，小戴米果真哭得没那么厉害了，躺在床上，轻声啜泣。

“可怜的小家伙哭累了，一会儿就睡了。我给他盖好被子，然后下楼去安慰梅格。”约翰这样想着轻轻走到床边，看孩子是不是真的睡着了。

但小戴米并没有睡，爸爸过去看他的时候，他睁开眼睛，下巴开始颤抖，伸出两只胳膊，悔过似的打着嗝说道：“我现在听话了。”

梅格坐在外面的楼梯上，心想里头闹腾了那么久，现在却突然安静下来，不会出什么事了吧？她起身蹑手蹑脚地推门一看，小戴米已经在约翰怀里睡着了。约翰搂着他，等他彻底放松下来，才把他放到床上。同孩子闹了这一场，比他上一天班还累。

梅格看着这一幕，心想：“我再也不用担心约翰对孩子太严厉了，他知道怎么管孩子，小戴米不好管，让我吃尽了苦头，这下我就轻松多了。”

约翰出来了，本以为梅格会怪他，却吃惊地发现妻子高兴地摆弄着帽子，要他给她读报纸上选举的事。约翰为她读了一篇长长的辩论文章，她很有耐心地听着，最后，等约翰读完了，她笑着说：“哎呀，你读的都是些什么啊？”

约翰哈哈笑了，看妻子在摆弄帽子，心想：“她为了我才关心政治的，我也要对她喜欢的东西表现出兴趣，这样才公平。”想到这里，他大声说：“这帽子挺漂亮的，是吃早饭的时候戴的吗？”

“哦，才不是呢，这是我最好的帽子，出去看戏、听演唱会的时候才会戴。”

“真漂亮，不过我更喜欢帽子下面的脸，因为它看着又年轻漂亮了。”

“我很高兴你喜欢我的帽子，等过几天，晚上有空了，我想让你带我去听音乐会。我真的想听音乐了，你愿意带我去吗？”

“当然啦，你在家里闷得太久了，出去玩玩有好处。你变了，这是怎么回事？”

“那天我和母亲谈了一次，她说我应该多出门，老待在家里脾气会变坏，还会变得很紧张。我也想出去玩玩，孩子就交给汉娜看管，我可不想变成一个坏脾气的丑老太婆。最近这段日子我几乎完全把你忽略了，我想改变，让我们的小家恢复以前的样子。我想你不会反对的，对吗？”

不管约翰是怎么回答的，反正从家里的一点点的变化中可以看出他并没有反对。他给两个孩子立了规矩，不再一味惯着他们，梅格焕发了精神，不时出去玩玩，每天和通情达理的丈夫倾心聊天。这个家又有了家的感觉，约翰再也不想离开了。斯科特夫妇有时过来做客，对这栋充满了爱、满足与幸福的小房子赞不绝口，就连快活的萨莉·莫法特都说：“我那栋房子大是大，只是我一个人待着太冷清了，要是有两个跑来跑去的孩子该多好。”

他们的幸福并不是突然得来的，而是相互帮助、相互关爱的结果。幸福的家庭生活，最贫穷的人或许可以得到，却是最富有的人无法用金钱买到的。通过这件事，梅格也慢慢懂得了，女人最幸福的王国就是家庭，最高的荣誉不是拥有作为女王的治国术，而是作为贤妻良母的治家术。

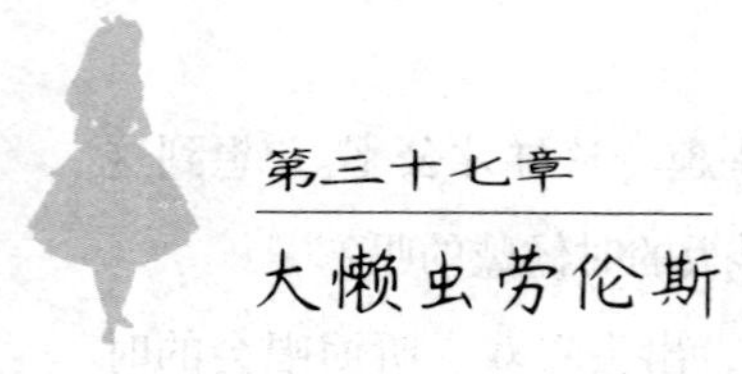

第三十七章 大懒虫劳伦斯

劳里去尼斯本想待一周，却停留了一个月。他不愿一个人逛，每次出去都带上艾美，艾美对他很好，尽管嘴上不说，暗中却觉得他正是她一直渴求的那种豪门公子。劳里随波逐流，想忘掉失恋的痛苦，觉得天底下的女人都欠他的，只是不时会发现艾美用哀怨的眼神看他。

“他们今天都去摩纳哥了，我没去，在家里写了封信。我一会儿去写生，你愿意陪我去吗？”

“走那么远的路去写生会不会太热啊？”

“我们坐马车去。”

“那好吧。”

“你要是实在不愿去就算了，我一个人去。”

他俩从来不吵架的——艾美很有教养，只是劳里这些日子变得太懒了。过了一会儿，劳里低头看艾美藏在帽檐下的眼睛，艾美冲他一笑，两个人就高高兴兴地走了。

马车行进在弯弯曲曲的路上，抬眼随便一看，都能看到如画的美景，这儿有座古老的寺院，那儿有个赤脚的牧羊人；这儿有匹驴子驮着青草过去了，那儿又跑出来几个棕皮肤的小孩。橄榄树遍布山腰，果园里的果树上结满了金黄的果子，朝前看，蓝蓝的天底下，阿尔卑斯山赫然耸立着。

“这地方真美。那些玫瑰你见过吗？”到了目的地，艾美说道。

“没见过，感觉刺儿太多了。”劳里懒洋洋地答道。

“那我就摘些没刺儿的。”艾美说完摘了几朵玫瑰，插在了劳里的扣眼中。

“多谢。”

“你什么时候去你爷爷那里？”

“很快就去。”

“这三个星期你都说了十几遍‘很快就去’了。”

“我不想多说话，省得麻烦。”

“他想你了，你应该去找他。”

“还是算了，我去了他就烦。”

艾美摇摇头，拿出画板，不过画画前她想先“教训”劳里一顿。

“你现在干吗呢？”

“看蜥蜴。”

“我没问你这个，我是说你打算干吗？”

“抽支烟，如果你不介意的话。”

“你这人真讨厌！你让我画你，我就允许你抽烟。我想画人物。”

“你想画多大的？半身还是全身？要我站着还是躺着？”

“你怎样都行，睡觉也行，别打扰我画画就行。”

“哇，你对画画还真有一股热情劲儿。”

“不知乔见了你这副懒样子会怎么说。”

“还能怎么说？肯定是叫我滚到一边去呗。”

“你这样子就像个躺在坟墓中的骑士。”

“我倒是想呢。”

“你怎么能这么想？我觉得你变了好多，有时还会想——”

“会想什么？”

“我觉得你并不是坏男孩，只是整天在混日子，从不出门晒太阳，不像今天这样坐在草地上和我聊天。”

“你什么时候开始创作你那伟大的作品，我的小拉斐尔？”

“什么时候也创作不了了。我这次来罗马一看，彻底没了这个念头。”

“为什么？你那么有才能。”

“才能和天赋完全是两码事，创作伟大的作品，光靠才能是不行的。算了，我彻底放弃了。”

“那你打算干吗？”

“看看还有没有别的才能，有机会的话，就进社交圈吧。”

“不错。”

艾美沉默了片刻，劳里坐起来，用严肃的口气对她说：“我有件事想问问你，你愿意回答吗？”

“你先说说看。”

“我听说去年你和弗雷德处得不错，要不是他家里有急事叫他回去，说不定你俩就成了呢。”

“你乱说些什么啊。”艾美装着很生气的样子，但嘴角上还是浮现出了笑意，眼睛顿时亮起来，她想让别人知道这件事，这证明她很有魅力。

“我想你还没订婚吧？”

“没。”

“不过等他回来这事就会定下来的。”

“很有可能。”

“这么说你很喜欢老弗雷德了？”

“如果我想的话，会的。”

“你在等着合适的机会，对吗？老弗雷德人是不错，可我觉得你并不会喜欢上他。”

“他有钱，是个绅士，举止也好。”

“我知道。没有钱，社交女王可搞不了社交。这么说这就是你的打算了？其实想来这也是很正常的事，只是这话从马奇家的姑娘嘴里说出来总让人觉得不大合适。”

“我说的是真的。”

这段谈话很短，不知怎的，劳里听了艾美的话感到了些许失落，就又躺在了草地上。

“劳里，我想让你振作些，就算是帮我个忙。”

“你让我振作吧。你那么好。”

“如果我能，肯定会帮你的。”

“那你就试试吧。”

“我试了，你会生气的。”

“不会。我永远都不会生你的气。”

“那好，我先跟你说件事。你知道那天我和弗洛给你起了个什么新外号吗？我们叫你‘大懒虫劳伦斯’。你觉得这外号怎样？喜欢吗？”

“还不错，谢谢你们。”

“你想知道我对你的真实看法吗？”

“很想。”

“我鄙视你。”

艾美要是说“我恨你”，劳里说不定还会一笑了之，但艾美严肃、近乎悲伤的声音让他突然睁开了眼睛，赶紧问道：“你这么说是什么意思？”

“我是说你总是那么懒散，总是错过好机会，总是一副闷闷不乐的样子。”

“接着说。”

“你还很自私。自私的人总在说自己的事，完全不顾及别人的感受。”

“自私？我自私吗？”

“是的，很自私。实话对你说吧，这些天我一直在观察你，对你很不满意。你在外面晃荡了六个月，什么也没做，只是在浪费钱和时间，让你的朋友失望。”

“我累了四年就不能好好放松放松吗？”

“你看着并不像有多累。我刚见你那会儿，你还不是这个样子，但慢慢地你就变了。你现在的状态还不及在家时的一半好。你变懒了，喜欢听闲话了，喜欢让一群蠢人围着你、奉承你，却不愿意得到智慧的人的尊敬和爱戴。你喜欢钱、才能、地位、健康、美女——你太虚荣了。有句话我一直不忍说，但现在我得说了——你总在享用这些东西，除了浪荡再也没有别的事可做，到了最后，你只会变成——”

“躺在烤架上受刑的圣徒劳伦斯！”劳里替她把话说了。不过这番话倒是起了作用，劳里的眼瞪大了，放着愤怒的光，看得出来他有些受伤。

“劳里，我知道我没资格对你说这些，可我们都喜欢你，都以你为傲，我不想让他们看到你这副懒散浪荡的样子。那个叫兰黛尔的小姐把你折磨得这么惨，真是太坏了，我现在恨死她了。”

“那就让她去死。”

“让她去死？我还以为你——”

“艾美，你搞错了，你知道，除了乔，我谁也不喜欢。”

“这我倒真没想到。她不喜欢你吗？我们都以为你俩很喜欢对方呢！”

“她对我是挺好的，只是不是我想要的那种好，幸好她没爱上我，我现在都是这副德行了。”

“哦，我搞错了，亲爱的泰迪，真对不起，不过我还是希望你能振作起来。”

“不要这么跟我说话！她才这么称呼我呢。”劳里打断了她，然后放低声音又说，“等你以后有机会了再这么称呼我吧。”

“要是换成我，我会像个男人那样很有尊严地对待这件事的。”看来艾美对失恋还什么都不懂。

此前，劳里一直在独自承受失恋的痛苦，如今艾美知道了，又说了那样的话，仿佛让他对这件事有了新的认识。他就像突然从梦中惊醒了一般，坐起来，用缓慢的口气问道：“乔见了我这副德行不会也这样瞧不起我吧？”

“会的。她恨懒散的人。你为什么不做些积极的事让她爱上你呢？”

“我尽力了，根本没用。”

“你是指毕业拿了个好成绩？这只是你分内的事。花了那么多钱，那么多工夫，如果失败了，岂不是太丢脸了？”

“你说得对，我真的失败了，乔不爱我。”

“不，你没有失败。你应该忘掉烦恼，投入新的生活。”

“我做不到。”

“试试看。多余的话我就不多说了，我知道总有一天你会振作起来的，忘掉那个铁石心肠的姑娘，成为一个真正的男人。”

接下来的好几分钟，两个人谁也没说话，劳里依然坐在草地上，艾美画完了最后一笔，对他说：“看看画得怎么样？”

他看着那画，画上的人懒洋洋地躺在草地上，眼睛半闭着，脸上没有表情，手里夹着一支烟，烟雾罩住了头。

“哇，你画得真棒！没错，这就是我。”

“这是你现在的样子。喏，你再看看这幅。”

这一幅只是半成品，画的是劳里驯马的情景。只见劳里骑在马背上，紧紧抓住缰绳，耳朵竖着，仿佛在听什么声音，飞扬的头发和狂野的神态中透出健美、勇气和青春的无畏。劳里什么也没说，一会儿看看这幅，一会儿看看那幅，艾美发现他的脸变红了，嘴角也翘了起来，让她觉得很满足，说明这堂课没有白讲。她没等他开口，就轻快地说道："你还记得我们几年前演戏的情景吗？当时你和乔、梅格，还有贝思一起玩，我就坐在栅栏上画你。那天我翻我以前画的画，刚好找到了那幅，我先留着，抽空给你。"

"你真好。从那时起，你的技术的确进步了不少，我对你表示祝贺。我能否斗胆提一句，你租住的旅馆是五点钟开饭吗？"

劳里说着站起身，把画还给艾美，又向她鞠了个躬，低头看了一眼手表，仿佛在提醒她这堂教育课该结束了。艾美在他的口气中觉察出了一丝冷漠，心想："看来我是惹他生气了，不过只要我的话对他有好处，我就高兴。"

他们一路有说有笑地回到了旅馆。到门口时，艾美问劳里："我今天晚上能去看你吗？"

"对不起，我有约了。再见了，亲爱的。"劳里说完转身走了。

第二天上午，艾美收到了一张纸条，看了开头忍不住笑了，看完却又不住地叹息。纸条是这么写的：

我亲爱的导师：

请代我向你婶婶问好，"大懒虫劳伦斯"去找他爷爷了。祝你度过一个美好的冬天，愿上帝保佑你。我想弗雷德会从一个唤醒他的人那里得到很多好处的。请把这话告诉他，并代我祝他好运。

感激你的忒勒马科斯[①]

"好孩子！我真高兴他走了。"艾美笑道。然而下一刻当她环顾空荡荡的房间时又不由自主地叹道："是的，我很高兴，可我又多么想他！"

---

① 希腊神话中的人物，帮助父亲杀死其母的求婚者。

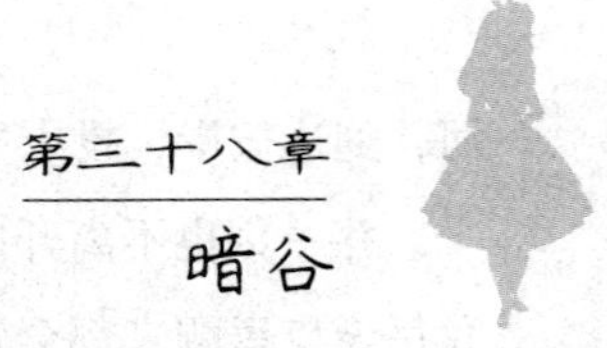

第三十八章
暗谷

最初的痛苦过去以后，全家人都接受了那个注定要来的结果。他们将悲伤藏在心底，竭力让贝思快乐地度过生命中最后的这一年。

整栋房子里数贝思那间房子漂亮，里面堆满了她最喜爱的东西——鲜花、画、她的小钢琴、放针线的小桌子，还有她喜欢的那几只小猫。父亲常把最好的书带到她的房间里给大家读，母亲把安乐椅放了进去，乔把书桌搬了进去，艾美的画也在，梅格每天带着两个孩子过来看她，约翰攒了些钱，为她买她最爱吃的水果，汉娜不辞辛苦，每天给她做最可口的饭菜，只是干活儿的时候会偷偷流泪，艾美在大洋彼岸为她寄来了温暖的信，那里是永远没有冬天的。

贝思就像圣徒，依然忙碌着，没有任何东西可以改变她那美好、无私的心灵，她那双纤弱的手从来不闲着，总在做各种各样的小东西。

那一年，最初的几个月，贝思非常快乐，总在朝周围看，总在说："一切是这么美好！"梅格的两个孩子在地上玩耍，母亲和两个姐姐陪着她，父亲为大家阅读充满智慧的古书。他想告诉大家，希望可以给爱以安慰，信念可以让屈从变成可能。他有一颗虔诚的心，他读得真好听。

这段安静的时光是在为接下来的悲伤的告别时刻做准备。贝思总说她的手太重了，连针都快拿不动了，她的身体虽弱，灵魂却在变得强大。全家人耐心地陪她等待着那一刻的到来，等着她穿过生命的河，到达彼岸，投入主的怀抱。

乔一刻也不离开她，因为她说过有乔在身旁，她会感觉强大些。乔每天夜里醒来都会发现她要么在读那本破旧的小书，要么在轻声唱歌，要么用双手支住头，让泪水流过透明的手指。乔默默地看着她，知道她正在离开过往的生活，迎接来世。

一天夜里，贝思在桌子上的书堆中翻着，想找本书读读，驱散身体上的疲惫。最后，她拿起了最喜欢的那本《天路历程》，翻了几页，却发现一张纸条夹在里面。是乔的笔迹。题目吸引了她的注意，一行行已经模糊的字让她深信泪水曾滴落在上面。

“可怜的乔正在睡觉，我翻她的东西，她应该不会介意吧？”贝思这样想着瞥了一眼正躺在地毯上的乔。

我的贝思

耐心地坐在暗影中，
等着祝福的光来，
安静、圣洁的存在，
让我们这个苦恼的家庭变得神圣。

哦，我的妹妹，离开了我，
离开了人世间的苦恼与纷扰，
把这些使你的生命变得美好的美德，
作为礼物，送给了我。
亲爱的，请把你那，
即使深陷苦牢中，
也能保持快乐心态的极大的耐心，
留给我。

给我，因为我很需要它，

给我智慧和勇气，

因为它们让你脚下的那条责任之路常青。

给我无私的品质，

因为我为了爱，

可以用它和神圣的慈悲心，

以德报怨，原谅别人的过错——

慈悲的心，也请你原谅我的过错吧！

所以，我们的分离，

只是每天减少了一些苦痛，

我学习这艰难的一课，

我失去的变成了我拥有的。

因为悲伤，

可以让我的野性变得安静，

可以给予生活新的渴望，

和一种无形的信任。

所以，请你安全地渡过生命的河，

我会永远看到，

在河的对岸，

有一个亲爱的熟悉的灵魂在等我。

从我的悲伤中生出的希望和信念，

会变成守护天使，

我那先于我离去的妹妹，

会在天使的引领下，送我回家。

这几行字虽然涂改的地方很多，却给了贝思莫大的安慰。她本以为自己毫无用处，如今却发现她的死亡并不会给她带去一直为她所惧怕的绝望。这时，乔突然醒了，她把炉火弄旺，爬到妹妹床边，希望她正睡着。

“我没睡，不过我很快乐，亲爱的。我发现了这个，就读了读，我知道你不会介意。乔，我在你心中一直都是这样吗？”

“哦，贝思，是的，你对我是那么重要，那么重要！”乔说着挨着妹妹躺下了，让两个人的头紧靠在一起。

“那这样我就会觉得自己这辈子没有白活，我没有你说的那么好，不过我在努力做，如今，我再想做好已经来不及了。知道有人这么爱我，我帮助过他们，让我感到很安慰。”

“贝思，我过去总想不能让你走，但现在我慢慢认识到，即便你走了，我也不会失去你。我觉得我离你更近了，就算是死亡也无法将我们分开。”

“我知道它不会，我现在也不再怕它了，因为我确信我还会是你的贝思，而且比以前更加爱你，更愿帮助你。我走之后，你一定要替我照顾好父母，料理好家务。如果你觉得一个人做得很辛苦，就请你记住：我没有忘记你，你做这些事会比写书、周游世界更快乐，因为爱是我们走的时候唯一可以带着的东西，爱让死亡变得不那么痛苦。”

“我会努力的，贝思。”

春天来了又去了，天空变得更加洁净，大地更绿了，漂亮的花儿早早就开了，鸟儿们准时回来和贝思道别。她就像个疲惫却易于信赖别人的孩子，紧紧握着爱了她一辈子的亲人们的手，父亲和母亲温柔地指引着她穿过了暗谷，把她送到了上帝的怀抱中。

黎明快要来的时候，贝思躺在母亲怀里，在黑暗中安静地吸入了最后一口气，而那也是她来到人世间吸入第一口气的地方。她没有说道别的话，只是用爱的目光看了身边的亲人一眼，发出了一声微微的叹息。

母亲和两个姐姐流着泪，用一双双温柔的手帮助她准备好那永久的安眠，她们心中怀着感恩看着她那安静美丽的样子。从此以后，她再也不用忍受痛苦的折磨了。她们觉得把她们的亲人带走的并不是恐怖的鬼魂，而是善良的天使。

清晨到来的时候，好几个月都没有灭过的炉火灭了，屋里十分寂静。近旁，一只鸟站在长满花骨朵的树干上快乐地唱歌，雪花莲在屋内绽放，春日的阳光像上帝的祝福照着枕头上那张安静的脸。那是一张没有痛苦的平静的脸，最深爱着它的人们流着泪微笑着，感谢上帝，贝思终于没事了。

第三十九章 学着忘记

艾美的话对劳里是有好处的。他回到了爷爷身旁，尽心照顾了他好几个月，感动得老先生说尼斯的天气让他的身体好了很多，下次还要来。艾美的那句“我鄙视你”深深地刻在了劳里心里，使他一刻也不肯松懈。他想创作一首安魂曲，忘记过去，就和爷爷去了维也纳，那里有他几个学音乐的朋友。作品写出来了，结构却很乱，思路也不清晰，因为他的心是乱的。然后他尝试写歌剧，让乔做女主角，但无论怎么努力，也无法把她的完整形象融到作品中去。接连的失败让他灰心失望，他常常一手拿着钢笔，坐在书桌旁冥思苦想，忘记了自己在做什么。他做的事不多，想的却很多。一天，他去看莫扎特的歌剧，回家后，拿出手稿看了几遍，觉得自己的东西和莫扎特的比较起来简直不值一提，于是一气之下都撕碎了。等冷静下来，他终于认识到艾美说的那句话是有道理的：才能和天赋完全是两码事。至此，音乐的路堵死了，他接下来又该做什么呢?

这个问题似乎难以回答。劳里真希望自己可以变成一个穷人，每天都要为挣到一块面包而努力工作，但他的钱多得花不完，他该怎么办?

劳里本以为要用好几年才能忘掉乔，但让他大为吃惊的是，忘掉她这件事每天都在变得更容易。他起初还不敢相信，对自己大发脾气，搞不懂这是怎么回事。他心中的伤口正在快速愈合，让他都没来得及做好准备。他想回忆过去的事，但那些事正在变得越来越模糊。

他的痛苦正在慢慢地减退为一种淡淡的忧伤，他知道，用不了多久，这种忧伤也会消失。

一天，他在整理东西时，在一个抽屉里发现了乔给他写过的几封信，在另一个抽屉里发现了艾美给他写过的几张纸条，纸条用蓝色的丝带捆着，里面夹着上次他们出去玩时摘下的那几朵玫瑰，如今早已枯干了。他叠好乔的那些信，轻轻放回到抽屉里锁好，然后出门去教堂听弥撒曲。

那年春天，劳里经常和艾美通信，艾美在信中告诉他自己想家了。于是他又回到巴黎，希望艾美不久后可以在那里与他团聚，可是等了好几天，艾美都没有露面。他很想去尼斯找她，却迟迟没有动身，因为她还没让他去。

也就是在这个时候，弗雷德回来了，向她提出了那个请求，她并没有说“我愿意”，而是说“对不起，谢谢你”。她现在的心态变了，劳里的那句“弗雷德人不错，但我想你并不会喜欢他”始终回荡在她的心里，她并不想让劳里觉得自己是个为了钱而结婚的女人，也不想让他觉得自己冷酷、势利。如今她发现自己除了钱还需要别的东西，她现在已经不想做什么社交女王了，只想做个可爱的女人。这段日子，家里不常给她来信，是劳里频繁的来信给了她安慰。

贝思死后，家里给她寄来了一封信，因为当时已是五月份，尼斯天气热，她和婶婶一家去了沃维，所以没收到。她在沃维待了几天，才收到这个伤心的消息，但那时妹妹已被埋葬了。如今回家已来不及，她就在沃维待着，独自默默地伤心哭泣。她的心很沉重，想回家，于是每天望着河水，盼着劳里赶快过来安慰她。

劳里当时在德国，收到艾美的信匆忙收拾好行李就出发了。他对沃维很熟悉，没费多大力气就找到了艾美住的地方。当时艾美正坐在院子里，手支着头想贝思，想劳里怎么还不来。她没有看到他穿过院子，也没有看到他在拱门底下停留了片刻。直到过了好久，她才抬起头来看到他正站在那里看她呢，就急忙跑过去，用充满了爱和渴望的语气喊道：“哦，劳里，劳里，我就知道你会来的！”

我想那个时候该说的都说了，该做的也都做了，因为当他们默默地站在那里时，艾美已经确信，除了劳里，没有人可以给她这么大的安慰，而劳里也懂了，除了艾美，没有别的女人可以填补乔在他心中留下的空缺。尽管他没有对她这么说，但她已经感觉到了。

过了一会儿，艾美回到先前坐的地方，劳里发现她画的几幅素描散乱在椅子上，就帮她收拾好了。艾美画的是他，还有对未来的畅想，所以在他拿起画看的时候，她的脸就又羞红了。

“我忍不住才画的，我太孤独了，你来了，我真高兴。我还以为你不来了呢。”

“我一收到你的信就赶来了。小贝思没了，你一定很难过，我不知道应该说什么才能安慰你——”他没有说下去，因为的确不知道该说什么，就让她的头靠在自己的肩上，让她好好哭一场吧。

“你什么都不用说，这样我就感到很安慰了。贝思走了，她终于没事了。我现在不想回家，怕见到他们。我们不说这事了，说了我会难过。你不急着回去，对吗？”

“不。”

“我也不想回去。婶婶和弗洛对我很好，有你在我身旁，真好。”

艾美说话的样子就像个可怜的孩子，劳里忘记了羞怯，给了她想要的东西——关爱和能够让她忘却苦痛的愉快的谈话。

“可怜的小家伙，我来照顾你，不要再哭了，不然会生病的。风冷了，我们起来走走。”

他们在院子里走走停停，有时说会儿话，有时靠在墙上享受着美好的这一刻，直到吃饭的钟响了，艾美才意识到自己已经把悲伤和孤独抛在了身后。

当初在尼斯，劳里什么都不做，艾美总说他。如今到了沃维，劳里整天不闲着，不是骑马、划船，就是专心学习，艾美将这一切都看在了眼里，十分高兴。他说他的改变都是由于天气的缘故，艾美也没反驳他，这里的天气也的确不错，艾美的身体和精神都好了很多。

一天，俩人去河上划船，看河边的风景。划了一会儿，艾美抬头看劳里，发现他正靠在船桨上，就说："你累了，我来划吧。"

"我不累，如果你想划的话这边还有地方。"

艾美站起身，抓住船桨就划了起来，因为力气小，只好用两只手划，而劳里只用一只手就可以了。她划得还真不错，船很稳当地朝前走着。

"我们配合得还真不错呢，对不对？"

"是啊，我希望我们永远在一条船上划桨。你愿意吗，艾美？"

"愿意，劳里。"艾美低声说道。

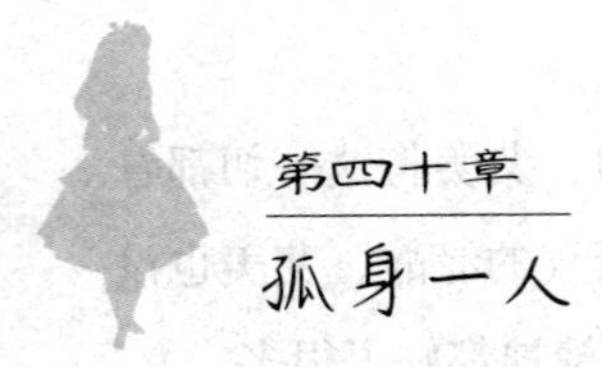

第四十章

孤身一人

贝思生前叮嘱过乔，要她料理好家务，照顾好父母。她的心那么痛，怎么去安慰父母？贝思不在了，去了新的地方，整个家顿时失去了光亮和温暖，她又怎么能快快乐乐地料理家务呢？她心怀绝望盲目地干活儿，暗中却为自己的遭遇鸣不平。她的乐趣本来就少，如今被迫做着苦工，就更少了。有的人似乎得到的都是阳光，有的人却只能得到黑暗，她比艾美努力，到头来却只得到了失落、苦工和麻烦。

对乔来说，这是一段黑暗的日子。想到自己这辈子就要在这栋安静的房子里默默度过，她的心里充满了绝望。“我不能这样下去。我不能就这样过一辈子。如果没有人过来帮我，我会崩溃的。”她想道。

有人过来帮她了。晚上她时常惊醒，总觉得贝思在呼唤她，醒来后，却只能看到那张空荡荡的床。“哦，贝思，快回来吧！快回来吧！”她伸出胳膊，渴望着。母亲听到她哭泣慌忙上楼来，安慰她，让她振奋精神，忘掉悲伤。在这安静的夜晚，母亲搂着她，用心和她交流，她感觉到了，肩上的重担似乎轻了些，生活似乎又变得可以忍受了。

心痛稍稍得到缓解，她就去父亲书房向他倾诉内心的苦恼。“父亲，跟我说会儿话，就像你以前对贝思说的那样。我不知道如何走下去了，请你帮帮我。”

“亲爱的，你向我倾诉就是给我的最大的安慰。”父亲搂着她用颤抖的声音说道。

然后她就坐在贝思的椅子上向父亲倾吐内心的苦恼。她把心里话都对他说了，他给了她需要的帮助。慢慢地，这场谈话就不再是父女间的对话了，而变成了男女之间的对话，他们相互同情，相互理解，相互关爱，把那间旧书房变成了爱的教堂。她从这座教堂里得到了勇气、快乐和屈从，因为父亲告诉她，要坦然地面对死亡，接受生命的自然进程。

那天，一家人做针线活儿时，乔发现梅格进步了很多，说话变得体了，而且对女人的感情、冲动和想法有了深刻的理解，最重要的是，如今有了丈夫和孩子，她看着过得非常幸福。

“婚姻真的是一件很奇妙的事。如果我努力的话，会不会有你一半的幸福？”乔一边为戴米做风筝，一边说道。

“你把女人温柔的一面表现出来就可以了。你就像个栗子，表皮硬，心软。爱会让你把柔软的心表露出来的。”

“风霜才能打破栗子的皮呢，妈妈。男孩子们爱去捡栗子，我可不想被他们捡到装进口袋里。”乔回嘴道。以前的那个她又回来了。

一天，母亲问她：“你为什么不写作了？”

“我没心思写，就是写了，也没人喜欢。”

“我们喜欢啊。为我们写些东西，不要去管其他的事。试试吧，亲爱的，我确信写作对你有好处，我们看了你写的东西也会很快乐。”

“我觉得我做不到。”话虽这样说，乔却已经把抽屉拉开，拿出了纸和笔。

一小时后，母亲隔着门缝看她，发现她正专注地奋笔疾书。说来也怪，她写的时候并没有考虑太多的东西，只是把心里的话写了出来，然而等作品出来，每一个读到它的人都被感动了。这篇小说获得了成功，先是刊登在一份大众杂志上，后来又被几家报纸转载，很多评论家对作品给予了很高的评价。

“我不懂，这么简单的一个故事怎么就会受到人们的一致赞扬呢？”

“因为你写得真实，语言幽默，作品中充满了怜悯的情感。你终于找到自己的写作风格了。你写的时候没有考虑名利的问题，只是用心在写，我的女儿。你品尝过太多的辛苦，如今苦尽甘来了。”父亲说。

当艾美和劳里来信提及订婚的事时，马奇太太还担心乔会伤心，然而出乎意料的是，乔很平静地接受了这件事。

“母亲，你喜欢这样的安排，对吗？”

“是的，我希望这样，上次艾美给我写信，说拒绝了弗雷德的求婚，我就知道有更好的事要发生了。她在给我的信中数次提到劳里，我就知道这小伙儿有朝一日会赢得她的芳心。”

“哦，母亲，你的感觉好敏锐啊！”

“做母亲的需要有敏锐的感觉，当初我还怕你接受不了呢。”

“我没事。我现在头脑很清醒，很理智，这一点你尽管放心。”

“这我知道，不过最近这段时间我在想，如果劳里回来再次向你求婚，你也许就能答应他了。请原谅我这么说，亲爱的，因为我看你非常孤独，有时你的目光中还透出渴望。”

“不，母亲，现在这样挺好，我很高兴艾美爱上了他。不过有一点你说对了：我的确很孤独，如果劳里再次向我求婚，我或许真的会答应他，不过我这么做并不是因为我爱他，而是因为与他当初走的时候相比，我现在渴望得到更多的爱。”

“听你这么说我很高兴，乔。爱你的人有很多：父母、兄弟姐妹、朋友，还有梅格的两个孩子。你要耐心等待，等着最爱你的那个人出现。”

“我现在才知道被劳里爱着是一件多么美好的事。他不是一个多愁善感的人，从不多说话，只用行动证明自己。他说过要我和他一起去远航，如果时光能够倒流，我要永远追随我这个勇敢的船长，永远都不放弃他。”

在这以后，乔的心就变得躁动不安起来，过去的那种感觉又回来了，不过这次并不是痛苦，而是一种好奇，她怎么都搞不懂妹妹为何没费吹灰之力就得到了她一直在苦苦渴求的东西。艾美的幸福激起了她心中的一种渴望：她也想让一个人全身心地爱自己，爱自己一辈子。

屋外下着雨，她不能出去，只好在阁楼上来回走动。走了好久，她的心才稍稍安静下来。她走到书架跟前，拿出一沓练习本随便翻着，翻了一会儿就突然看到了教授写给她的那张小纸条。她的嘴唇开始颤抖，本子从手中滑落到了地上。她看着那些友好的字，那些字仿佛有了新的意义，击中了她心中最柔软的那个部分。

“等着我，我的朋友。我也许会晚些到，但我肯定会来。”

“哦，他要是真能这样该有多好！他一直对我那么好，那么有耐心，我的亲爱的老教授啊，我拥有他的时候根本不懂得珍惜，如今我却如此渴望见到他，因为每个人都在离我远去，只剩下我自己了。”

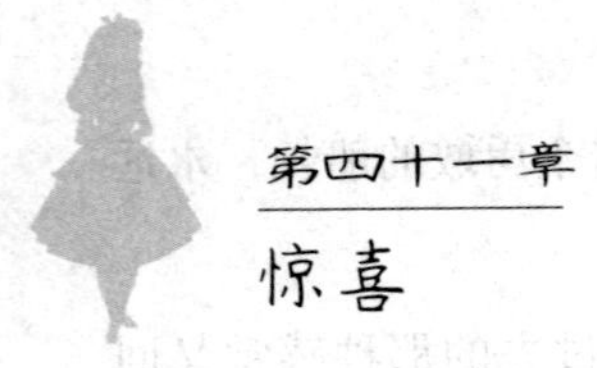

第四十一章

惊喜

暮色四合，乔躺在旧沙发上看着炉火想事情。明天是她二十五岁的生日，再过五年，她就整三十岁了。她一天天在变老，却没有取得多少成绩，让她有些不安。“我知道自己最后会变成一个老处女的。尽管我会写作，能养活自己，可我并不想——”她叹了口气，不愿再想下去了。

她一定是睡着了，因为当劳里出现在她面前时，她还以为是他的影子。直到他俯下身亲吻她时，她才意识到是真的他。

“哦，我的泰迪！我的泰迪！”

“亲爱的乔，你愿意见到我，对吗？”

“当然愿意啦！艾美呢？”

“在梅格家呢，你母亲也在。我们回来时先去了梅格家，他们死活不肯放我妻子走。”

“你什么？”

“我妻子啊。”

“你结婚啦！”

“是的。”

“真的？”

“千真万确。”

“快跟我说说这是怎么回事？”

“可以，不过你得先允许我坐在我以前常坐的地方。”

“你快坐吧。”

“怎么？我看着不像结过婚的人吗？”

“一点儿都不像。你看着健壮了些，但还像以前一样，是个淘气鬼。”

“哦，乔，我现在可是有家的人了，你不能再像以前那样说我啦。”劳里满足地说道。

“我看你怎么都不像结过婚的人。对了，快告诉我这到底是怎么回事。”

“这个嘛，是这么回事。我们想跟卡罗尔一家一块回来，可他们说还要在巴黎待一年，但爷爷想回来，我不能让他一个人走，又不能抛下艾美，所以就把要和艾美结婚的事告诉了卡罗尔婶婶。”

“婶婶当即就同意了吗？”

“哪有。我费了不少口舌呢。我妻子又说结婚要趁早，要抓住时光的尾巴，她这才同意了。”

“然后呢？”

“六周前，在美国驻巴黎领事馆，我们安静地举办了婚礼，因为即便在最幸福的时刻，我们也没有忘记亲爱的小贝思。”

“事后你们怎么没告诉我们？”

“想给你们个惊喜啊。我们本打算直接回来的，可我们刚结完婚，我爷爷又病倒了，看样子没有一个月好不了，他就让我们先去度蜜月，然后再一起回来。”

“唉，时间过得可真快啊！昨天我还在给艾美缝扣子呢。今年我过得很不顺心，老了很多，觉得自己都有四十岁了。”

“可怜的乔！我发现你笑的时候脸上都有好几道皱纹了，刚才我还看到你的眼里有泪水。你承受了那么多的东西，总是一个人在扛。”

“也没有，父母可以帮我分担，梅格的两个孩子也能给我安慰，如今看艾美生活得这么幸福，我顿时感觉肩上的担子轻了很多。只是我有时会感到孤独，不过我想这对我有好处——”

“从今以后，你再也不会孤独了。”劳里说着突然抱住了她，“有我和艾美在你身边，我们会疼你的，会爱你的，我们还要像以前那样快快乐乐地在一起。”

“泰迪，你真好，你总能给我莫大的安慰。”乔说着把头靠在了劳里肩上，“我在想你和艾美以后会怎么相处。”

“像天使一样相处。”

“艾美会控制你的。”

“她懂得持家，我愿意被她控制，什么都听她的。”

“我真想看看你这个怕老婆的男子是怎样过日子的，哈哈！”

“艾美有教养，我愿意听她的，我们相互尊重，相互关爱，不会出现哪个人独断专行的局面，我们不会吵架的。”

“这我倒相信。你和艾美永远不会吵架的，就像童话中说的，她是太阳，而我是风，只有太阳才能管束好男人。”

“她可以把她的男人吹跑，也可以给他阳光。”劳里笑道。

俩人正说着，就听屋外传来了艾美的声音：“她在哪儿呢？我那个亲爱的老乔在哪儿呢？”

全家人涌进屋内，相互拥抱、亲吻，劳伦斯老先生的气色好了不少，愉快地叫艾美和劳里“我的孩子”，艾美也处处尽到孙媳妇的责任，哄得老先生很是开心。

梅格上下打量着艾美，发现自己的裙子和她的相比逊色了不少，而莫法特太太的气质也完全被这位年轻的劳伦斯太太盖过去了。艾美和劳里站在一起，惹得乔连声赞叹：“哇，真是好般配的一对！”马奇太太和丈夫的愉悦荡漾在脸上，频频冲着这对新人点头，因为他们知道他们的小女儿嫁了个好人家。

艾美的脸上泛着光彩，声音比以前更为温和，浑身上下散发出一股高贵女人的迷人气质。

三年没见了，想用半个小时说完三年的话绝对不可能，幸好每人手中都端着一杯茶，累了就喝一口提提神。吃饭的时间到了，马奇先生一脸骄傲地护着劳伦斯太太，马奇太太将头靠在“儿子”的肩上，一群人去了餐厅。吃饭的时候大家自然还会接着聊，梅格的两个孩子见到桌子上摆着那么多好吃的，不由得上蹿下跳，一会儿吃块糖，一会儿偷偷地朝兜里塞几块饼干，一会儿抿口茶，一会儿又大口吃姜饼，别提多快活了！

吃完了饭，大家成双成对地去了客厅，餐厅里只剩下了乔一个人。这时就听汉娜说：“艾美小姐以后会不会整天坐小马车出门、用银盘子吃饭呢？”

“她就是每天坐六匹大白马拉的车、戴钻石、穿带花边的裙子出门也不奇怪，因为劳里觉得怎么对她好都不过分。”乔满足地回了她一句。

她坐着，看着空荡荡的餐厅，想到明天就是自己二十五岁生日了，顿时难过起来。她刚想用手擦去脸上滑下的泪水，就听有人敲前厅的门。

她慌忙起身去开门，门打开的那一瞬间，她仿佛又看到了谁的影子似的突然愣住了，因为面前正站着一位满脸胡子的高个男子，这人站在黑暗中，就像午夜的太阳将光亮洒在了她的身上。

“哦，巴尔先生，真高兴见到你！”乔急忙抱住他，仿佛担心黑暗会把他抢走似的。

“见到马奇小姐，我也很高兴——呃，你们家在开派对吗？”他听到很多人的脚步声和说话声过来了。

“没有，没开派对，都是自家人。我妹妹和几个朋友过来了，我们都很高兴。快进来吧。”

我想尽管巴尔先生是个很爱交际的人，但今天来还是有些不合适，他刚要说回头再来，乔却早就把门关上，把他的帽子摘下来了，这下他就是想走也走不了了。

乔的热情出乎他的意料，他看着乔的脸关切地问道："怎么，你病了吗？"

"没病，就是有些累，有些难过，上次我们分别后，我家里出了一些事。"

"哦，是的，我知道了，我很难过。"他的眼神中透着关爱，又握了握乔的手，乔觉得他的眼神和这双温暖有力的大手给她的安慰胜过千言万语。

"父亲、母亲，这是我的朋友巴尔教授。"她骄傲地说道。

大家热情地和巴尔先生打招呼，起初自然是因为乔，但很快他们就喜欢上了他这个人。两个孩子也都像蜜蜂见了蜜罐一样跑到他的身旁，坐到他的大腿上，翻他的衣兜，扯他的胡子，端详他的手表。女人们交头接耳，都说这位男子不错，马奇先生打开了话匣子，热情地同他交谈，约翰不出声，坐在一旁认真听着，劳伦斯老先生发现两个人的交谈十分有趣，都不肯去睡觉了。

乔在一旁偷偷看巴尔教授，发现他一改往日心不在焉的状态，此刻变得活泼了很多，其实他看上去还是蛮年轻的，蛮帅气的，慢慢地，乔就忘了拿他和劳里比。此刻他和父亲聊得正热闹，让她不由地想："哦，父亲要是每天都能和我的巴尔教授交谈该有多好！父亲终于找到知音了。"最后，巴尔先生换了套黑色的新礼服，看着更有绅士风度了。

夜渐渐深了，劳伦斯先生回家去休息了，梅格去楼上照顾两个孩子睡觉，其余的人围在火炉旁有一句没一句地说话。"我们来一起唱歌吧，就像以前那样。"乔说。

"艾美，为我们伴奏，让大家瞧瞧你的琴技增进了多少。"劳里说。

“今晚不行。”艾美坐在贝思生前坐过的那张褪色的椅子上说道，“我不想炫耀。”

可她还是炫耀了，然而炫耀的并不是琴技，而是清唱起了贝思生前唱的那些歌。她的歌声直抵人心，就连歌唱大师也比不过。屋里安静极了，她唱到最后一句，实在唱不下去了，难过地依靠在了劳里肩上。这句没有唱完的歌词是：

人世间没有天堂治愈不了的痛苦。

“最后我们来唱《米娘之歌》吧，因为巴尔先生会唱。”乔说。巴尔先生清清嗓子，走到乔站的那个角落里，说：“你愿意同我一起唱吗？我们一起唱会唱得很好。”

乔天生就不会唱歌，可还是用颤抖的声音快活地唱了起来，完全不去管什么节奏、旋律了。其实这也无关紧要，因为巴尔先生就像个真正的德国人那样唱得非常动听。很快，乔的声音就弱了下去，转为轻轻哼唱，这样她就可以听他那仿佛是在为她一个人唱的美妙歌声了。

你知道那个盛开着香橼花的国家吗？

这是教授最喜欢的一句歌词，因为歌词中的“国家”指的就是德国，现在他又特别热情地慢慢唱出了下面这句：

哦，那儿，那儿，亲爱的，我要和你一同去那里。

歌唱完了，乔激动得难以自持。又过了几分钟，艾美开始戴帽子，看样子是要回家去了，劳里对巴尔先生说：“我和我妻子很高兴见到您，先生。别忘了，我们随时欢迎您大驾光临。”

“哦，我也得走了，不过还会来的。我去城里办点儿事，可能要耽搁几天。”

“我觉得这人挺聪明的。”等最后一位客人走了，马奇先生说。

“我看他挺不错的。”马奇太太满意地补充道。

“我想你们都会喜欢他的。”乔说完就去楼上睡了。

她在想他去城里办什么事了，最后断定他被派到某地担任某个高职去了，只是因为太谦虚才没有说。不过她此刻要是能够看到他回到了自己的房间里，在黑暗中偷偷亲吻她的照片时，肯定就会明白这一切的。

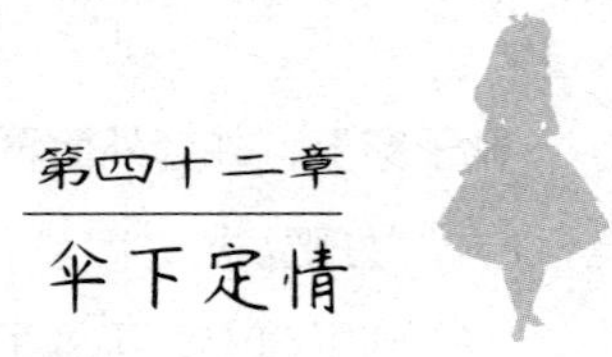

第四十二章
伞下定情

当劳里和艾美在他们的豪宅里踩着天鹅绒地毯来回踱步、畅想着美好的未来时，乔和巴尔教授却走在泥泞的路上和潮湿的田野中享受着不同的人生乐趣。

“每天傍晚出去散步总能碰到他，以后我要不要放弃这个习惯呢？”乔想道。他走得总是很快，由于眼睛近视，直到快走到乔跟前才看清是她。每逢这样的场合，乔总会邀请他去家里喝咖啡。

这样的日子过了一周，尽管大家口头上不说，却都已经觉察出这是怎么一回事了。大家从不问乔写作的时候为何要唱歌，一天为何要梳三遍头发，晚上散步回来为何总是神采奕奕。

巴尔教授每天都过来和乔的父亲聊天，他们聊哲学，也聊其他的话题。然后过了两个星期，巴尔教授三天都没有露面，让大家觉得很奇怪。

“太讨厌了吧，我猜他肯定是回家了，他真应该像个绅士那样过来和我们说一声的。”乔穿好衣服准备出门时说。

“亲爱的，我看要下雨了，你最好把伞带上。”

“好。”

“你要是在路上碰到巴尔先生，叫他来家里喝茶，我很想见他。”马奇太太说。

“好的，要我买什么回来吗？”

“我需要一块斜纹布、一盒九号针、两码紫色的窄丝带。你把厚靴子穿上，外套外面再穿件暖和些的衣服。”

“好吧。”

到了镇上，买齐了东西，雨就下来了，乔这时才发现因为走得匆忙忘了带伞，这可怎么办？周围没有认识的人，也不能再买把新的，只好把怕淋的东西塞到兜里，冒雨走了。

“我想知道这位固执的女士不带伞就在泥地里硬闯是怎么回事？”乔走了没多久，就听一个声音说道。

乔猛地抬头，看到巴尔教授撑着伞正低头看自己。

“我出来买东西。”

“你没带伞，把东西给我，我送你回去。”

“谢谢。”

乔的脸涨得通红，不过她很快就挽起教授的胳膊，朝雨中走去了。

“我们还以为你走了呢。”

“你们对我这么好，我不说一句话就走了，你觉得这可能吗？”

“当然不可能，我们知道你在忙自己的事，不过我们很想你——尤其是父亲和母亲。”

“你不想吗？”

“我一直都想见到你，先生。”

“多谢，不过走之前，我还要去你家一次。”

“这么说你真的要走了？”

“是的，这里的事办完了。”

“我想应该办得很顺利吧？”

“是的。”

“快跟我说说是什么事，我早想问呢。”

“我的一位朋友在一所大学为我找了份教书的差事，薪水还好，这样我就可以养活弗朗茨和埃米尔了。”

“哇，真棒，你喜欢教书，这下如愿以偿了。你来这里教书，我们还能时常见面。”

“不过那所学校在西部，我想我们并不能时常见面。”

“那么远啊！”

“是的。对了，我们给你姐的那两个孩子买点儿东西吧，今晚在一起再吃顿饭。”

“买什么好呢？”

“买点儿橘子和无花果吧。”

“这些东西她家里有。”

“你喜欢吃水果吗？”

“非常喜欢。”

“那好，我们再买些葡萄。”

买完了东西，两个人继续赶路，走了半个街区，巴尔先生说：“马奇小姐，我想请你帮个忙。”

“你说。”乔的心开始猛跳，她不知道自己听了他接下来说的话能不能扛得住。

“雨下这么大，我的时间又不多。”

“是的，先生。”乔激动得都快用手把刚买的一只小花托架捏扁了。

“我想给小蒂娜买条裙子，这种事我不懂，你能帮我参谋参谋吗？”

“好的，先生。”乔悬着的心突然安定下来，整个人就像被塞进了冰箱。

“再给蒂娜的母亲买条披巾吧，她穷得没钱买，没错，买条厚些的送给她。”

“行，巴尔先生，我乐意效劳。”

乔为蒂娜挑了条漂亮的裙子，又给她母亲买了条披巾。店员是位已婚男士，看着这两个人，以为他们是为自己买的，就说："这位女士，请您看看这条，料子好，颜色也不错，披上试试。"

"你喜欢吗？"乔把披巾披到肩上问道。

"非常漂亮，我们买了。"教授微笑着付了钱。

此时天就快黑了，乔这才发现自己的脚冷得很，头也开始痛了。刚才的兴奋过后，她的心已冷了下来，她想巴尔先生只是把她当朋友看了，不如赶紧搭马车回家，给这一切做个了断。她正这样想，刚好有辆马车过来了，正要挥手，就听巴尔先生说："不是去我们那里的。"

"对不起，我没看清。别介意，我还可以走，我早就习惯走泥路了。"

巴尔这时才发现她哭了，他的心痛了起来，满怀关爱地问道："亲爱的，你这是怎么了？"

"因为你就要走了。"她啜泣着回答。

"哦，亲爱的，真是太棒了。"他大声喊道，"乔，我没有什么可以给你的，只有很多的爱，我来这里就是想看看你是不是真的爱我，就是想知道你是不是只把我当朋友看待。你能在心里为老巴尔留个小小的位置吗？"

"哦，当然可以！"乔突然伸出双臂搂着他满足地叫道。

路上都是泥，巴尔的手里又都拿着东西，他不能跪下来向她求婚，只能在街上用充满爱的目光看着她，他的脸上泛着光彩，就好像在这淅淅沥沥的雨中，他的胡子上显出了一道小彩虹。我想他是真的爱她，因为她此刻的样子并不好看：裙子脏透了，脚踝上溅满了泥，帽子也破了。而他也好不到哪儿去：雨打湿了帽檐，手上戴的手套也都破了，需要缝补，但他爱她，她也爱他。这一刻，他们别无所求。

他们已完全忘记了叫马车，他们穿过黑暗和迷雾，在泥泞的街上走着，路人看到他俩这副样子都觉得他们疯了，他们毫不在乎别人的眼光，而是享受着人生中最幸福的这一刻。教授看上去就像是一个国王，现在什么都不缺了。乔跟在他的身旁，觉得自己已经进到了他的王国里，再也不需要别的东西了。

“对了，在我最需要你的时候，你怎么就突然出现在我面前了呢？”还是乔最先说话了。

“因为这个。”巴尔先生说着从外衣口袋里掏出一张揉皱的纸。

乔接过来展开一看，原来是自己写过的一首诗，当初是打算投给一家报社的。

“我是偶然发现的，里面有个小段落好像始终在吸引着我。读读看，我护着你，不要你踩到泥坑里去。”

乔匆匆读了下去。

在阁楼上

四只小箱子，都旧了，
蒙着灰，排成一排，
是如今已成年的四个孩子，
很久前做的。
四把小钥匙并排垂挂着，
上面系着已褪色的丝带，
那是很久前的一个雨天，
这几个孩子骄傲地系上去的。
每个盖子上都有一个小名字，
那是一个假小子刻的，
盖子下面藏着这几个孩子的历史，
她们曾在那里玩耍，也曾停下来，
倾听楼顶上传来的优美旋律，
在那纷纷落下的夏雨中。

第一个盖子光滑又漂亮，
刻着“梅格”这个名字，
我用爱的目光朝里面看，
里面小心地折叠着很多东西，
那是一段平静生活的记录——
有给温柔的孩子和姑娘的礼物，
有婚纱，有给新娘的情诗，
有一双小小的鞋，
还有一绺孩子的卷发。
原本装在这第一个箱子里的玩具，如今都不见了，
因为太旧，都被拿走了，
又去了梅格另外一部小小的戏中。
啊，快乐的母亲！我知道，
你在听那些舒缓、低沉的摇篮曲，
就像在听一段优美的旋律，
在那纷纷落下的夏雨中。

下一个盖子遍布划痕，都破了，
刻着“乔”的名字，
里面装着一堆烂东西。
有无头的玩偶，有破烂的书本，
有再也不会说话的小鸟和野兽；
战利品来自年轻的脚踏出的仙境，
有对永远都找不到的未来的憧憬，
有对依然甜蜜的过去的回忆。
有写了一半的诗和狂野的故事，
有四月的信，冷的和热的，

有一个任性的孩子的日记，
还有一个早衰的女人的暗示；
一个女人在空落的家里，
听一首悲伤的歌——
“你值得爱，爱才会来。”
在那纷纷落下的夏雨中。

我的贝思！那刻着你的名字的盖子上的尘土，
早就被拂去了，
就像被一双哭泣过的充满关爱的眼睛拂去的，
又像被那双勤劳的手小心拂去的。
死神为我们加封了一位圣徒，
她并不属于人间，而属于天堂，
然而我们依旧悲伤地
躺在这栋，存有圣物的房子里——
那只银铃，几乎不响了，
那顶小帽子是她最后戴过的，
死去的美丽的圣徒凯瑟琳，
被天使垂挂在她的门上；
她在苦牢里唱的那些歌
都不是悲伤的，
它们永远与那纷纷落下的雨，
融在了一起。

在最后一个盖子的锃亮的表面上——
童话已变为美好的现实，
一位英勇的骑士的盾牌上，

刻着两个金蓝色的字——“艾美”。
里面装着她用过的发网，
她最后一次跳舞时穿过的舞鞋，
摆放得整整齐齐的已褪色的花，
还有不再劳累的小扇子；
情人节收到的情书上依然燃烧着炙热的火焰，
寄托着少女的希望、令人恐惧与羞辱的小物件，
这些都是对一颗少女的心的记录。
如今，她学到了更美好、更真实的魔法，
听着婚礼上的钟发出的银铃声，
就像在听一段欢快的乐曲，
在那纷纷下落的夏雨中。

四只小箱子，都旧了，
蒙着灰，排成一排，
四个女人，
被快乐和悲伤教会了在最好的年华中去爱，
去劳作。
四姐妹，分开一个小时，
谁也没有丢失，只是有一个先走了，
在爱的永不磨灭的力量的驱使下，
她们靠得更近了，彼此更关爱了。
哦，当我们收藏的这些物品
在天父的眼前一一展示时，
愿它们可以在金色的时光中变得更丰富，
它们的事迹在光的照耀下变得更美好，
愿它们生命的澎湃的音乐，

像激动人心的乐章永远回荡，
愿它们的灵魂在雨后的暖阳下，
快乐地翱翔、歌唱。

“这诗很差，是有一天我感觉很孤独的时候哭着写的。”乔说着就把这首巴尔教授珍藏了很久的诗撕了。

“撕就撕了吧，反正也没用了。”巴尔教授笑道，“当时我读了这首诗就想，这姑娘很伤心，很孤独，只有真爱才能给她安慰。我的心里装的都是爱，如果她觉得我这份礼物还不算太贫穷的话，我就送给她。”

“所以你就来找我了，你的礼物一点儿都不贫穷，而且刚好相反，正是我需要和珍爱的。”

“起初我还没有足够的勇气，不过一见你欢迎我时的那副高兴的样子，我就对自己说：‘如果得不到她，我还不如死了算了。’”巴尔先生猛地点点头大声说道，他的话刚一出口，似乎包裹着他们的雾气就变成了他可以勇敢地逾越或者击倒的障碍。

乔觉得他的样子好威猛，虽说和真正的勇敢骑士还差不少，但这样她就已经很满足了。

“你干吗要待这么久？”

“我看到你的家庭那么幸福，不忍把你抢走，我想先努力工作一阵子，等条件好些了再向你提这件事。我穷，年纪又大，虽说有点儿文化，却不忍心让你放弃那么多的东西跟我走。”

“我倒喜欢你穷呢。我受不了有钱的丈夫，”乔坚定地说道，最后她的声音低沉下来，又说，“不要害怕贫穷，我过惯了穷日子，早就不怕了，你说你老，也不过就四十岁——正值壮年嘛。你就是七十岁，我也爱你。”

教授感动地流下眼泪，乔为他擦干了，又从他手中拿过一两件东西，见他想往回夺，就笑着说："我可能有些固执，不过我做得并不过分。我是女人，女人的职责是为丈夫擦干眼泪，帮丈夫分忧。我只负责我应该扛的那部分，帮你养家。你要认清这一点，不然我可就不跟你了。"

"那就等等看吧。你愿意等我久一些吗，乔？因为我得先离开这里把我的事做完。我得养活我那两个孩子。你愿意等我吗？"

"愿意，因为我们相爱，这让一切都变得容易承受。我也有自己的事，如果只是为了你活着，我会不快乐。你就去西边教书吧，我留在这里做自己的事，我们都要心怀美好的憧憬，至于以后怎样，上帝说了算。"

"啊！你给了我这么多的勇气和希望，我无以回报，只有这颗充满了爱的心和这双空空的手。"感动得痛哭流涕的巴尔教授大声喊道。

乔永远学不会矜持，因为他说这话的时候他们正站在台阶上，她就把自己的手放到了他的手中，温柔地小声说："这下就不空了。"然后弯下腰在雨伞下面亲吻了巴尔先生。

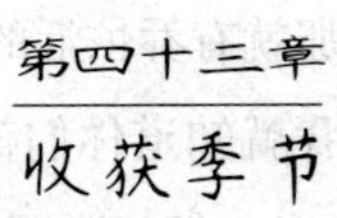

第四十三章 收获季节

乔和她的教授忙活了一年，等了一年，希望了一年，又爱了一年，给对方的信越写越长，害得劳里打趣说，由于乔常去纸店买纸，纸都涨价了。第二年的光景要黯淡好多，他们的愿望没有实现，马奇姑婆又突然死了。最初的忧伤过去，家人惊喜地发现老太太把别墅留给了乔，这下好多未了的心愿就都可以实现了。

“那房子很不错，能卖不少钱呢。”劳里说。

“我不卖。”

“你不会是想去那儿住吧？”

“没错，我是想搬过去住。”

“可是亲爱的姑娘，那地方太大，得需要好几个照管的人，单是果园和花园就得要两三个人，我想巴尔先生不是种地的料吧。”

“到时候我教他。”

“种地是不错，可是很辛苦。”

“单是种庄稼就能赚不少钱。”乔笑道。

“你不是来真的吧？”

“我呀，是想在那儿办个学校，家庭式的那种，我照管孩子，巴尔给他们上课。”

“啊，你这个点子还真不错！”劳里惊呼道。

“是挺不错的。”马奇太太坚定地说。

“我也这样认为。”马奇先生道。

“那就有乔忙活的了。”梅格抚弄着心爱的儿子的头发说。

“我就知道你们都会支持我的，我跟巴尔谈过这事，他说这正合他的心意，等他赚了钱就过来帮我。他的心肠可真好，这辈子光教穷孩子了，也没挣着多少钱，我看他这辈子都不会挣到什么钱了，兜里一有了钱就都拿出去给孩子们花了。不过现在好了，多亏我那爱我的姑婆，我有钱了，也有地方了，我们可以把学校开办得好好的。那地方房间不少，院子也大，可以做操场。巴尔教孩子们读书，父亲也可以过去帮他，母亲也会支持我。我一直想要很多的孩子，多少都不够，在我的地盘上开个学校是挺自然的事，也是我的教授渴望的。”

“乔，你就这么做吧，我和艾美早就商量好了，要帮那些没钱的人家做点儿事，到时候你的学校开了，我会大力帮助你的。”

“我始终觉得家才是世上最美好的东西，等我有了自己的家，也要细心维护它，快快乐乐地生活。要是此刻约翰和巴尔能在这里的话，这个家会比天堂还美。”

那一年过得相当快，乔还没弄明白怎么回事就结婚嫁人了，也跟巴尔在别墅住下来了。然后六七个孩子就像雨后的蘑菇一般出现在了院子里，劳伦斯先生只要看到谁家有上不起学的孩子就带过来。当然了，刚开始做这件事的时候，由于没经验，乔犯了不少错误，但巴尔经验丰富，时常给她指导，慢慢地，她也就熟悉了这一套。当初马奇姑婆在的时候，周边的孩子都怕她，不敢靠近这地方。如今她不在了，孩子们就都过来上学、玩耍了，对这些穷人家的孩子来说，这里就是天堂。

学校并不时髦，也赚不到钱，不过这正合乔的初衷，她就是想给孩子们找一个快乐的像家一样的地方。尽管工作辛苦，但她过得十分快乐，孩子们的欢笑就是她最大的安慰。没过几年，她的两个孩子也出生了，这个大家庭就又热闹了些。

她和巴尔的学校一年中有很多的假日，最棒的要数十月份的摘苹果节了。果园虽老，里面的东西却不少，各种植物长得十分茂盛，蝗虫来回蹦跶，鸟儿们在小路上啾啾鸣叫，每棵苹果树上都结满了红的、绿的果实。过节那天，男女老少都去了，大家大笑、唱歌、爬树，沉浸在这简单的快乐中，似乎世上所有的烦心事都不见了。

下午四点，大家开始吃晚饭。吃饱了，全家人加上那些上学的孩子齐声为马奇太太唱歌，原来今天是她六十岁的生日。“我们祝奶奶生日快乐，健康长寿，为她连呼九声。”巴尔先生大声喊道。这么多的人为马奇太太庆生，她还是第一次遇到，感动哭了。

生日过完了，孩子们跑去别的地方玩，全家人坐着聊天，乔说：“我以后再也不说自己运气不好了，因为我实现了自己最美的愿望。”

“如今的生活和你当初想的大不一样。你还记得我们以前说过的空中城堡的事吗？”艾美看着乔笑道。

“我自然记得，不过想起来我那时的愿望太自私了。时至今日，我依然没有放弃写伟大著作的愿望，但我现在愿意等，我想我的经历最终会帮助我完成这个愿望。”

“我的愿望也差不多实现了。我当初想过奢华的生活，其实在心里我想要的是一个温暖的小家，约翰，还有几个孩子。如今这些我都得到了，我要感谢上帝。”梅格抚弄着孩子的头说道。

“我现在的生活和当初想的差别不小，当初我想搞艺术，当画家，如今虽说没能如愿，但我并不愿放弃这个愿望，我要做一个孩子的雕像，已经开始着手弄了，劳里说这是我做过的最棒的事。”艾美说完就哭了，眼泪滴在了怀里的孩子那金黄色的头发上。她这个孩子生得弱，她总担心养不活。

“我看她的身体好了很多，亲爱的。你不要难过，要心怀希望，愉快地生活。”马奇太太安慰她道。

“妈咪，我本不该让你担心的。劳里对我那么好，又那么有耐心，从不让我看到他担忧。他始终忘不了贝思，总是陪着我，安慰我，让我觉得怎么爱他都不够。”

“我就不用多说了，谁都看出我过得很幸福。虽然办学校、照管孩子很费心，可我没什么可抱怨的。”

“是的，乔，我觉得你付出了很多心血，应该会有不少的收获。”马奇太太说。

“我的收获连你的一半都赶不上。你耐心地播种，然后收获，我们怎么感谢你都不够。”乔深情地大声说道。

“我希望每年多些麦子，少些稗子[①]。”艾美说。

“要有一大捆麦子，不过我知道你心里能装下，亲爱的妈咪。”梅格温柔地补充道。

马奇太太深受感动，伸出了双臂，似乎要把儿孙们都抱在怀里。她的脸上和声音中透着慈祥、感激和谦卑，说道：“哦，我的女儿们，不管你们活多久，只要能像现在这么幸福，我就满足了。”

---

①《圣经·马太福音》中所说的麦田中的杂草。